中国有两座英雄城
江西南昌 吉林四平

英雄城

张正隆 著

四平四平
四战四平
不战四次
不能太平

——歌 谣

白山出版社 万卷出版公司

图书在版编目（CIP）数据

英雄城 / 张正隆著. — 沈阳：白山出版社，2011.8
ISBN 978-7-80687-854-5

Ⅰ.①英… Ⅱ.①张… Ⅲ.①纪实文学—中国—当代 Ⅳ.①I25

中国版本图书馆CIP数据核字（2011）第176887号

出版发行：白山出版社
　　　　　（地址：沈阳市沈河区二纬路23号　邮编：110013）
　　　　　万卷出版公司
　　　　　（地址：沈阳市和平区十一纬路29号　邮编：110003）
印　　刷：沈阳新华印刷厂
经　　销：全国新华书店
幅面尺寸：160mm×230mm
印　　张：17.5
字　　数：260千字
版　　次：2011年8月第一版
印　　次：2011年8月第一次印刷
策　　划：邢志有　郭宝山
责任编辑：张永剑
封面设计：张天一
责任校对：李国宽
印　　数：1~70000册
书　　号：ISBN 978-7-80687-854-5
定　　价：38.00元
电　　话：024-28888689
邮购热线：024-23284050
E-mail：baishan867@163.com
　　　　　VPC_tougao@163.com

目　录
CONTENTS

历史选择了四平

二

"化四平街为马德里"

三

"一寸城池一寸血"

四

这回平了

英雄城

一

历史选择了四平

得东北者得天下
得四平者得东北

——四平市委副书记、市长刘喜玉

第一章　只要有了东北

"闯关东"

1945年春，延安，一向讲求效率的共产党人，把第七次全国代表大会开成了空前绝后的马拉松会议，从4月23日开到6月11日。

会议期间，毛泽东指出：

> 东北是一个极其重要的区域，将来有可能在我们的领导下。如果东北能在我们领导之下，那对中国革命有什么意义呢？我看可以这样说，我们的胜利就有了基础，也就是说确定了我们的胜利。现在我们这样一点根据地，被敌人分割得相当分散，各个山头、各个根据地都是不巩固的，没有工业，有灭亡的危险。所以，我们要争城市，要争那么一个整块的地方。如果我们有了一大块整个的根据地，包括东北在内，就全国范围来说，中国革命的胜利就有了基础，有了巩固的基础。①

会议结束前一天，又进一步强调：

> 东北是很重要的，从我们党，从中国革命最近和将来的前途看，东北是特别重要的。如果我们把现有的一切根据地都丢了，只要我们有了东北，那么，中国革命就有了巩固的基础。②

毛泽东高瞻远瞩。

纵览中国历史，自汉以来，历代兴亡多自东北始。唐亡于兵败南诏而东北失控，宋亡于先失燕云、辽东，明亡于先在朝鲜战争中财政破产，继而辽东败于后金，清则甲午之战辽东破碎，日俄战争雪上加霜。接下来就是"九一八"事变，国民党不抵抗，抗战胜利后首先大败于辽沈，东北野战军浩荡入关，从长白山打到海南岛。

就有"得东北者得天下"一说。

得天独厚的东北，原本就有很好的基础，不然张作霖父子也不可能一再拥兵入关。用枪炮弄出个"满洲国"，小日本被不知天高地厚的野心膨胀着，也是苦心经营，先后投资100亿美元。

包括今天的内蒙东部地区，总面积130多万平方公里，人口3800余万。长白山和大小兴安岭，森林总面积2615万公顷，木材储量占全国的1/3。盛产高粱、玉米、大豆的黑土地，每年都有大量粮食出口和运往全国各地，大豆产量占全世界的60%。根据1943、1944年统计，纵横交错的铁路网达1.4万公里，占全国的1/2。1944年矿产储量调查，铁蕴藏量为38亿吨，煤228亿吨，铜132万吨，铅、锌113万吨。1943年生铁、钢、煤、水泥产量和发电能力，分别占全国的87.5%、93%、49.5%、66%、79.2%，是当时亚洲工业最发达的地区之一。鞍山、抚顺、小丰满，后来依次被称为中国的钢都、煤都、电都。

共产党在关内的大小根据地，即将被国民党分割、包围。这是一个危局。而东北北接苏联，东南连朝鲜，西边还有蒙古。这样一个无与伦比的外部环境，用据说是高岗的"沙发说"，是后有靠背，两边还有扶手——这片因丰饶而多难的黑土地，就成了中国共产党人天下难寻的风水宝地。也就不难理解，1946年4月18日夺占长春后，有人为什么要将这个"满洲国"的"首都"，"争取成为我们的首都"了。③

毫无疑义，胸涌欧亚风云的毛泽东，在说着"只要我们有了东北"时，已经预感到了什么。只是这一刻，这位天才的共产党的领袖，还只能站在那黄土高坡的窑洞前，遥望他从未涉足过的黑土地。

8月9日，苏联150万大军枪打炮轰"闯关东"，从东亚到东南亚，血腥的膏药旗就一阵风般没了膏药。

朝气蓬勃的共产党人，立即动作起来。

10日，中共中央向各中央局、中央分局发出指示，准备进占城市和交通要道。11日，18集团军总司令朱德连发7号命令，其中第2号命令如下：

>　　为了配合苏联红军进入中国境内作战，并准备接受日满伪军投降，我命令：
>　　一、原东北军吕正操所部由山西、绥远现地，向察哈尔、热河进发。
>　　二、原东北军张学思所部由河北、察哈尔现地，向热河、辽宁进发。
>　　三、原东北军万毅所部由山东、河北现地，向辽宁进发。
>　　四、现在河北、热河、辽宁边境之李运昌所部，即日向辽宁、吉林进发。④

9月19日，中共中央发出《中央关于向北发展向南防御的战略部署给各中央局的指示》，共产党人就开始了史无前例的"闯关东"。

从陆路到海上，关内各根据地的八路军、新四军，先后进入东北达11万之众。

另有2万多党政军干部，中央委员、候补中央委员20人，其中政治局委员4人。

蒋介石当然晓得东北的分量，他说：

> 国民党命运在东北。盖东北之矿产、铁路、物产均甲冠
> 全国，如东北为共产党所有，则华北亦不保。⑤

8月31日，蒋介石在重庆成立"军事委员会委员长东北行营"，任命熊式辉为主任，蒋经国为东北外交特派员。又以国民政府名义，将东北划为9省（辽宁、安东、辽北、吉林、松江、合江、黑龙江、嫩江、兴安）2市（大连、哈尔滨），并任命了省主席、市长。

10月18日，蒋介石任命杜聿明为东北保安司令部司令长官，列入东北保安司令长官部序列的有13军、30军、32军、52军、92军、94军。

国民党的动作好像也挺快，都是嘴巴和纸上的。

当国人流着热泪欢呼光复和胜利时，国民党军队大都窝在西南，远在公鸡状的中国版图的鸡屁股的那个地方。杜聿明是第5集团军司令兼昆明防守总司令，两个司令部自然都在昆明。而占共产党"闯关东"兵力一多半的山东八路军，沿着大多数山东人历代闯关东的老路，从龙口登船，一天即到辽东半岛。冀东八路军更便捷，隔条长城，关里关外，抗战时经常跳来跳去打游击，这回再跳过去就是了。

问题不在这种地利，因为国民党有美援，有飞机，有军舰，有火车、汽车轮子。比之此刻列入东北保安司令长官部序列的6个军，实际陆续闯到黑土地的国民党军队，要更多，也更强大。共产党出手就抢得先机，并能不断地化被动为主动，关键在于它是充满朝气活力的，而貌似强大的对手，已经一步步地沉落了。

古往今来，蓬勃向上的力量都是不可抗拒的。

——又过兵了。

——都是中国兵。

在一阵紧似一阵的北风中，站在门口、街头的，躲在门后的，藏在山坡草丛、或者什么犄角旮旯儿的男人、女人、老人、孩子，望着不断东去、北上的队伍。先是穿着紫了吧唧、黄了吧唧、灰了吧唧的"二大布

衫子"的兵们，后来清一色黄绿色军装，有的还带着像牛屁股后边那东西似的帽子的兵们。他们见过各种各样的兵，清朝的辫子兵，进关去打吴大帅的张大帅的兵，见到女人就红了眼睛的俄国兵，张口就是"八格呀噜"的日本兵，像潮水样向关里溃逃的少帅的兵，还有喜欢夜里来来往往的"胡子"（东北人管土匪叫"胡子"）。在中国，没有比兵们更有力量的了。他们看得太多了，他们看惯了，也看够了，可他们还得看下去。还没有人告诉他们这次过兵与以往有什么不同，将会决定他们什么样的命运，而历史早已教导他们，兵们全是在喝他们的血汗。要是中国兵打跑进来杀人放火、糟蹋女人的外国兵，那没说的，他们向着中国兵。可这样的时候太少，而且几乎没打赢过。大都是中国兵在打，谁输了，谁赢了，与他们毫不相干。因为谁赢了，他们也是个穷。他们的义务就是纳粮，让这些兵们吃饱了、喝足了，玩儿似的过来过去，打来打去。

这次，当人们知道清一色黄绿色军装，有的还一身罗斯福呢的兵们是"国军"时，他们是向着国军的，因为国军是"正牌"。而且，凭着双方的穿戴和手里拿着的家什，还有那轰轰隆隆跑着的汽车、大炮、装甲车，他们认为国军能赢。

而这时的四平街，还笼罩在松辽平原的雾霭中。盯着东北的毛泽东和蒋介石，好像还未留意到它的庐山真面目。从各地"闯关东"的军人中的大多数人，也不知道前面有个叫"四平街"的城市在等待着他们，并将成为刻骨铭心之地。

四平街

四平市，原名四平街，俗称五站，1941年改为今名。⑥

这是《四平市志》卷一"总述"开篇的文字。

关于"四平街"这个名字的由来，无论有多少种说法，都离不开四平西7.5公里、今属辽宁省昌图县的老四平街。

一说乾隆十九年（1754年），乾隆皇帝巡幸吉林途经老四平，四望无垠，一马平川，叫声"四平"，遂得名。

东北有许多"四平街"，伪满出版的《满洲地名大辞典》载入五处，最著名的当然还是本书所写的四平街了。究其来由，或因四处平坦，或取"四平八稳"的吉利意。

二说老四平街与周边四个较大的集镇，东至半拉山门，南至鹭鹭树，西边的八面城，北边的买卖街（今梨树县梨树镇），都是20公里的等距离，故得名。民间颇认同此说。

1900年沙俄修筑东清铁路，要在还不叫四平的这个地方设个火车站。老四平街属于奉天省（今辽宁省）奉化县（今梨树县）新恩社（社相当于今天的乡、镇），治所设在老四平街，辖20个自然屯，今四平市即在其辖区内，俄国人就把还没有"老"字的四平街拿过来，将车站命名为"四平街站"。

关于"五站"，俄国人从铁路运营特点出发，修长春以南支线时，每30公里设一较大火车站。从宽城子（今长春）起为一站，范家屯为二站，公主岭为三站，郭家店为四站，轮到四平街就成了五站。

而无论先有"四平街站",还是先有"五站",四平都是一座因火车站而生的城市。

至于当年读音"gāi"的"街"字,有市、街市、集市之意,今天也有称赶集为"赶街"的。而当年带个"街"字的,多属商铺较多的热闹处。

虽然1941年即将"四平街"改称"四平",但因当年的地图和老百姓口中仍是"四平街",故本书引用的文电资料仍是"四平街"——就像今天仍有村民称"村"为"大队"一样。

《四平市志》"大事记",开篇即是"清光绪二十四年(1898年)"。

这年的7月6日,沙皇俄国迫使清政府签订《东省铁路公司续订合同》。在东至绥芬河,西至满洲里的东省铁路干线上,修一条从哈尔滨到旅顺的支线。不久,东省铁路公司设计人员来到这里,开始勘察线路。当时,一块块农田点缀着荒野,地平线上散落着几点几户人家的村屯,差不多也算"棒打狍子瓢舀鱼,野鸡飞进饭锅里"的地界。居民多为闯关东的山东人,勤恳劳作,衣食无忧。

没人知道第一缕炊烟起于何时。有据可查的是,今天的铁东城区曾是扶余州旧址,南郊的叶赫镇曾是古城,远郊的二龙湖水库旁,还有一座战国时期城池遗址。

一座俄式风格的火车站矗立起来,从被人们称作"票房"的火车站到蔺家河口,就有人来人往,人踩马踏就有了四平的第一条"马路"。因其走向弯曲,形似水井的辘轳把,至今仍叫辘轳把街。接着,又在站前开辟一、二、三条马路,路边房舍渐多,各种幌子和叫卖声日众,四平街初具雏形。

1900年竖起块俄文的"四平街"站牌时,四平站为四等车站,后升三等,1922年为二等,5年后即为最高的一等车站。

当"闯关东"的八路军、新四军夜过封锁线,为没能看清铁路、匆忙中摸了把铁轨懊恼、激动不已时,四平街人对这一切早已习以为常了——可这昭示的又是什么呢?

今人都知道这世界上有个白俄罗斯，当年的沙俄还有个"黄俄罗斯"计划。为了独占东北，争夺太平洋上的霸权，沙俄迫切需要在中国的黄海攫取一个不冻港，并有铁路直达港口。甲午战争后的"三国干涉还辽"，⑦1900年尼古拉二世亲任总司令侵略东北，以及后来的日俄战争，目的明确，就是"黄俄罗斯"。

一块站牌把人聚拢过来，一条铁路（时称"铁道"）将四平街分做东西两半，老百姓称之为道东、道西（哈尔滨则称之为"道里"、"道外"，坐落火车站的一边为"道里"——四平也有称之为"道里"的）。北上南下的列车，把岁月在铁轨上碾压，也把这座从一诞生就带上了殖民色彩的城市，向两翼膨胀。日俄战争，北上的"小鼻子"把"大鼻子"（老辈东北人管日本人叫"小鼻子"，称俄国人为"大鼻子"、"老毛子"）赶跑了，就把从长春到旅顺的南满铁路收入囊中。

俄国在四平的租借地，道东至一马路，道西至三马路，仅限于铁路两侧。易手10年后的1916年，不大的四平，整个都被纳于满铁附属地，日本已经完全统治四平。同年，中国政府修四（平）郑（家屯）铁路，占用一块满铁附属地，日本乘机将附属地西扩至后来的十道街。四郑铁路局办公楼及家属区占地12万平方米，满铁附属地达500多万平方米。1921年，梨树县政府在道东开辟街市，纵向7条马路，横向9条，一时商贾云集，人口大增。此时的四平街，人称三方问政，即道西满铁附属地，与之对应的四郑铁路局，道东梨树县辖地。不言而喻，后两者为的与前者抗衡，争取中国人的利益，实际都不能不受到日本人控制。

地处辽宁、内蒙交界，伪满时期为四平省公署所在地的四平，位于东北中部，松辽平原腹地，正处在地球的黄金玉米带上，周边数县又多是肥美的黑钙土，就成了有名的"粮窝子"。每年秋冬季，每天粮食上市三四千辆大车，更兼纵横的铁路，还可直达大连出海口，这座因车站而生、因粮食而兴的城市，就成了东北著名的粮食集散地。

还是兵家必争之地。

1904年2月，日俄战争爆发。日军在朝鲜仁川登陆，又过鸭绿江，5月攻占中国凤凰城。8月，日本海军在旅顺摧毁俄太平洋舰队主力，同时日军3个军会攻辽阳，10月俄军撤至奉天。翌年1月1日，旅顺俄军投降，日军北上参加奉天会战。3月10日，俄军撤离奉天，26日在四平街召开会议，排兵布阵，这回再也不退了。

以四平街为中心，东至西安（今辽源），西至郑家屯，俄军在第一线布列步兵38万多人，另有骑兵2万多，各种火炮1630门，总预备队5个军团置于四平街至郭家店的东西走廊，决心与日军决一死战。

4月4日，两军在四平街西南大洼激战。5月10日，日军推进至四平街附近英额布城、威远堡、大小屯，难以再进，双方对峙。

日俄战争，双方伤亡惨重。旅顺争夺战，杀得尸山血河，日军参战累计13万人，死伤5.9万余人，将近一半，俄军死伤3万余人，另有3万余人成了俘虏。

俄军据守四平街一线不退，日军决定暂缓进攻，观察战局变化，等待时机，一等就是小半年。

9月5日，日俄在美国签订《朴茨茅斯合约》，沙俄将辽东半岛租借权和长春以南铁路转让日本。10月30日，双方军事代表在四平街火车站卧铺车厢会晤，签订《日俄两军撤兵手续及铁道线路引渡协定》，日俄战争正式落幕，沙俄势力从此退到长春以北。

日俄开战第6天，清政府像个外星客似的宣布"中立"，并将辽河以东地区化为"战区"：你们随便打去吧，我才不管呢。

两军战处，当然不止辽河以东，多少百姓死伤，家园被毁，流离失所。而四平街一带人民，倒应该感谢大洋彼岸的美国。无论出于什么目的，要不是美国人从中斡旋，近百万军队厮杀，几千门大炮轰鸣，用不上几天，四平街会成了什么模样？

清朝四平地区并无正规军，仅在柳条边布尔图库苏巴尔罕边门（今半拉山门），驻有类似武装警察的地方部队，设防御员（把守边门的武官）1名，笔帖式（文官）1名，领催（军队低级文书人员）1名，满汉八旗兵20至50人，约一个排的兵力。

1899年，沙俄以护路为名，在道西修建兵营，有20多个哥萨克士兵。

从大帅到少帅，东北军在四平街无一兵一卒，在梨树县梨树镇有个

25旅旅部，驻军一个营。"九一八"事变，一枪未放，退走八面城。

日俄战争，一场大战虽然没在四平街打起来，日本鬼子也明白俄军为什么要在这里拉开架势，鱼死网破做最后一搏。

在泉眼沟修军用机场，在道西、道东和杨木林子大兴土木建兵营，还有一所1000张病床的关东军陆军医院。平东军需仓库占地500余万平方米，设铁路专线，每天火车往来，还有200多辆大车进出。最早进驻四平的一支关东军，番号不详，司令官是位中将。接着是39师团和战车9旅团，关东军装甲兵司令部也设在四平街。驻军最多时，晓东国民高等学校和女子国民高等学校，都被征作兵营。

日本侵略者如此看重四平，原因很简单：这里地处东北中部，铁路交通便利，军队、军需进出东西南北满，以及北进苏联，西犯华北，那是太方便、快捷了。

当初30公里为一站，纯因铁路运营特点而排行"五站"的四平街，就成了关东军的战略屯兵点，其兵家必争之地的特征也凸现了。

冷兵器时代的"一夫当关，万夫莫开"之地，热兵器时代一顿炮火就解决问题了。任何兵家必争之地，都不能不随着时代发展、科技进步而变化、取舍。

《四平市志》军事篇第6章"重大战事"，共6节12页。第1节为"日俄四平街之战"，近2页篇幅；第2节"义勇军抗日战斗"，不到1页；大量篇幅是第3、4、5、6节，即抗战胜利后国共两党大打出手的四战四平。

正如《四平战役纪念馆陈列讲解词》所言："四平坐拥东北腹地通衢要塞之利，谁能控制四平，谁便可以自如纵横关东大地，掌控东北战场主动权。"

有人说得更明确："得东北者得天下，得四平者得东北。"⑧

这里当然不是为的论证这句话，可在中国现代史上这场内战中，战火如此青睐四平，却是符合这场战争的特质的。

第二章　一战四平

三国四方

　　1945年8月29日夜，八路军冀热辽军区16军分区所属12团、18团和朝鲜支队4000余人，在司令员曾克林、副政委唐凯率领下，从山海关西边的九门口悄然出关。第二天上午9点多钟，进至辽宁省绥中县前所火车站时，先头连报告，一支苏联红军50多人，分乘5辆汽车，拖着3门炮，正迎面开来。

　　土、洋八路前所会师，"土八路"提议联手攻打山海关，"洋八路"不同意，说他们没有这个计划、任务。再三交涉，洋八路用电台请示上级后，同意配合行动。

　　先在城外与日军谈判，要日伪军无条件投降。

　　苏军代表命令日军开放城门，让苏联红军和八路军进城。日军代表说，山海关归国民党接收，贵军要进城，我得请示。苏军代表指着高耸的"天下第一关"说，我们不是占领，是要进城和中国军民联欢。你们立即出城，把枪架好，联欢完了再还你们。日军代表仍说得请示，苏军代表火了：限你们半小时答复，不然就不客气了。

英雄城

离休前为长春警备区参谋长的高秀成老人，当时是12团2连指导员，曾在延安日本工农学校学过日语，担任翻译。老人说本来就学得半生不熟的，又扔4年多了，只能勉强听出个大概意思。苏军带的翻译是个蒙古人，也是个"二百五"。我把日语磕磕巴巴译成汉语，那蒙古人再接力，磕磕巴巴译成俄语。日军代表一口一个"贵军"，苏军代表是个有点二杆子味的副连长，几句话就一个"混蛋"。

限定时间过去了，土、洋八路在炮火掩护下，分3路发起攻击。18团首先突入城内，12团攻下火车站和桥梁厂。日军无心恋战，争相逃命。伪军纷纷投降，说我们早就想缴枪回家了。

山海关之战，使闯入关东的八路军免除后顾之忧，并为后续部队开启一扇大门，也算应对了朱德第2号命令中的"配合苏联红军进入中国境内作战"。

在锦州乘火车，"土八路"开洋荤，一路兴高采烈到沈阳，却下不去车了。客货混编列车两侧，5米左右一个"洋八路"，转盘枪对着车上的"土八路"。从上午10点到傍晚，连大小便也不准下车。

不是"洋八路"、老大哥不认亲，而是不了解这是支什么队伍。任何一支进入别国的军队，无论多么强大，人生地不熟，都不能不感到忐忑不安。更何况沈阳已经够乱的了，这样一列车全副武装的军人，倘是敌对势力，放进城去，闹将起来，那就更麻烦了。

离休前为工程兵副司令员的唐凯将军，1998年春在北京家中告诉笔者，前所会师，那种激动、兴奋的心情，恨不能上去抱着行个外国礼呀。政治教育讲多少年了，苏联是列宁的故乡，世界上第一个社会主义国家，已经消灭了阶级，没有剥削、压迫，那不就像天堂一样吗？中国革命胜利后，也要走苏联的道路，苏联的今天，就是中国的明天。进军东北前动员，讲苏联红军解放东北，咱们去和老大哥会师，没想到出关不久就会师了。部队列队，把两个团的号兵集中起来，军号齐鸣，口号震天，这是当时能操办的最隆重、盛大的欢迎、欢庆仪式了。苏军却如临大敌，枪口对着我们，为首的一位上尉让我们缴械。他们把我们当成伪军了。我们就跟他们解释，我们是中国共产党领导的八路军，又拿出随身携带的马列书籍，指着上面马克思、列宁的头像，跟他们比画。我参军前入团时，自己在胳膊上刺青，镰刀、斧头和五角星，这回撸起袖子让他们看，一遍遍连说带比画：共产党、毛泽东、斯大林！斯大林、毛泽东、共产党！

在沈阳又是好一番口舌。曾克林、唐凯两次去苏军卫戍司令部交涉，部队才得以下车进入市区。两天后，苏军驻沈阳最高首长克拉夫钦科上将会见曾克林、唐凯，亲切地称他们为"同志"。

成立沈阳卫戍司令部，曾克林任司令。不到10天工夫，进入沈阳的冀东部队，滚雪球般由千把人发展到两万人。

市郊有座日本关东军仓库，苏军交给他们看守，打开库门，就像刘姥姥进了大观园，"土八路"什么时候见过这么多新枪新炮呀？过去缴获支三八大盖也宝贝似的，有时还要伤亡人，这回只管伸手拿吧。3万多支步枪、300多挺机关枪和100多门各式火炮，就成了这支最先闯进关东、并迅速膨胀起的部队的装备。

难说这种"看守"，没有"奉送"的暗示。毕竟是同一面镰刀、斧头旗帜下的队伍，"同志"嘛。在经验老到的苏联人的心目中，这是咱们私下里的事情，你悄默声地干就是了。按照《中苏友好同盟条约》，苏军是要把东北交给国民党政府的。美国人和国民党都盯着这里，你咋咋呼呼，大张旗鼓干起来，这不是授人以柄，让我在外交上被动、难堪吗？

苏军下令，要曾克林部退出沈阳。

曾克林不吃这一套：我们只接受延安的命令。

考虑到苏军的处境，不使其为难，9月16日，中共中央决定进入苏军占领地区的部队，一律迅速退出。并指示尚在路上的部队，出关后避开苏军驻扎的地区，不要使用八路军、新四军的番号。这也是闯入关东的中共部队，后来统称"东北人民自治军"的原因之一。

"九一八"事变14周年这一天，以彭真为书记的东北局，进入沈阳原张作霖的大帅府。苏军表面上不允许八路军公开活动，东北局也处于地下状态，却又截然有别于当年白区、日占区的地下党。这是一种既有距离，又有默许、暗助的关系。无论怎样受到外交关系的束缚，又对"土八路"的力量怎样估计不足，甚至没瞧得起，毕竟都是共产党，"同志"嘛。

9月21日，彭真在给中央书记处的电报中说：

> 在大城市如沈阳我受有相当限制，但仍有相当便利。在广大农村和中小城市基本上我们可以放手干。*⑨

10月4日，又电告中央：

> 某方已下最后决心，大开前门，此间家务全部交我。⑩

驻沈阳苏军司令告诉东北局领导人，苏军11月20日撤离沈阳，要中共在沈阳做主人，还要东北局在沈阳出版报纸。不费一枪一弹，就把东北最大的城市拿到手里，这当然是求之不得的天大的惊喜了，兄弟党的情谊已臻最高境界——中共原本就是奔这个去的呀！

东北局即筹备召开东北人民代表大会，9省2市来了300多位代表，东北局驻地顿时热闹非凡。只待代表大会结束，中共就由地下转入地上，公开接收东北了。

11月1日，山海关战斗打响了，苏联变脸了。

10日，苏联方面通知东北局，苏军准备在撤退的前5天，允许国民党军队空降沈阳、长春，让国民党接收东北各大城市。

苏军代表闯入东北人民代表会议会场，要参会代表马上解散，东北局马上搬出沈阳。

彭真和伍修权去苏军卫戍司令部交涉，一位少将司令说这是上面的指示，必须这样做，不能讲价钱。彭真据理力争，这位司令竟说：你们不走，就用坦克把你们赶走！

10月12日，国民党东北行营主任熊式辉、外交特派员蒋经国、经济委员会主任张嘉璈等接收大员，乘专机到达长春。

第二天，即与苏军总司令马林诺夫斯基元帅会谈。

熊式辉提出如下要求：

一、协助我方建立政权，并接收各省市行政机构。

二、协助我方接收日本及伪满在东北之工业机构及其设备。

三、我方决定由海上船运军队到东北接防，请指示适宜登陆地点，并予协助。又我方拟船运军队在大连港登陆，请将该港口现状见告。

四、我方为期在苏军撤退以前，保有相当兵力以维持各大城市之治安，并准备空运少量部队到沈阳、长春各地，请予协助。⑪

马林诺夫斯基答复如下：

一、行政接收事务，苏方可以协助。

二、经济接收事务将指定专人与张主任嘉璈商洽。

三、根据中苏友好同盟条约，大连为自由港，中国军队不能由大连港登陆。

四、空运中国军队至东北各大城市一节，应由两国政府解决而决定之。⑫

熊式辉说：苏方能否提供若干火车、轮船，借给中国政府运输军队？

马林诺夫斯基道：东北铁路车辆已在战争期间毁坏，或转到朝鲜境内，无法借给，轮船也无剩余。

马林诺夫斯基说的没错，闯进东北的百余万苏联红军，这一刻就像个巨大的搬家公司，正在向苏联搬运他们看得上的一切东西，哪还有什么车船借给你国民党呀？

苏方经济顾问斯拉德考夫斯基，则提出中苏共同经营东北的一揽子方案，要插手东北最重要的154个大型工矿企业。张嘉璈表示，根据中苏条约，双方可以签订贸易协定，中国欢迎苏联投资，可以聘请苏方技术人员，但这些经济活动要等苏联撤军后才能进行。

斯拉德考夫斯基态度强硬：日本在东北的一切工矿设备，都是苏军对日作战的战利品，苏联方面都有权处理。

张嘉璈义正词严："战利品"这个名词，只适用与敌人的作战武器及与军事直接有关的供应品，根本就不能包括工矿企业。

一个多月后，蒋经国、张嘉璈重返长春，斯拉德考夫斯基重弹"工矿企业是战利品"的老调：考虑到中国的主权，东北最重要的154个工矿企业，苏联可以让出50%的股权，作为中国与苏联合作的资本。

张嘉璈怒不可遏：中国对战利品的解释与苏方不同。动产可以做战利品，不动产不是战利品，实物可以做战利品，权利不能作战利品。

在与马林诺夫斯基商谈苏联撤军问题时，这位元帅话题一转，也大谈苏中"经济合作"。

"洋八路"不认识"土八路"，也没想到"土八路"凭着一双铁脚板，会那么快闯进关东。在原日本关东军司令部的苏军总部大楼里，对挺洋气的熊式辉等人，倒用不着像对曾克林、唐凯那样耗费一番口舌。在可以想见的冠冕堂皇的外交辞令后，早已成竹在胸的马林诺夫斯基，不知道可曾想过先人的那个"黄俄罗斯"，那没出口的明明白白的就是一句话：像你们这样的人，来多少都可以"协助"，想来军队，没门儿。

那道理太简单了：我和你们不是"同志"呀？

熊式辉等人悻然飞回重庆，向蒋介石汇报。

火上加火，蒋介石这一肚子火憋的。

这年2月，在黑海的克里米亚半岛雅尔塔皇宫召开的美英苏三国首脑会议上，关于苏联出兵东北对日作战，斯大林的要价是：

一、外蒙古（蒙古人民共和国）之现状应予维持。

二、由日本1904年背信弃义进攻所破坏之俄国昔日权益应予恢复。即：

A. 库页岛南部及该岛附近之一切岛屿应交还苏联。

B. 对旅顺港及大连之租借权应予恢复。

C. 俄日战争前俄国经营之至大连出海口之中东铁路及南满铁路之权益应予恢复，其条件为中国继续拥有对满洲之全部主权。

三、千岛群岛应交与苏联。⑬

可用《雅尔塔密约》中的一句话概括："苏联应恢复以前俄罗斯帝国之权利。"⑭

从朴茨茅斯到雅尔塔，中国的东北就像一盘蛋糕，又被放在了列强的餐桌上。只是斯大林的胃口，比当年的老沙皇还大。而且背着中国，就把一个主权国家的权益私分了，于国际准则和美国老大哥的面子，也实在过不去。可罗斯福手里并无多少牌可打。这时距罗斯福突发脑溢血去世，只有两个多月，但他多少应该明了二战结束后，美苏两强将会怎样在这个世界上过日子。苏联在亚洲盯着远东，特别是中国的东北，美国在这一地区也有自己的势力范围，可是为了美国的战略利益，有时就不能不牺牲朋友的利益。而且斯大林已经看准了罗斯福的软肋，你不是吝啬美国军人的鲜血，迫切需要苏联出兵吗？我就这价。

讨价还价的结果，是将二中的B、C改动如下：

B．大连商港应予国际化，苏联在港之优越利益，应予确保。苏联之租用旅顺为海军基地应予恢复。

C．对通往大连港出海口之中东铁路和南满铁路，应设立苏中合办之公司共同经营之；经谅解，苏联之优越权益应予保障，而中国应保持在满洲之全部主权。⑮

蒋介石是在一个多月后，收到驻美国大使魏道明的电报，才知道这世界上还有这么个《雅尔塔密约》的。他在日记中倾述自己的心情："阅此，但有痛愤与自省而已。雅尔塔果已卖华乎？唯如此可以断定此次黑海会议俄国对日作战已有成议。果尔，则此次抗倭战争之理想，恐成梦幻矣！"⑯

7月，宋子文、蒋经国出使苏联，谈判签署《中苏友好同盟条约》，希望能够跳出《雅尔塔密约》的框架，在外蒙和东北问题上求得苏联的让步。而蒋经国的背景，自然更含苦心、深意。这位民国第一公子，曾在苏联生活10年，并加入苏联共青团，还有个苏联名字"尼古拉"，也算"尼古拉同志"了。

面对克里姆林宫的主人，"尼古拉同志"尽量把话说得委婉、恳切：你应当谅解，我们中国7年抗战，就是为了把失地收回来。今天日本还没有赶走，东北、台湾还没收回，反而把这样大的一块土地割让出去，岂不失却了抗战的本意？我们的国民一定不会原谅我们，会说我们出卖了国土。在这样情况下，国民一定会起来反对政府，那我们就无法支持抗战，所以我们不同意外蒙古归并给苏联。

个子不高的斯大林，却是绝对地居高临下：你这段话很有道理，我不是不知道。不过你要晓得，今天并不是我求你来帮忙，而是你要我来帮忙。倘使你本国有力量，自己可以打日本，我自然不会提出要求。今天，你没有这个力量，还要讲这些话，就等于废话！

不过更能体现斯大林风格的，还是他的承诺：东北、新疆主权回归中国，苏联保证支持国民政府，让中共服从蒋委员长的命令。

悲愤中憋气窝火的蒋介石，就好像看到了一丝希望。胜利来得太快，中国太大，东北太远，就让苏联人先管着吧，等我腾出手来再说。有中苏条约摆在那儿，谅它也不至走得太远。

结果是熊式辉等人一再碰壁，眼瞅着中共势力在东北一天天发展壮大。

接下来出马的，是军装笔挺的陆军中将杜聿明。

军人与军人对话，立刻就不一样了。马林诺夫斯基说：欢迎杜将军率军来接收东北，从陆路来，从海路来，我们都欢迎。杜聿明请苏军在营口掩护国军登陆，马林诺夫斯基满口答应，还画了一幅联络图，写明驻营口苏军位置、警备司令及掩护登陆要旨，送给杜聿明。

杜聿明与美国第7舰队代理司令巴贝中将，乘美舰脱罗尔号兴冲冲赶到营口，苏军却没了踪影，营口已被八路军控制了。

巴贝做个鬼脸：杜将军，美国才是中国的真正朋友，你相信吧？

从10月下旬起，秦皇岛港成了繁忙的军港。载运国民党军队的美国舰船一艘艘驰来，先是全美械装备的13军，然后是半美械装备的52军。

苏军不准国军在大连登陆，在营口杜聿明又被马林诺夫斯基要了一把，葫芦岛也被八路军抢先占据。东北海路没了登陆点，关内铁路又被八路军扒得稀烂，国民党本来就慢了一步，国军又大老远的，如何跑得过八路军的铁脚板？美国军舰在黄海渤海来回游弋，就相中了冀东的秦皇岛。如今，驻韩国美军为2.85万人，而当年部署在塘沽至秦皇岛一线的美国海军陆战队，即达1.8万人。国民党从美舰上蜂拥上岸，又在美军掩护下直扑山海关。

前面说了，苏联就变脸了。

11月中旬，共产党撤了长春的伪满留守市长，市长和公安局长都换上了共产党人，长春城的守备部队也换成了八路军。国民党东北行营驻地满炭大楼周围，出现了"国民党行营滚回去"的大标语，负责其警卫的是共产党的警察部队。这一切就出现在马林诺夫斯基元帅的眼皮子底下，这些接收大员就不仅是"滚回去"的问题，而是随时可能成为共产党八路军的俘虏了。蒋经国急电重庆，蒋介石指示外交部急电斯大林，要他派专人解决长春问题。莫斯科复电斯大林不在莫斯科，要等他回来才能处理。蒋介石没含糊，当即指示熊式辉，将东北行营撤到山海关。

蒋介石硬了一下，斯大林就复电了。

像沈阳一样，苏军开始驱逐中共在长春的机关、部队。市长当然是被撤了，再搬出那个伪满市长。东北行营在长春还有20多留守人员，马林诺夫斯基派两位将军前去表示挽留，许诺保证他们的安全，并要国民党派人接收长春市政机关和公安局。

11月20日，彭真电报中央：

> 苏方19日提出"长春路沿线及城市全部交蒋，有红军之处不许我与顽作战，不许我存在，必要时不惜武力将我驱散"。⑰

中央复电：

> 彼方既如此决定，我们只有服从。⑱

小胳膊扭不过大腿。无论苏联怎样翻脸不认人，小兄弟都只能跟从老大哥的号令——除了苏联，中共还能指望谁呢？

《四平市志》载，"8·15"后的四平街，人口8万余人。有人说其中日本人2万左右，还有人说4万多。日本人在东北的数量，当然大大超过百余万苏军，但他们已成亡国奴了。无论西方列强在东北有多少利益，这时在这里争斗的，是苏联、美国和中国的两大党派。而在这三国四方中，用老百姓的话讲，国民党跟美国是一伙的，共产党跟苏联是一伙的。

通过苏军驻延安情报组，中共中央与苏联保持密切联系，交换情报。5月7日德国投降后，毛泽东知道日本的末日也快了，这个世界的政治格局就要大变样了，一再询问苏联的动向，以便决定中共的动作。这可是决定中国的前途和命运的动作呀。这个情报组织说苏联一定会出兵帮助中国，至于具体计划、事件，绝口不谈，没一句"私房话"。

重庆谈判，苏联大使与中共领导人保持距离。毛泽东对秘书说：苏联使馆胆子小，请我们吃饭要走后门。

这时距1949年民国变成人民共和国，还有4年时间。偌大中国，鹿死谁手，还是未知数。这时连小孩子都清楚的明摆着的现实是，中共的力量远逊于国民党，而且国民党是执政党，苏联只能和国民党政府打交道，订立条约。更重要的是国民党背后站着美国。"你没有这个力量，还要说这些话，就等于废话！"斯大林可以这样羞辱蒋经国，可在罗斯福、杜鲁门面前，还会有这种"废话"吗？

从二战结束到整个冷战期间，无论苏美两国在世界各地怎样针锋相对，恨不能一口吞了对方，苏联始终把握一条底线，避免与美国发生直接冲突。它知道自己的力量。60年代初的古巴导弹危机，眼看着两个超级大国要"擦枪走火"了，苏联把子弹退出枪膛了。

二战后的中国，是苏美重点关注地区。而东北由于苏军的进入，苏美、苏蒋、美蒋关系，苏联与中共关系，美国与中共关系，国共两党关系，关系、矛盾异乎寻常得纷繁复杂，又变化多端，各方都在为自己的利益争斗。在感情上，人们往往会站在受欺凌的弱者一边，行动上却少有人愿意站到明显的弱者、因而被认定为负者的一方，使自己的利益受损。"主义"和"同志"也难例外。所以，苏联就要走后门，给自己留一手。它不想外交上被动，更不想激怒美国，让美军进入东北，像日本关东军那样站到它的家门口。但这并不妨碍在拿捏好分寸后，继续刁难国民党，支持共产党。苏联把中共当做手中的一张牌，中共力量愈强大，它与国民党和美国讨价还价时就愈有利。无论苏联对国共两党怎样变脸，始终不变的都是利益。而它在亚洲的最大利益，就是二战后的远东，能够出现一个红色中国。只是斯大林从一开始就没瞧得起中共，认为中共不可能成了后来的那等气候。眼下最现实的选择，就是你毛泽东一干人马去联合政府里当个官吧，我还得和以蒋介石为领袖的中国打交道。

苏联的办法，通常是对共产党做了不说（也要求中共只做不说），对国民党说了不做。唯一一次痛痛快快地说了又做了的，是应国民党政府要求，推迟撤军一个月。名正言顺地多待上一个月（实际上多待了三个月），苏军这台巨大的搬家机器，能搬回苏联多少东西呀？

同一面镰刀、斧头旗帜下的老大哥和小兄弟，在两大阵营的力量对比中，无论怎样处于劣势，也无论小兄弟受了老大哥多少窝囊气，在这场三国四方的角逐中，最弱的、也缺乏外交经验、却充满朝气活力的中共，都是最大的受益者。美国毕竟有些鞭长莫及，苏联才是这方天地的统治者，中共自然近水楼台先得月，用东北老百姓的话讲叫"手在胳膊头"。

这是一个色彩纷繁、变化多端，像万花筒般令人眼花缭乱的历史时期，各种政治势力都在迅速调整政策，聚拢力量。而由于苏联的武装进入，这片被列强争来夺去的黑土地，就愈发显得微妙、复杂、诡谲，引人瞩目。

就是在这样的背景下，四平街逐渐在人们的视野中凸现出来，成为国共两党竭力争夺的焦点、热点。

一座城市，两个政府

有四平老人告诉笔者，1945年8月15日早晨，收音机即不断播报，说中午有重要新闻"放送"，让人们收听。12点整，日本天皇宣读投降诏书，又有人读中文诏书，日本人就"炸营了"（即"乱套了"）。有的号啕大哭，有的拿刀比画着，要剖腹自杀，有的喝得酒气熏天，道西日本人聚居区鬼哭狼嚎。

日伪机关焚烧档案资料，入夜后还大火熊熊。

周边各县日本人，纷纷逃来四平街。北满各地的日本人，也不断涌入，其中许多是开拓团的移民。梨树县礼让村有个开拓团，这年春天才从日本来的，在四平街下火车时，伪政府组织小学生敲锣打鼓欢迎，好不风光。这工夫几千人换上中国服装，携儿带女，挑担推车，一路奔逃如丧家之犬。老百姓冲他们吐口水，喊"中国万岁"、"打倒小日本子"。

四平街上的行人，如果是个矮个子，有时就得边走边自说自话。不然可能被视作日本人，遭白眼，甚至挨顿拳脚。

到处都是摆摊的，叫"破烂市"：各种家具、日用品，凡读者能够想象到的都能见到，还有想象不到的军服、战刀、钢盔，等等。日本亡国了，"满洲国"垮台了，这地场自然待不下去了，能出手就出手，给点钱就卖。而这座因铁路而生、因粮食而兴的城市，破烂市上当然少不了粮食，还罕见地出现了白生生的大米。过去大米是日本人的专供，中国人吃大米饭是"经济犯"。谁吃了，赶上倒霉，恶心吐出来，被警察发现，就捉去坐牢。大米是从平东军需仓库弄出来的，叫"捡洋落"。

当时东北各地都"捡洋落",和破烂市上的"买洋落","卖洋落",为这一特殊历史时刻的普遍现象。

"捡洋落"发大财的是苏联。

四平街光复前,有日本企业40多家,其中最大的是油化厂和"东洋火磨"、"康德火磨"("火磨"即米面加工厂)。油化厂为日本陆军部238部队所有,1936年四(平)梅(河口)铁路通车后,利用西安的煤提炼航空汽油,日产50吨,为四平街第一家近代企业。

进驻四平街的两万苏军,这时最急需的就是运输工具了。苏军的,日军的,日伪机关、企业的,还有征用民间的汽车、马车,满载的目的地都是火车站。地处东北腹地的铁路枢纽,列车隆隆,川流不息。白天看到,晚上听到,南下的轻灵快捷,北上的粗重地喘息着。

鞍山、本溪钢铁企业80%的设备,占东北总发电量65%的电力设备,被苏军拆卸运走。长春工科大学25个实验室的教学器材,也成了苏军的"战利品"。这只是几个较大的项目数字。有老百姓说,"老毛子"连黄牛都往车上赶。最后一列火车从绥芬河出界前,洋八路也变成了扒路军,把铁轨扒了运走。40来年后,一些东西又当废铜烂铁卖给中国了。

据美国官方调查统计,苏军占领期间,东北仅工业损失即约达20亿美元。

笔者采访的一些老人,包括当年的老八路,都说这老大哥是真能下得了手呀。

10月初,东北局向中央报告,说苏军在沈阳拆卸工厂设备。中央回电指示要顾全大局,先考虑同国民党的斗争,"本此认识,某方秘密搬走机器物资与人民有利,免得落入官僚资本之手"。[19]

苏军是8月20日进入四平街的。

苏军所到之处都成立维持会,会长的条件是没给日本效劳,没当过伪官吏,忠于职守且有领导能力。可四平街市维持会长关薄涛,就是原伪四平市公署副市长(市长为日本人)。这当然不是个例。在某种意义上,苏联人也就是嘴上说说而已,他们的心思并不在这上头。明知道自己在这里待不了多久，有人"维持"就行了。

四平省维持会长毕赞华，却是符合上述条件的。这位60岁的梨树县人，曾任梨树县立女子学校校长，官商合办的四平街电灯股份有限公司经理、董事长，黑龙江省电话局长兼电务监督署长，"九一八"事变后归家隐居。他被各界人士推举为维持会长，老百姓称之为"四平省长"。

苏军进入四平，发现道东区的红卐字会，这个"卐"苏军再熟悉不过了，即认定这是希特列纳粹党在中国的分部，不由分说，抓人查封。毕赞华上任后，说明这是个宗教团体，信奉中国两千多年前的哲学家老子、庄子的学说，与纳粹党毫无关系，纯属巧合。毕赞华是苏军主持下产生的民选会长，又讲得有理有据，很快放人，解除查封。

苏军委托粮商收购粮食，每斤2.5元，手续费从中扣除。各粮栈掌柜（即经理）一致决定，手续费为1.3元。毕赞华知道粮商一贯盘剥农民利益，即以会长身份主持评议，讨价还价，将手续费定为0.6元。

苏军纪律不好。有妇女向毕赞华哭诉，"大鼻子"兵枪杀她的丈夫，又强奸了她。毕赞华派人调查，情况属实，即与驻四平苏军司令交涉，要求惩处凶犯，并严加管教，防止此类事情再度发生。又再三劝慰这位妇女，鼓励她为了孩子坚强地活下去，还把自己刚发的工资960元给了她。

维持会只维持了一个多月，中共派人接收四平，邀请毕赞华代理辽北省政府主席。

中共接管政权后，发动群众，建立地方武装，打击敌特，镇压反革命。在清理敌伪财产时，逮捕了四平街有名的富豪赵翰臣和翟书田，公审后宣判死刑，没收其全部财产。毕赞华既不反对，也不支持。不反对是因为这两个人是汉奸，依附日本人巧取豪夺，确有罪行，民愤很大。不支持是他认为对日伪时期犯有政治罪行的人，应由国共两党接收人员组成的地方联合政府的法规惩罚治罪。现在只是共产党一方组成的政府，未免操之过急，不合适。后来共产党接受了他的意见，特别法庭改判死刑，缓期执行，取保释放。

1946年1月，国民党进入四平，毕赞华将省政府移交给国民党接收人员，回家隐居。

1987年秋，2010年春，笔者两次到四平采访，谈到这位早已作古的无党派人士，人们都说他是位正直的爱国者。

1945年9月中旬，一支40多人的干部团和200多人的八路军，奉东北局命令乘专列来接收四平。在车站待了很长时间不能下车，在四平又待了几天，与苏军联系接收事宜。据说苏军已经同意了，后来又变卦了，这些人怀着对老大哥的一肚子不理解，又返回沈阳。

第二次进入四平，并开始接收，是10月初。

先建立中共辽北省工作委员会和辽北军区，在此基础上建立中共辽北省委员会，郭述申任省委书记兼军区政委，再成立辽北省民主政府。同时，中共四平市工作委员会和四平市民主政府也相继成立，由魏兆麟任工委书记、市长兼公安局长。

有老人说，"大鼻子"来了，"小鼻子"完蛋了，来来去去的都是"鼻子"。这回咱中国人来了，来接收四平了，高兴啊，见了那个亲哪。

更多的老人说，收音机天天广播，今天说熊式辉来了，明天说杜聿明来了。民间传得更邪乎，说国民党和共产党在什么地方打起来了，讲得有鼻子有眼的。那时老百姓也搞不懂什么国民党、共产党的，就知道国民党是正牌，是中央，是政府。先来的共产党，跟"大鼻子"走得挺近，老百姓对"大鼻子"没多少好印象，就更盼望国民党。那时不是讲"想中央，盼中央"吗？到头来是"中央来了更遭殃"。

许多老人说：一会儿共产党，一会儿国民党，眼瞅着两个党不像一条道上跑的车，老百姓心里都七上八下的：这是不是还要打仗呀？咱中国人自个跟自个还有什么不能好好唠唠的，还得打吗？那老百姓可怎么过日子呀？

原东北军107师师长、国民党辽北省主席刘翰东，在《本省接收一年来之回顾与前瞻》中，叙述接收四平的经过："嗣于10月下旬本人偕同委员徐鼐由渝飞往长春。至11月初旬，委员张士纶、傅馥桂、白世昌、李充国偕接收专员林耀山、赵惠东、安玉珍、陈国贤等十余员亦飞抵长春，当即在东北行营内开始办公，筹备接收工作。继于11月17日因外交关系，一时接收无望，乃奉命全体撤退，分批飞往北平待命。旋于年末，复奉命飞返长春，几经折冲，卒于去年（1946年）1月8日，由苏军联络官卡里亚替陪同本人及全体接收人员至四平办理接收事宜。"②

共产党来了又去，再来也是处于地下、半地下状态，而且得自己找上门去联系。这国民党可是有个苏军联络官一路陪同，瞅着挺有面子，挺像模像样的，符合外交礼仪，却足足耽误了两个多月的时间。

"因外交关系"——一切尽在不言中，把国共两党的接收波折都概括了。

从11月末开始，苏军四平警备司令就一再要求共产党撤离四平，要将四平交给国民党。东北各地都这样。走吧。辽北省委和省军区撤到梨树县城，省政府撤到昌图县八面城，四平市党政机关和部队撤到老四平。

秘书处、民政厅、财政厅、教育厅、建设厅、会计处、警务处、社会处等等，刘翰东把个省政府铺排得正儿八经的，一帮大员走马上任。四平市政府也同时宣告成立，由省政府委员、建设厅长李充国兼代市长。

辽北省辖1市10县8旗，即四平市和通辽、双辽、梨树、昌图、开原、西丰、东丰、北丰（西安）、海龙、长岭10个县，科尔沁左翼前、中、后旗，科尔沁右翼前、中、后旗，库伦旗，扎鲁特旗8个旗。这县（旗）太爷也是肥缺呀，拉关系走后门，自然也是应者云集。只是除个四平市外，这些县、旗都在共产党手里，县（旗）长们窝在四平，谁敢上任呀？

1945年12月31日晚，驻四平苏军司令贝洛夫中将（有人说是宪兵司令部司令米哈伊洛夫中校）邀请辽北省代主席毕赞华参加元旦联欢晚会。在举杯共祝1946年即将来临时，贝洛夫提议毕赞华代表辽北省人民，他代表驻四平苏军官兵，各说一句祝福1946年的吉利话。

毕赞华举杯道：1946年国共合作，联合政府组成！

贝洛夫说：1946年不打仗了！

接下来的历史谁都知道了。

一座城市，两个政府，而且都拥有武装，不打仗的概率有几多？

把省长、市长都活捉了

被缴械的日军，集中在杨木林子兵营和女子国民高等学校。日本人居住区传出女人的哭叫，苏军士兵去那里糟蹋日本女人，也强奸中国妇女。日本人成了霜打的茄子，汉奸惶惶不安，有的就没了踪影，不知跑哪儿隐姓埋名去了。"国民党市党部"、"军事委员会战地复兴工作团"、"三民主义研究会"、"铁血除奸团"，等等，雨后蘑菇般地冒出来。共产党接收四平后的一项重要工作，就是对付这些五花八门的反共组织。国民党来了后，这些组织立刻又活跃起来。

随刘翰东等人来接收四平的，还有伪满的"铁石部队"。

1944年末，根据日本关东军指示，伪满军事部抽调"精锐"伪军编成一支混合部队，辖1个步兵旅、1个骑兵旅和战车部队，取名"铁石部队"，总兵力约1万余人，赴关内作战。这支伪军的"精锐"，不仅在于装备精良，中上级军官都是日本人，还在于这是支有慰安妇的部队。他们打杀中国人，还糟蹋中国女人（少校以上军官还有糟蹋日本女人的"待遇"）。日本投降后，"铁石部队"被国民党收编为"东北保安第2总队"，1946年初从唐山空运到长春，是最早进入东北腹地的"国军"。

接收大员来多少都行，手无寸铁，挂块牌子就算接收了。刘翰东当然明白苏联人的心思，八路军给东北行营站岗的一幕，更让他胆战心惊。四平已被共产党接收了，虽然苏联人保证让其撤走，谁敢打保票不会换套衣服，再给他这位省主席站岗放哨？正好天降救兵，"铁石部队"来了。只是"8·15"后，在唐山已散去一半左右，长春要守备，各地的接收大员都担心脑袋不保，能随他来四平保驾护航的也就200来人。

由刘翰东兼司令的辽北省保安部队和警察总队，总计3000余人，其中相当数量是被四平人称作"降大杆子"的"中央胡子"。

东北人管土匪叫"胡子"，管土匪蜂起叫"起胡子"。东北近现代史上有三次较大规模的"起胡子"，一是日俄战争期间，二是"九一八"事变后，三是"8·15"光复后，都是天下大乱之际。不同的是，"九一八"事变后许多胡子抗战打日本，这次则大都成了"中央胡子"。东北人正统观念较强，胡子也认"正牌"，随风倒，受招安，当官呀。国民党正规军还没到东北，远水不解近渴，接收大员就利用伪军、胡子维护地盘，一时间官帽满天飞。

比之合江省被封为第1集团军上将总司令的李华堂、第15集团军上将总司令的谢文东，四平地区以王永清为首的"天下好"、"草上飞"之流，只能算是小虾米了，也是来者不拒。刘翰东也是无法。用四平人的话讲，是饥不择食，把"汉奸队"（指"铁石部队"）和"降大杆子"都当成香饽饽了。

1946年2月22日，中共西满分局书记李富春、西满军区司令员吕正操，在给东北局的电报中明确提出：

> 苏军撤后，国军不多，我们是否可进据四平等地。㉑

3月10日，林彪、彭真在给中央的电报中说：

> 苏军突然北撤，国民党一时因情况不明，不敢冒进接收，我军应以一部兵力乘机控制长春路沿线城市，以阻止顽军北进，并吸引顽军于长春沿线，你们如同意，我们即派队进占四平、昂昂溪。㉒

17日，东北局又请示中央：

　　我可否在辰兄（指苏军——笔者）同意下及时夺取四平街、哈尔滨及其他长春路支线小城市，作为将来谈判时让步之资本？这在政治上有无坏的影响？㉓

中央当天复电：

　　国民党还不停战，沈阳以北长春路沿线之苏军撤退区，同意你们派兵进驻，以为将来谈判之条件，时间愈快愈好。㉔

　　按照《中苏友好同盟条约》，苏军应在1946年1月全部撤退回国。国民党本来就慢了一步，又被苏军推三阻四，海上不能登陆，只能走陆路，就得攻打山海关，这下更老牛拖破车了，眼瞅着苏军快走。有苏军在，无论如何，大面上也有外交制衡，好歹有个移交，苏军走了，这东北不就里呀面的都成中共的天下了吗？就请求苏军缓撤一个月。苏军当然乐不得的答应，却好像给了国民党多大面子，欠他多少情似的。

　　2月11日是雅尔塔会议1周年，苏美英三国同时发表了《雅尔塔密约》的全文。密约中"苏联应恢复以前俄罗斯帝国之权利"的条文，深深地刺伤了中国人民的感情，重庆两万多人游行，高呼"苏军必须立即滚出东北"、"国土不容分割，主权不容侵害"、"拥护政府采取强硬外交，国家至上，民族至上"。

　　21日，国民政府发表声明，中国政府未参加雅尔塔会议，不受密约约束。

　　3月8日，苏军突然从抚顺、吉林撤离，将两城交给中共。

　　第二天，苏军通知东北局，沈阳苏军将于13日撤退，希望中共占领。沈阳以南地区，苏军也不再向国民党移交，一切苏军撤出地区，中共可自由进入、破坏。

　　11日，苏军开始由沈阳沿中长路逐次北撤。

　　国民党不知道苏军什么时候走，派人去苏军机关、部队驻地看着，有点动静，马上跑回去报告，经常闹出虚惊。就算真的看准了，也是干瞪眼。沈阳以北没有国民党正规军,各大中城市除了一些接收大员,就是像四平街那样的乱杂武装,不堪一击。

撤退前的苏军,对中共异乎寻常地"同志"起来,国民党则凿凿实实地被闪了一把。

苏军是3月13日撤离四平的,共产党即调集部队,准备攻取四平。

4月14日,苏军最后一列火车驶离长春不久,八路军即兵分三路发起攻击。哈尔滨、齐齐哈尔等地,都是苏军前脚走,八路军后脚即跟进并拿下来的。

攻打四平的部队,有西满军区3师10旅28团,辽西军区保1旅1团、2分区16团,东满军区万毅纵队56团、20旅59团,几支不同建制的部队共6000余人,作战总指挥是3师10旅旅长钟伟。

3月15日,28团攻占西郊机场。16日,各部进入攻击地域。1团从城西南,59团从城东南,以铁路为界向北突击,56团从城东北向西南攻进,28团、16团在东西三道林子和北山堵击策应。

17日凌晨4时,各部开始攻击。

正是一天最冷的时候,繁星在天际静默无声。山背阴和田野低洼处的积雪,白天化了,晚上又冻了。布鞋、日式大头鞋在坚实的大地上起落,从东西南三面逼近城垣。周围村落不时传来狗吠,远远地可以看到火车站红色的信号灯。

59团副团长宋文洪,率先头营摸进街了,才被哨兵发现。"八路来了!"枪声炸耳,随即在干冷的北风中响成一片。酣睡中醒来的守军的动作,是撒丫子就跑,跑到天主教堂和红卍字会,才依托高大据点放了几枪。59团毫不理会,猛打猛冲,冲进公安局宿舍,里面空无一人,摸摸被窝还是热的。

城东北角的油化厂,外围架设铁丝网和电网,56团1营用爆破筒将其炸毁,机枪掩护发起冲击。守军稍作抵抗,还是撒丫子就跑,没跑了的都成了俘虏。

纵深战斗,56团遇到点麻烦。一幢2层楼高的建筑上,一挺重机枪扫得路面直冒火星,先后伤亡几人。团长翟仲禹将1营预备队3连调上来，让一个班从右侧迂回过去，一会儿那挺重机枪就哑巴了。康德火磨大院里有数百骑兵，见事不好，向外突围。这时天已大亮，各色马匹刮风般冲出来，立即被迎头痛击，连续三次都是人仰马翻，侥幸冲过去的也被机枪尾追打掉。没死的纵马西逃，就见西边路上步兵、骑兵、家属，还有载人载物的几十辆马车，黑压压地涌了过来。1营冲上去，2营、3营也赶来了，机枪、冲锋枪、步枪、手榴弹，枪打弹炸，人踩马踏，鬼哭狼嚎。

从西南方向攻击的1团，被11个暗火力点阻住，几次攻击，伤亡较大。团长邢程组织爆破组，连续爆破，突破前沿。

以铁路为界，道东大都是低矮的平房，道西当年主要为日本人居住区和政府机构，高大建筑较多。辽北省银行和省政府一带，楼房密集，都成堡垒，街口、楼口用沙袋堆砌工事，是守军的核心阵地。1团运用迂回包围战术，逐点攻击，首先拿下银行大楼。在攻击省政府附近的一幢大红楼时，战斗最激烈，据说也是一战四平中伤亡最大的。

防守城北三道林子的，是中央胡子"天下好"。四平守军本属乌合之众，这帮"降大杆子"又是乌合中的乌合，枪一响就四散奔逃。老百姓知道他们的底细，见到尸体，就搜腰包。那时那人衣服少兜，裤带多是布带，这帮东西就把抢得的钱和金银细软什么的，都缝在裤带里（这也算"腰缠万贯"和"腰包"，即钱包之一解了）。一些人解开裤带，拽着就跑，有的发财了，有的被流弹击中伤了亡了。

1团12点多钟拿下银行大楼，这里就成了团指挥所，突然桌上的电话响了。副政委吕兆轩拿起听筒，听到一个沙哑的声音叫道：贵军，我是刘翰东，我们不想再打下去了。

行伍出身的刘翰东，当然清楚他的这支部队的斤两，更不用说再过两个多小时战斗就结束了。

吕兆轩回答：放下武器是你们的唯一出路，我们欢迎你作出这样的决定。

省政府大楼上挂起白旗，换套士兵服装的刘翰东，夹在人群中出来投降。只是当旅长时就得名"刘坨肉"，那身肥膘在那个年代特别扎眼，也就自知难以蒙混过关。被押解到四平北沟时，对28团副政委田麟勋说：年轻军官，有个事跟你说一下。

什么事，说吧。

我的保险柜里有几万块钱，请贵军收拾好，别损失了。

田副政委自然不会放过这句话，刘翰东就像在电话里对吕副政委那样开门见山了。

一战四平，把省长、市长都活捉了，仅保安副司令和"降大杆子"头子带200余人逃脱了。

一战四平总指挥钟伟，江西人，时年30岁，中等个头，貌不惊人，就像他任旅长的10旅28团在这次战斗中的表现，也不能说有什么过人之处一样。不过，很快要由10旅改编成的5师，马上就要成为东北野战军中的头等主力师中的头等了，他也成为东北3年内战中唯一一位从师长直接提升为纵队司令的共产党将军。

仅就战斗而言，无论对于已经身经百战的总指挥钟伟，还是比之此后黑土地上的大小战斗，一战四平都算不得什么——不就是对付一群乌合之众吗！

但这绝不是一次普通平常的城市争夺战——因为这座城市的名字叫"四平"。

注释：

① ②《毛泽东文集》第三卷，410、411、426页，人民出版社，1996年。

③ ⑩ ⑪ ⑫ ⑬ ⑭ ⑮ ⑯ ⑰ ⑱ ⑲ 刘统著《东北解放战争纪实》，170、78、55、56、57、146、84、85、145页，人民出版社，2004年5月。

④ 中共中央档案馆编《中共中央文件选集》（1945—1947），117页，中共中央党校出版社，1991年。

⑤ 桂恒彬著《四平大血战》（1946—1950国共生死大决战），73页，军事科学出版社，2007年5月。

⑥ 四平市地方志编纂委员会编纂《四平市志》，2页，吉林人民出版社，1993年5月。

⑦ 甲午战争后签订《马关条约》，中国将辽东半岛割让日本，这就与沙皇俄国的"远东政策"发生尖锐矛盾，也触犯到德、法等国的在华利益。俄、德、法三国军舰开到日本海，驻日使节也同日本政府交涉，要求日本将辽东半岛还给中国，不然就开战。经俄国调节，中国赔给日本3000万两白银赎回辽东半岛。

⑧ 尹相新主编，刘德会、张艳华副主编《战地黄花分外香》序，吉林教育音像出版社，2009年12月。

⑨ 本书凡有*的电文资料，均见于中国人民解放军档案馆，只要不至于引起误读，错别字及标点符号均保持原貌。

⑳ 何秀超编著《话说四平》，89页，吉林大学出版社，2006年3月。

㉑ 陈守林、史岳、张庆峰、张艳华、季汉文著《四战四平史》，40页，吉林文史出版社，2003年2月。

㉒ ㉓ ㉔ 李桂萍、张振海编著《四平街战况——在旧书旧报中解密"四战四平"》，5、7页，吉林人民出版社，2009年9月。

英雄城

二
"化四平街为马德里"

林彪同志:

　　(一)四平守军甚为英勇,望传令奖励。
　　(二)请考虑增加一部分守军(例如一至二个团),化四平街为马德里。

　　　　　　　　　　　军委
　　　　　　　　　　　　卯感

第三章 文在重庆，武在四平

毛泽东盯住四平

得知苏联出兵东北，延安顿时兴奋、忙碌起来。

接下来的日子，却让毛泽东心气不顺。

1945年8月11日，蒋介石连发三道命令，其三特地命令18集团军（八路军）"所属部队，应就原地驻防待命。政府对于敌军之缴械、敌俘之收容、伪军之处理及收复地区秩序之恢复，均已统筹决定，分令实施。为维护国家命令之尊严，恪守盟邦协议之规定，各部队切勿再擅自行动。"①

你国民党可以到处接收、受降，我就得画地为牢、动弹不得呀？毛泽东以18集团军总司令朱德的名义，怒气冲冲地给蒋介石复电："这个命令你是下错了，而且错得很厉害。使我们不得不向你表示：坚决地拒绝这个命令。因为你给我们的这个命令，不但不公道，而且违背中华民族的民族利益，仅仅有利于日本侵略者及背叛祖国的汉奸们。"②

8月14、20、23日，蒋介石又是三封电报，都是"毛泽东先生勋签"，声言"举凡国际国内各种重要问题，亟待解决，特请先生克日惠临陪都，共同商讨"。③

历史已经证明，"8·15"后的中国：无论有多少列强插手，真刀真枪对阵的就是国共两党。而原本居高临下的蒋介石，好像出手就抢得先机，等于向世人宣告：你毛泽东来不来吧，不来，中国出了什么乱子，那责任就是你共产党的了。

去重庆自然是有风险的。这时已被蒋介石幽禁9年的张学良，后来曾说："我的事情是到36岁，以后就没有了，真是36岁，从21岁到36岁，这就是我的生命"。④ 时年52岁的毛泽东，如果也像张学良那样一去不返，此后的中国还会是今天这个样子吗？而在某种人的心目中，即便把这位少帅的脑袋杀上几个来回，是不是也难平心头之恨？

毛泽东向斯大林通报情况、商讨对策，斯大林说中国应该走和平发展的道路，如果打内战，中华民族有毁灭的危险。虽然蒋介石想打内战消灭你们，但他已再三邀你去重庆协商国事，如果一味拒绝，国内、国际各方面就不能理解了。

还有让毛泽东更加愤怒的消息，8月14日苏联与国民党政府签订了《中苏友好同盟条约》。

正是一年中最热的时候，毛泽东感到的是这个世界的寒意。你被人视为弱者，明里暗里，就没人愿意和你站在一起。

不过，8月28日，当毛泽东登上飞赴重庆的专机时，无论怎样不敢轻松，也是心中有数。不是对中国的前途、命运，鹿死谁手，心中有数，而是对自己的力量。这时的国民党，有500多万军队，共产党只有130余万人。可比之第五次反"围剿"前的30万红军，长征到陕北后只剩下3万多人呢？如果共产党不是当下中国政坛上一支举足轻重的力量，蒋介石还用得着跟他打交道，连电邀他去重庆谈判吗？

与长袍马褂的蒋介石站到一起，戴顶那个年代好像挺洋气的盔式帽的毛泽东，总让人觉得有点土气，更透出一股勃勃的朝气与活力。这倒不是因为身材略高的毛泽东，比蒋介石小6岁，而是各自所代表的那个政党。

中共的合法地位、军队编制、政府方案等等，毛泽东在重庆打了一个多月的嘴巴子官司，好像白磨嘴皮子了。共产党可是一会儿也没闲着，陆上海上，一队队人马已经闯到了毛泽东早已看好的那片黑土地。

10月23日，毛泽东在给东北局的电报中，说：

> 竭尽全力霸占全东北。*

27日，毛泽东以中共中央的名义给斯大林发报，请求帮助：

> 一、推延撤退时间至明年一月或二月，热河友军则请留至12月底才撤。二、在上述期间请求友军拒绝蒋军登陆及接收政权。三、允许我方接收政权，民选地方政府及组织武装力量。⑤

4个月前的"只要我们有了东北"，还只是一种预想、愿景，现在可是到了具体实施的时候了。而从"向北发展，向南防御"，到目的明确"霸占全东北"，都是建立在苏联出兵东北的客观现实上，非得到苏军帮助不可的。倘若这一刻在东北说了算的不是苏军，10万八路军、新四军大老远地奔去那里干什么？别说人生地不熟，那冰天雪地也把人冻毁了。

结果是毛泽东"甚为欣慰"。⑥

这时，国民党军队已在秦皇岛登陆，毛泽东的目光盯住了山海关，把希望寄托在李运昌的冀热辽部队上。

在"闯关东"中立下殊勋的冀热辽部队，短短两个月就滚雪球般发展到8万人，其装备之优良，也堪称中国共产党有史以来的武装力量之最。或苏军，或八路军，已将东北的几个港口占住，国民党只能走陆路。把"天下第一关"封堵卡住，不就"霸占全东北"了吗？

毛泽东是从对手的广播电台中，得知山海关失守的。

11月14日，即山海关失守的前两天，毛泽东在给"冀热辽分局并告东北局、晋察冀局及黄梁、李沙"的电报中，⑦说：

以锦州为中心地区，为我主力集中作战之战略枢纽。*

走一步，看两步，毛泽东又盯住了锦州。

第二天，毛泽东在给彭真、林彪的电报中，说：

目前山海关作战并非真面目战斗，我黄梁两部四万二千，远道新到，官兵疲劳，地形不熟，目前开至义院口驻操营必无好仗可打，即使歼敌一部，不过战术胜利，而兵力暴露不得休整，势将处于被动，为避免此种缺陷，谨慎使用主力，求于将来决战时，一战解决问题，应令李运昌、杨国夫⑧两部坚守山海关、绥中线，节节抗击，消耗疲惫敌人，而令黄梁两部从冷口、界岭口分路隐蔽开至锦州、锦西、兴城三角地区，处于内线，休整部队，恢复疲劳，补充枪弹，熟悉地理民情，创造战场，演习夜战。侯敌进至绥中地区或兴城地区，业已疲劳消耗至相当程度，我则可集中最大兵力，计黄克诚三万五千，梁兴初七千，杨国夫七千，李运昌、沙克，在盘山至锦州至山海关一带者至少两万（新部队可以参战作为辅助兵力）共约七万人，于有利之时机地点，由林或罗⑨亲去指挥，举行反攻，分作几次战斗，每次歼灭其二、三个师，最后全部歼灭三个军，即能从战略上解决问题，冀东已编成两个野战旅，可调至山海关、绥中、兴城之线的西面山地隐蔽集结，于正面主力决战时，从侧面切断敌军后路。总之从内线作战着眼，此种方针最为有利。*

不再御敌于山海关之外了，而是"内线作战"，"举行反攻"，"正面作战"，"侧面切断敌人后路"。毛泽东在延安把兵阵排布得头头是道，而且决心、气魄很大——"一战解决问题"。

一是毛泽东尚不清楚他逐一点将的约7万兵力，这一刻是种什么状态，有多大战斗力。二是计划没有变化大，山海关马上就要被突破了，国民党军队沿北宁路长驱直入，步步紧逼，八路军、新四军节节后退。

而且，苏联也变脸了。

11月22日，刘少奇致电在重庆谈判的周恩来、王若飞：

> 彭林电：11月19日友方通知他们，长春路沿线及城市全部交蒋，有红军处不准我与顽作战，要我们退出铁路线若干里以外，以便蒋军能接收，他们能回国。彭、林未答应，我们已去电要他们服从彼方决定，速从城市及铁路沿线退出，让开大路，占领两厢。⑩

28日，中央电示东北局：

> 我企图独占东北，无此可能，但应力争我在东北之一定地位。*

12月28日，毛泽东在给东北局的电报中，说：

> "我党现时在东北的任务，是建立根据地，是在东满、北满、西满建立巩固的军事政治的根据地。""建立这种根据地的地区，现在应当确定不是在国民党已占或将占的大城市和交通干线，这是在现时条件下所做不到的。""建立巩固根据地的地区，是距离国民党占领中心较远的城市和广大乡村。""我党在东北的工作重心是群众工作。""群众工作的内容，是发动人民进行清算汉奸的斗争，是减租和增加工资运动，是生产运动。应当在这些斗争中，组织各种群众团体，建立党的核心，建立群众的武装和人民的政权，把群众斗争从经济斗争迅速提高到政治斗争，参加根据地的建设。"⑪

被老大哥赶出城市的小兄弟，面对国民党气势汹汹地进攻，"霸占全东北"已经无从提起了，而是如何才能在东北站住脚跟的问题了。

中国共产党人就准备到群众中去，到广大农村和国民党去不了的那些城市，全力以赴地表演他们的拿手好戏了。

但是，情势变了，因为马歇尔来了——和平的曙光，好像就要拥吻这片战乱频仍的土地了。

重庆谈判，共产党主张无条件停战，双方军队停驻原地维持现状，国民党不干。马歇尔建议，立即停止一切战斗、军事调动和破坏交通的行为，一切军队维持其现时驻地，但是国民党为接收主权开入东北和在东北境内的调动除外。这个"除外"，对东北共产党人自然非常不利，权衡再三，还是让步、接受了。

1946年1月10日签订《关于停止国内军事冲突的协议》，在被"除外"的东北，双方即开始抢地盘。因为停战令13日夜开始生效，之前谁抢到就是谁的了。52军在南满夺去沟帮子、盘山、营口，在营口只留守1个营。2纵司令员吴克华，13日晚一个回马枪，战至午夜，还剩各市公署大楼据点。还打不打？吴克华咬咬牙，天亮后终于将其夺了回来。

13军在热河连下北票、朝阳、凌源、建平，13日又攻占平泉。李运昌组织部队连夜反攻，打着打着，对方阵地上突然高举白旗挥舞、呼喊起来：到点了，停战了，不打了！

好像挺把停战令当回事儿的这种争战，其实已经预示了停战令只不过是嘴巴上的东西。况且，那白纸黑字上还有个"除外"，这方天地注定就免不了枪打炮轰了。

"山海关作战并非真面目战斗"，"主力集中作战之战略枢纽"的锦州，也像疾驰的历史列车窗外一闪而过的站牌，四平街的真面目就在毛泽东的视野中定格了。

有专家考证，四平保卫战前后，仅毛泽东拟稿的电文即达30余份。

4年内战，毛泽东如此关注一座中等城市，也只有四平了。

蒋介石则在国民党中常会上放言：不拿下四平，不停止战争，不打到长春，不商谈和平。

1904年的日俄战争，俄军退到四平街就不退了。一年后，按照《朴茨茅斯合约》，也只是把长春以南的南满支线权益让与日本。

国共两党的当家人，对此应该不会陌生的。

而对于已不可能"霸占全东北",只能退而求其次,"力争我在东北之一定地位"的中共来说,只要守住四平,哪怕以长春为界,那也是占住了东北的半壁江山呀!

马歇尔说他是棒球裁判员

乔治·马歇尔是1945年12月20日来华的。

15日,美国总统杜鲁门发表对华政策声明,认为一个紊乱、分裂的中国,将是一种危及世界和平与稳定的力量,希望中国停止武装冲突,用和平的方式实现统一,并表示美国不会运用武力左右中国的内争。

随后,苏美英三国外交部长在莫斯科举行会议,重申不干涉中国内部事务的政策,希望中国在蒋介石国民政府领导下,实现团结和民主。

就是在这样的背景下,美国前陆军参谋长马歇尔上将,作为美国总统特使来到战云密布的中国,要把从"4·12"大屠杀算起打了18年的一对冤家对头,拢到一起成为"哥俩好"。

已经66岁的老人,高高的个头,依然挺直的身材,胸前缀着五星上将的勋标,浓眉下深深的眼窝里,目光坚定而又自信。

20日到上海,21日到南京会见蒋介石,22日又飞抵重庆,第二天与周恩来会面。

两年前的开罗国际会议,罗斯福、丘吉尔西装革履,蒋介石一身戎装。那是中国抗战领袖的形象,是中华民族不屈的象征。这回,长袍马褂的蒋介石,儒雅中好似更多一种平和、深沉。无论如何,对于这位小自己8岁的中华民国政府主席、最高国防委员会委员,马歇尔是深怀敬意的。而且,这个国家在这场战争中付出的已经太多了。

马歇尔首先谈到军队国家化问题。他说，如果中共继续保留自己的军队，那么中共在美国享有的同情就会很快失去。他知道蒋介石喜欢这样的话题。但是，这"国军"也不能是国民党的武装，而只能是国家的军队。国民党要放弃一党专政，要和共产党民主协商解决争端，当务之急是停止内战，停止一切军事冲突。

蒋介石当然明白马歇尔的意思。他现在着急的是尽快往东北运兵，只要有足够的兵力，就能压迫共产党妥协。而这自然少不了美国的帮助，不能没有这个靠山。如果不是美国人帮他占据了冀东的港口、铁路，并提供舰船，东北现在也去不了一兵一卒。

马歇尔则以和平相要求。他告诉蒋介石，如果再有内战，美国人民将不允许总统保持对中国的军事援助和经济援助。

虽为初次见面，话已经说透了。

周恩来给马歇尔留下深刻印象。

很快就要成立的军事三人小组最年轻的中共代表，一身中山装，一口流利的英语，精明、干练，不卑不亢，一种与年龄和延安的窑洞不大相称的成熟的谈判家的风度。

周恩来表示，杜鲁门总统的声明很好，马歇尔特使来华促进和平，我们非常欢迎，又明确界定了能与美国合作的范围。中共主张首先立即无条件停止内战，然后迅速召开政协会议，改组政府，着手筹备国民大会，颁布宪法。目前的中国政府是国民党的一党政府，他的军队也是一党的军队，所以迫使中共拿起武器自卫。中共一向是主张军队国家化的。目前可以先通过政协会议，产生一个"临时性的联合政府"，"这政府当然仍以蒋委员长为主席，国民党仍将在政府中居第一大党"。⑫

周恩来走后，对中国共产党人还很陌生的马歇尔，问他的一位华裔翻译：我与周将军年龄相差十几岁，信仰各异，为什么能谈得这样拢?

翻译道：我想你和周将军在性格上有着某些共同之处，诸如说话明确，处事坦率等，而这些与共产主义或自由主义都是毫不相干的。

马歇尔马不停蹄，马到成功。

1月10日，由国民政府代表张群（后为张治中）、共产党代表周恩来、美国总统特使马歇尔组成军事三人小组，当天即在重庆牛角坨一幢叫怡园的小楼里，举行《国共双方关于停止冲突恢复交通的命令与声明》的签字仪式。

自马歇尔住到这里后，这幢绿树环绕的小楼，就成了人们关注的中心。现在，一张长条桌后坐着三个人，马歇尔居中，左边周恩来，右边张群。张群首先签字，接着周恩来，最后是马歇尔。然后，三只盛着红色葡萄酒的高脚杯，就碰到了一起。

让马歇尔心头一沉，又像这雾都重庆有些看不大清的，是这边墨迹未干，那边冰天雪地中就抢起地盘了，枪打炮轰，雪白血红。

靠黄埔起家的蒋介石，其部下以能称其校长为荣。接受了赤手空拳、只能引颈受戮的教训，共产党人南昌造反抓起枪杆子。无论马歇尔对这一切所知多少，都清楚"军队"二字在他此行中国中的分量、意义，不然"三人小组"前就不必冠以"军事"了。

在马歇尔原先制定的整军方案中，是这样构想中国的陆海空三军的：

> 中国陆军应编成野战部队及后勤部队。野战部队应包括由3个师组成之各军，再加不超过总兵力百分之二十之直属部队。各军军长应经由军事委员会报告于最高统帅。至各条款所定复员时期结束之时，作战部队应有20个军，包括60个师；每师人数不超过14000人。60个师中20个师应由共产党领导。
>
> 中国空军应编于一个司令官之下，经过军事委员会报告于最高统帅。空军将接受来自共产党领导之官兵，使受飞行、机械及行政之训练，其比率至少占实力之百分之三十。
>
> 中国海军应编于一个司令官之下，经过军事委员会报告于最高统帅。中国海军将接受来自共产党领导部队之官兵，其比率将占实力之百分之三十。⑬

不知道是不是还未踏上中国的土地，就有了这样的腹案。毫无疑义，这位退休上将是太天真、太美国了——他好像根本就未意识到他的中国之行，山有多高，水有多深。

结果是在2月25日签订的《关于军队整编及统编中共部队为国军之基本方案》中，关于兵力对比为5比1。在12月内，全国陆军应为108个师，国民党90个，共产党18个。原本没有空军、海军的共产党，在这两个军种自然依然没有一官一兵。

照例举杯庆祝，照例三方分别致辞，国共双方都表示"百分之百"实行整军方案，都盛赞马歇尔作出了巨大贡献。

签字第二天，追求高效率的马歇尔就提议去华北、华中视察，检查停战、恢复交通和整军情况。

周恩来提议派一个执行小组，去东北制止冲突、纠纷。

从一开始，国民党就不承认中共在东北的地位，坚持"东北九省在主权的接收没有完成以前，没什么内政可言"⑭，认为东北只有土匪，没有共产党的军队，拒绝与中共谈判东北问题。这就有了《国共双方关于停止冲突恢复交通的命令与声明》中的那个"除外"，对国民党网开一面。苏联要同这个"合法"政府订立条约，马歇尔也要同这个政府打交道，东北总得政府出面去接收主权呀！

得知双方在东北枪打炮轰抢地盘，马歇尔即建议派个执行小组去营口。周恩来同意，张群反对，马歇尔决定亲自去找蒋介石交涉。

蒋介石同意，但有五项前提：

一、小组之任务仅限于军事问题；

二、小组应伴随政府部队，避免出入苏军占领地；

三、小组前往冲突地点或国共军队密接地点，使其停止冲突并调处。小组应访问中共军队的指挥官及司令部；

四、国民党军授权在东北重建主权。在中东铁路和南满铁路两侧30公里的狭长地带，实行单独管辖；

五、中共军队撤离国民党军为重建主权而必须占领的地区，包括煤矿。共军不准开进苏军撤离地区，实行占领。⑮

周恩来表示，只能接受前三项。

接替张群的张治中，咬定五项不放松。

马歇尔的原则，是"自己活也让别人活"，"国共同意，我不反对"。有一方摇头，就尽力在二者之间奔走，寻求共同点，各自退让一步，大家都活。

现在，已经无能为力的马歇尔，只能遗憾地摇摇头。

关内停战，关外仍战，终于酿成4月的四平大战。

马歇尔是在回国述职期间，得知东北出了乱子的。从华盛顿直飞北平，向回国期间代行其职的吉伦将军了解情况，又找军调部国共双方负责人，听他们怎么说。再飞去南京、重庆，会见蒋介石、周恩来，陈述己见，听取意见。

4月29日，马歇尔在给杜鲁门的一封电报中，说：

> 我是在逆时而行，不然的话我是很有希望的。事实上，成功不是建立在谈判基础上的，而是建立在战场的发展上。⑯

在英语中，"马歇尔"与"元帅"谐音。据说，美国国会要授予他元帅军衔，他不同意，理由很有趣："元帅元帅"，听着很别扭。

更奇特的是，8月20日，二次世界大战刚结束，这位功勋卓著的二战英雄就请求退休。妻子凯瑟琳在弗吉尼亚州买了一处庄园，他要和她去那里过普通人的日子。11月26日，杜鲁门为马歇尔举行了告别仪式，并承诺绝不打扰他的退休生活，结果第二天就失言了。

斯大林曾经说过，马歇尔是仅有的几个既是政治家又是军人中的一个，如果有什么人能够解决中国的问题，那就是马歇尔将军了。

而马歇尔的格言是："一旦去干就要成功。"

罗斯福、斯大林、丘吉尔，无疑是这个世界上最有力量的人，也是个性极强的人。作为美国陆军参谋长，马歇尔成功地斡旋其间，化解各种被人们视为无法化解的矛盾、死结。巴顿、麦克阿瑟、蒙哥马利、戴高乐等等，这些桀骜不驯的将军，在他面前也都变得随和起来，乐于合作。

可他这次是出使中国。

就在杜鲁门为他举行告别仪式的这天，美国驻华大使赫尔利在写给总统的辞职报告中说："在战争期间，我曾供职于爪哇、澳大利亚、新西兰和西南太平洋一带，埃及、巴勒斯坦、黎巴嫩、叙利亚、外约旦、伊拉克、沙特阿拉伯、伊朗、俄国、阿富汗、印度、锡兰、缅甸和中国。在所有这些派遣的任务中，中国的是最复杂和最困难的。"⑰

把这些话仅仅视为赫尔利在华使命失败的托词，是不妥当的。

赫尔利在华履职时，好歹还有个日本侵略者在这儿压着，不联手抗战谁都难以生存。而马歇尔来华时，国共两党已经没有了共同的敌人，却要把这对打了18年冤家，即便"中华民族到了最危险的时候"，也免不了像皖南事变那样打得头破血流的冤家对头，捏合到一起，化干戈为玉帛，这是可能的吗？

从人格的魅力，到才智和风度，马歇尔都是赫尔利难以比拟的。66岁的五星上将，精神矍铄，干劲十足，是个工作狂。而且，他知道他必须保持公正，不偏不倚，并告诫他的部下，那些美军将校们，也必须如此。

3月2日，军事三人小组飞抵济南，听罢当地国共双方军事首脑和美军代表的汇报，照例是三人小组成员讲话。张治中、周恩来各执一词，立场相去甚远，马歇尔开始施展他的讲演才华。

马歇尔说：我们美国人喜欢棒球，裁判员因为他的职责，常为双方队员所不满、怨恨。但是，裁判还是不能灰心，还要任劳任怨地干下去，因为如果裁判员嫌麻烦，撒手不干，球赛就无法进行了。目前美国的困难，只是国共双方的裁判员，像棒球的裁判员一样。美国政府派我来中国调解争端，好像干涉别人家庭闹事，做得不好，会引起批评。我是抱着公正的态度来调处的，我是公正裁判，请大家相信我。

在习惯了两党执政的美国人心目中，多少年来追赶打杀共产党的蒋介石，是令人厌恶的。只是由此而产生的对共产党的那点同情，又能在多大程度上动摇、改变美国多年来的亲蒋扶蒋政策呢？

关于马歇尔的调处，我们曾谓之为彻头彻尾的虚伪，是打着调处的幌子，纵容、支持蒋介石发动内战。用马歇尔的"棒球裁判"说，今天中国球迷的话，就是"黑哨"、"黑裁判"。就马歇尔个人而言，显然缺乏事实依据，可对于美国呢？马歇尔还未来华，美国的星条旗和海军、海军陆战队的身影，不是已经出现在"赛场"上了吗？

无论马歇尔这位"棒球裁判"怎样诚实、公正，任劳任怨，作为美国总统特使，他都不能不为美国的政策、利益服务。雅尔塔会议，罗斯福为了美国的利益，不也出卖了中国的权益吗？

刘少奇："我们真愿和平"

3月4日，延安机场出入口处披罩红布的牌楼，在初春黄土高原的黄黄漠漠中，显得格外惹眼、喜庆。上面中美两国的国旗迎风招展，横匾上悬挂着中英两种文字的"欢迎马歇尔、张治中、周恩来三将军"的横幅，两旁是更加醒目的"国共合作万岁"、"中美合作万岁"。

西斜的阳光中，两架飞机在延安上空绕行一周后，徐徐降落，排行在机场的6000多名群众就欢呼起来。

走下舷梯，周恩来介绍："这是马歇尔将军，这是毛泽东主席。"

"欢迎马歇尔将军来延安。""感谢毛泽东先生的盛意。"两只手就握到了一起。

当晚，中共中央在杨家岭举行欢迎宴会，又在延安大礼堂举办歌舞晚会。像去机场迎接军事三人小组一样，毛泽东、朱德、刘少奇、任弼时，彭德怀、王明、林伯渠等，延安党政军高层领导全部出席，当晚的活动还包括了他们的夫人——这应该是延安能够操办得最隆重盛大的欢迎仪式了。

不过，马歇尔此行的主题、高潮，还是当天下午在枣园与毛泽东的会谈。

马歇尔强调停火的必要性。他告诉毛泽东，他已经向蒋介石说明，如果中国不统一，美国就不能给予援助。毛泽东答应遵守停战的各项协议，并希望停战协议能引用于东北地区。马歇尔坦言，他认为本应如此，但是共方事先宣布在东北有特殊权益，对引用停战协议有怀疑。蒋介石怕引起国际纠纷，也不愿意执行小组去东北。

第二天，延安机场又是一番热烈景象。

马歇尔登上舷梯前，握住毛泽东的手，说：谢谢您和中共领袖的款待，我在延安过得很愉快。我更高兴见到您，交流了我们的看法，增进了彼此的了解。

毛泽东摇着马歇尔的手：再说一句，一切协议一定保证彻底实施。

马歇尔道：我相信，会是这样的。

明摆着的，《关于停止国内军事冲突的协议》中的那个"除外"，对东北共产党人非常不利，直接影响到中共"向北发展，向南防御"的战略大计。但是，毛泽东认了，决定以退让求和平。

而早在毛泽东还在重庆谈判的9月26日，刘少奇在给毛泽东、周恩来的电报中，就说：

　　　　我们真愿和平。⑱

经过8年抗战的共产党，无论怎样今非昔比了，国民党的实力毕竟明摆在那儿。即便以林彪为首的"主战派"，也不可能想到两年多后，东北就成了共产党的天下，3年多后中华人民共和国就成立了。

就在宣布停战协议当天，毛泽东在代表中共中央发布的命令中说：

　　　　全中国人民在战胜日本侵略者之后，为建立国内和平局面所作之努力，已获得重要之结果。中国和平民主新阶段，即将从此开始。⑲

1月12日，即两天后，刘少奇在以中央名义给林彪、黄克诚的电报中，严令：

> 你们对顽军进攻务必于1月13日24时以前停止，否则违法。*

无论如何，延安都是认真的，珍惜这次和平的机会。

历史走到了十字路口，而毛泽东认为"和平民主新阶段"即将起步。

毛泽东的秘书胡乔木，在回忆录中写道："在那段时间里，我们党内洋溢着一种乐观的情绪。我们准备参加政府的工作，同时也准备允许各党派到解放区进行社会活动，甚至准备允许他们参加解放区政权。"㉓

离休前为解放军艺术学院研究员的白刃老人，当时在安东（今丹东）广播电台当台长。老人告诉笔者，那时上级讲话，说马歇尔来了，中国要和平了，成立联合政府，咱们接收的城市，建立的政权，国民党也要来人参加，电台还要来个台长。大家议论纷纷，说两个台长谁说了算哪？和国民党打了多少年仗，这回弄一块工作，瞅鼻子不是眼睛的，多别扭呀？我说大家畅所欲言挺好，但有两条，一是听党的话不会错，二是不管打出多大仇了，国民党也不是日本鬼子，都是中国人，慢慢处呗，会好的。

在重庆打了40多天嘴巴子官司的毛泽东，回到延安后，曾愤怒地说："美国政府、魏德迈、赫尔利对我们很坏。"㉔ 现在，赫尔利走了，马歇尔来了，意味着美国的对华政策可能有变。而在马歇尔还未动身前，白纸黑字，延安已经不知道把杜鲁门的对华政策声明研究多少遍了。无论苏军在东北怎样阴晴不定，中共也需要考虑苏军的态度。而苏军的态度，自然也与国民党和国民党身后的美国的脸色有关。那么，马歇尔来华，会给三国四方的这盘政治棋局，带来什么样的影响、改观呢？

军事三人小组中的周恩来，每逢决定重大问题前，都要回趟延安。马歇尔当然清楚，真正的决策者在延安，是毛泽东。毛泽东自然也在注视着马歇尔的动作，这次又亲自与之会谈，坦率交流。

正像周恩来曾经告诉他的那样："马歇尔是个诚实的人。"㉒

2月1日，中央在《关于目前形势与任务》的党内指示中说：武装斗争是一般的停止了，中国的主要斗争形式目前已由武装斗争转变为非武装的群众的议会斗争，国内问题改由政治方式来解决。

而这时和与战的焦点在东北。在与马歇尔的会谈中，毛泽东也念念不忘希望停战协议能引用于东北地区。

3月13日，中央电告东北局和林彪：

> 东北问题有和平解决之可能。*

6月下旬全面内战爆发后，刘少奇说：

> 我们糊涂了一下，以为真正可以和，恐怕国际上也都糊涂了一下。㉓

20多年来，关于"8·15"光复后发生在黑土地上的这场战争，笔者采访了百余位亲历者。谈到这场战争的头9个月，许多老人都讲到当时叫得很响的两个口号：1945年11月山海关失守、又"内线作战"不成前，叫"独霸东北"，之后是"最后一战"。在这两个口号下，形势那叫一个"变"，简直叫人目不暇接。

从9月底到10月上旬，中央关于东北的方针是"分散"："应将重心首先放在背靠苏联、朝鲜、外蒙、热河有依托的有重点的城市和乡村"，"首先将主力部署在背靠苏、蒙、朝鲜边境"；"部队必须迅速摆开分散，每一县一连一排，迅速发展扩大，收编改造伪军、伪警"，"只有在目前高度分散发展之后，下一时期才有大量部队集中作战"。㉔

分散是为了发展力量，而且是背靠友好邻邦的分散。过去在关内，通常都是去那三省交界的三不管地区建立根据地，结果自然还是被敌人包围着。这回"背靠沙发"，没有后顾之忧，两边还有"扶手"，多好的条件,上哪儿去找这样的地界呀?只管甩开膀子表演自己的拿手好戏吧。

可半个月左右,又变成"集中"了:"集中主力",对"在东北登陆及从任何方面进入东北之蒋军,望坚决全部消灭之","守住东北大门","竭尽全力霸占全东北"。⑤

一个多月后,苏军变脸了,国民党军队也从山海关进来了,就又变成了"分散"。

待到签订停战协议后,就又开始"集中"了——准备进行"最后一战"。

1月27日,中央电示东北局:

> "我在完全防御有理条件下(退避三舍之后)给进攻之顽以坚决彻底之打击","务必一战大胜,煞下顽军在东北之威风,此为历史新阶段中之最后一战"。*

"最后一战"——打完这一仗就和平了。

具体到一座城市的弃取,比如哈尔滨,也是变来变去。3月13日中央指示:"沈阳到哈尔滨沿线在苏军撤退时我们都不要去占领。"24日就变了:"我党方针是用全力控制长哈两市及中东(路)全线。"计划没有变化大,是因了形势的变化。三国四方,文打武斗,中国共产党自成立以来,还从未面对这样一盘错综复杂的棋局。本来就是急剧变化的历史时期,那样一片前途未卜、捉摸不定的黑土地,初来乍到,一时间难以窥透真面目,变来变去也就不足怪了。

同时期部队名称及变化之多,也堪称中共武装力量有史之最。

1945年8月29日,中央在给晋察冀、山东分局的电报中说:"派到东三省的干部和部队,应迅速出发,部队可用东北军和义勇军名义。"㉖年底,闯到东北的八路军、新四军,统称为"东北人民自治军",1946年初又改称"东北民主联军"。当然这都属三国四方合力作用下的黑土地政治特产。而在东北民主联军旗号下,又颇下番工夫:原东北抗日联军和与之有联系的部队,以"抗日地下军"名义出现,东满、北满部队称作"东北人民自卫军",原东北军将领率领的部队和南满部队,称为

"东北人民自治军"，黄克诚部、梁兴初部、李运昌部称八路军，或"东北人民解放军"——后三支部队是来解放东北的八路军、新四军，其余好像都跟原东北抗日联军一样。

就是在这种眼花缭乱的诡谲、奇异的变化中，四平街被推上了血与火的风口浪尖。

林彪："只有战争才能争取和平"

1月14日，即停战令生效的第二天，彭真在给中央的电报中说：

> "现停战令下，全国能和平对我甚为有利。但国民党仍不承认我在东北之任何地位，并且仍可能向东北进兵。蒋军不向我进攻时我又不能向蒋军进攻，此种情况对我争取控制东北则甚为不利。""现华北、华中停战，敌又控制交通线，可自由将关内兵力运来。东北境内敌机动方便，而我则甚困难。"㉗

林彪这位东北民主联军总司令，先是认为不可能"独霸东北"，现在又怀疑"最后一战"。

1月5日，林彪致电中央：

> 江号电悉。国内和平是否完全可靠，如完全可靠则我在东北部队目前应集中力量作最后一战，如不可靠则仍分散建立根据地，准备应付敌明年之进攻。盼复。*

第二天，中央在复电中说：

> 国内和平有希望，保卫热河的战斗是带决定性的，目前
> 阶段中并可能是最后一战。*

把东北"除外"的停战协议，国民党军队可以名正言顺地自由调
动，民主联军却被束缚了手脚。就在彭真发出"甚为不利"电报的当
天，在辽北法库县农家，喜怒不形于色的林彪向中央发问：

> "我驻军地区与城市，他是否有权进驻？如有权进驻，
> 则我之后方即难设立。""倘顽军开入后，实行高度分散，
> 以合法地位控制政权，限制群众运动，则岂不是更难发动
> 群众？""如我无政权、财权，则部队衣食、供给如何解
> 决？""如我无一定的整块立足地区，无实行民主、民生的政
> 策权，无发动组织群众之权，则顽一旦翻脸，我岂不无立足地
> 区？"㉘

第二天，林彪又致电中央：

> "此次和平协定的实质，实为蒋之一重大阴谋。这一阴
> 谋是对我党力量采取避实就虚、各个击破的方针。目前以口头
> 上的民主诺言欺骗全国人民，以有名无实的和平空谈代替它的
> 军队箝制我在华北的真实力量，从而束缚我之手脚，避免彼方
> 在经过八年创造之不可征服的战场与我作战，以便抽出主要力
> 量，首先向我最薄弱之一环——东北进攻，尔后再以东北为依
> 托，向我华北根据地南北夹击。从目前所知条件看来，则我此
> 次和平的前途较之继续战争的前途更坏。我入东北的部队目前
> 完全处于无根据地的状态，与我军脱离中央苏区后到陕北以前
> 的状况大体相同。如敌调全国兵力，向我到处进攻，则对我甚
> 为不利。因此我意必须彼在东北不停战则我在华北、华中也不

停战。""如我在这方面停战，而让敌人自由攻击东北，则对我党的后果是很不利的，华北之暂安局面也决不会长久的。因此我们对现在所谓和平的实际收获，须清醒地考虑之。"⑳

曾任卫生部副部长，去世前为中国计划生育协会副主席的季中权老人，"8·15"后到东北不久，就被东北局派去给林彪当秘书。此后的20多个月里，上至中央，下至师团纵队兵团，林彪的电报，都是林彪口述、季中权记录的。

老人告诉笔者，这封电报很重要，比较全面地阐述了林彪关于停战、和平的根本性意见。林彪看了一遍，签名，又写了4个"A"㉚，我就送去电台了。回来后，他在地上踱步，让我谈谈看法。记录到最后一句时，我就觉得不大合适，"须清醒地考虑之"，这不是等于批评毛主席、党中央头脑不清醒、糊涂吗？他让我赶紧去把电报拿回来，结果已经发走了——4A电报，那是一会儿也不能耽搁的呀？

但这并不妨碍当天7时、10时，还有这样两封电报：

各兵团首长：

　　时局尚在动荡中，各部须严整备战，只有战争才能争取和平。

林彪*

各兵团首长并报东北局、中央：

　　对于和平问题，切勿向下级指导员散布和平空气，以免解除精神武装，涣散军心民心。故只应鼓励为和平而战，为停止敌之进攻而战。

林彪*

无论上头怎样"和平有希望"，在我这一亩三分地里，谁也不许散布和平空气，必须严整备战，随时准备迎击来犯之敌。

就有了秀水河子歼灭战。

黄克诚也认为东北不可能和平。

像林彪、陈云、罗荣桓、高岗、张闻天等人一样，黄克诚力主到中小城市和广大农村去建立根据地。

秀水河子战斗前，林彪忙里抽闲，让仅有的一个秘书季中权带上几个人，去附近的一个小村搞了次试验性土改。季中权老人说，当时有种"东北特殊论"，觉得日本统治14年，搞了许多"开拓农场"，和关里不一样，好像已经资本主义化了似的。不到10天工夫，能干什么呀，也就把地主家的粮食分了。就这么一下子，群众就发动起来了，秀水河子战斗时出了20多副担架。林彪挺高兴，说群众能发动起来就好办。

11月26日，黄克诚在给毛泽东的电报中说，3师50多天行军到东北后，"现遇到极为困难之情况，无党，无群众，无政权，无粮食，无经费，无医药，无衣服、鞋袜等，部队士气受到极大影响"。而无论还能罗列出多少"无"来，归根结底是无根据地。

29日，黄克诚又在给东北局的电报中说：

> 目前东北大城市为顽军占领，乡村则被土匪所占据（大都与顽联系），我们则处于既无工人又无农民之中小城市。这样下去，不仅影响作战，且有陷入不利地位之危险。因此，利用冬季不能进行大规模作战之五个月期间，发动群众，肃清土匪，建立各级党与政权，应成为当前之急务。*

12月17日，又在给军委的电报中说：

> 三师及杨、梁等师，干部均感没有根据地，非肃清土匪无法解决目前困难，亦不可能生存发展，但迄今仍未划固定地区，向林总商讨，林孤掌难鸣，向东北局建议，则从不回电，对目前既不确定持久方针，又无救急办法，使情势无论上下均感惶惑，且有人提及遭遇西路军危险之可能。*

闯到东北的八路军、新四军，忽而"分散"、忽而"集中"的"无根据地状态",林彪说是"与我军脱离中央苏区后到陕北以前的状况大体相同",黄克诚说"有人提及有遭遇西路军危险之可能"。当然还有另一种可能,那就是走东北抗联的老路,退到苏联去。

对于可能即将到来的战争,黄克诚在1月25日给东北局和中央的电报中说:

> 彰武已由苏军交颜接收,通辽苏军已撤走,同日我们从土匪手中夺回,为西满全区之后方。3师现有伤病员300人及工厂(手榴弹、鞋袜、被服)均在通辽,已无地方可退。我们决死守通辽,任何军队来接,坚决抵抗到底。请向苏军司令部力争,西满西部乡村没有多少村庄,尽为蒙民、沙漠,如不力争过来,3师3万部队只有向热、察撤退。否则我们为求生存在此地拼死一战,即苏军来也坚决抵抗,全部战死也在所不顾,我们决定主力集中通辽拼命。③

在各路"闯关东"部队中,黄克诚率领的新四军3师,是一支成建制的最强大的武装。全师辖7旅、8旅、10旅、独立旅,另有3个特务团,共3.5万人,名为师,实则无论按当年、还是今天的编制标准,都是地地道道的1个纵队(军)。后来主要由3师编成的2纵、6纵,则是东北野战军中的主力。

戴副高度近视镜,瞅着很文弱的黄克诚,政治目光锐利,是对这段黑土地的风云变幻看得最透彻的人之一,而且铁骨铮铮,刚正不阿,从不顺情说好话。因此,历史已经在他身上留下许多苦难的烙记,并将注定他脚下的路永远不会平坦。而现在,这位深受3师官兵爱戴的师长兼政委,就决定率领这支从苏北千辛万苦赶来的劲旅,在通辽消灭"7无",建立根据地了。管你国民党,还是"老大哥",就是天王老子来了,也跟你拼命!

接到这封措辞强硬的电报,中央深感东北问题的复杂和严重。第二天,刘少奇以中央名义复电黄克诚:

我控制通辽十分重要，如苏军只送少数国民党人员来接收，不带兵来，你们应很好接待，允他接收，向他提出要求，和他合作。暂不要生硬赶走，免引起外交纠纷。但如国民党大兵来接收并向你们开火，你们应在自卫条件下坚决打败顽军。㉜

当天，中央又电示东北局和林彪、黄克诚：

"我党目前对东北的方针，应该是力求和平解决，力求国民党承认我党在东北一定合法地位的条件下与国民党合作实行民主改革，和平建设东北。""如果我们对国民党采取内战方针，我们必归失败。"㉝

毛泽东、刘少奇和中央高层是清醒的，知道这场内战如果是共产党挑起的，将会是一种什么后果。

而共产党人更清醒的，是知道自己必须经常听到不同的声音——这是他们能够成为这场战争的胜者的最重要的注释之一。

1946年3月6日至8日，东北局在抚顺召开会议，参加会议的有彭真、林彪、林枫、罗荣桓、吕正操、肖劲光、伍修权、黄克诚等。陈云、高岗、张闻天等人未能到会。在当时那种环境下，能召开有这样一些人员参加的一次会议，已属不易了。

三国四方大碰撞，扑朔迷离黑土地。从秋风乍起，到大雪飘飘，自踏上这片多灾多难的土地，各种各样的"？""！"就扑面而来，像团乱麻样纠织在一起，也真该坐下来好好梳理梳理了。

在黑土地上屡有上佳表现的开国上将韩先楚，这样评述抚顺会议："由于处于认识过程中，又受到当时与国民党和平谈判这一政治局势的影响，从9月下旬起，中共中央虽多次指示东北局'让开大路，占领两厢'，大力建立东北根据地，但中间多次发生过摇摆和变动，以至在东北局领导层和广大干部中间，对和战问题，根据地建设和城乡关系以及作战方针问题，都产生了一定的分歧和混乱。"③④

笔者曾多次采访的开国少将、离休前为上海市委副书记、当时是民主联军野战政治部副主任的陈沂，他在回忆录中写道："总的说，会议对毛主席《建立巩固的东北根据地》的指示，当时尚无统一的认识和决定；在行动上，有些方面做得好一点，有些则做得差一点，还没有真正开展发动群众的运动。"③⑤

曾参加会议的伍修权回忆："在此以前，我们对东北地区的局势有两种意见，一种意见是主张打大城市，另一种意见是离开铁路干线，建立农村根据地。正在这时，党中央给东北局发来了《建立巩固的东北根据地》的指示，要求把工作重心放在中小城市和农村。抚顺会议讨论并一致同意了这一方针。"③⑥

政协会议召开了，国共和谈在继续，和平气氛浓于战争，抚顺会议离不开国内的大环境。而由于中央"糊涂了一下"，东北局试图理清头绪，窥透黑土地这段万花筒般眼花缭乱的时期的真面目，以便确定东北的行动方针的目的，自然难以达成。至于近半个世纪后的回忆，依然难趋一致，除了让人再生些"？"外，倒也更能显见这次会议的"分歧和混乱"。

杜博老将军，离休前为旅大警备区参谋长，当时是3师8旅山炮连副连长。60多年后，老将军告诉笔者，那时我们这样的基层干部挺简单，就是带兵打仗，服从命令听指挥，上级叫咋的就咋的。当时也不能说一点感觉也没有，但真正了解曾经那样分歧、混乱，还是多少年后的事。现在想来，从这段历史中走出来，也真不容易。

就是在这种情境下，四平保卫战打响了。

当然，也少不了苏联助力。

不断变脸的苏联，在从东北撤军前，好像终于把自己定格到中共老大哥的立场上了。

3月16日，彭真在给中央的电报中说：苏军代表表示，凡苏军撤退之地，包括沈阳、四平街，我都可以放手大打，并希望我放手大打。

前面说了，之前的态度是："有红军之处不许我与顽作战。"

苏联驻中国大使馆，在重庆对周恩来警告、施压：

> 营口及东北决不能打，在满洲发生战争，尤其是伤及美国人，必至引起严重后果，有全军覆没及惹起美军入满的绝大危险。⑰

眼睁睁着国民党军队出关了，你中共还待在我控制的大城市和铁路沿线，两下里冲突起来，我这"中立"岂不麻烦？如果伤及美国人，山姆大叔一瞪眼睛，也来个"闯关东"，那不就要直接面对美国了吗？苏联是把东北视作自己的势力范围的，岂能让中共的小不忍，坏了我的大谋？

并不是这回拍拍屁股要走了，管他身后洪水滔天，就要搅局，而是利益。苏联不断变脸，有的也是随机应变，却是路数清晰，走一步看几步，步步都为日后的将来着想。政治上反苏情结难以化解，经济上154个大型企业拒不合作，苏联对国民党已经不抱幻想。既然中共不能"独霸东北"，又岂能让国民党独霸？同为中国人的国共两党都难以共处，这跨国的国共又如何合作？那你中共就放手大打去吧，在东北打出半壁红色江山，苏联与国民党及其身后的美国，就有了一片隔离带、缓冲区。至于什么"有全军覆没及惹起美军入满的绝大危险"，后者当然是要竭力避免的。苏联不进关，美国不出关，无论有无协议，默契是有的。苏联已经把准了美国的脉搏，前者不过是彼时的危言耸听而已。马歇尔都明白蒋介石打灭不了共产党，斯大林自然更清楚了。

当然不只是嘴上说说。

前面说了，苏军沿铁路线一路北撤，苏军前脚走，民主联军后脚即对四平、长春、哈尔滨等地发起攻击。为等待民主联军集结部队，苏军借口瘟疫、交通不便，拖延时间，迟滞国民党军队北进。

4月6日，苏军开始向中共转交北满的日军武器库（这才是真正的战利品，苏联却未看上眼，据说原本准备运回国去炼钢的），其中仅轻重机枪即万挺以上，各种火炮上千门。

还是蒋介石说了算

去重庆谈判，会见蒋介石，毛泽东说：和为贵。

蒋介石说：我们二人能合作，世界就好办。国共两党，不可缺一，党都有缺点，都有专长。我们都是五六十岁的人了，10年之内总要搞出个名堂，否则对不起人民。

又说：共产党最好不搞军队，如你们专在政治上竞争，那你们就可以被接受。

毛泽东道：完全赞同军队国家化，军队变为国防军，只为国防服务，不为党派服务，党则全力办政治。

这是能够决定中国命运的两个人在对话。无论彼此多么反感，这一刻多近又多遥远，多么熟悉而又陌生，说的是不是心里话，毛泽东都希望"和为贵"。

回到延安的毛泽东，曾这样评说对手：我看蒋介石凶得很，又怕事得很。我看现在是有蒋以来，从未有之弱。兵散了，新闻检查取消了，这是18年来未有之事。说他坚决反革命，不见得。

有些历史环节瞅着很难衔接，却符合毛泽东关于"一切反动派都是纸老虎"的论述，也符合"8·15"后的时代潮流，而且被称为"和平使者"的马歇尔也要来了。

"我们真愿和平"，并非刘少奇一时兴之所至。"如果我们对国民党采取内战方针，我们必归失败"，应为包括毛泽东在内的延安高层共识。

因为力量对比明摆在那儿。

"8·15"后的蒋介石，无论在朋友、还是在敌人眼里，都是中国最强有力的人物。

国民党军队将近共产党的4倍，其中1/3为美械、半美械装备，而且还有大量美援源源而来，而美械装备就是现代化、战斗力的代名词。当然，还有共产党根本没有的海军、空军。

如果财经也用倍数比较的话，国民党的超强实力，又远非军力可比。1946年前后，全国的大城市和铁路、公路沿线的富庶地区，大都被国民党控制，或将被其控制。这属历史遗留问题，抗战前就这样。以至于在共产党官兵心目中，城市简直就成了"敌占区"的代名词。还有所有的国家，包括志不同、道不合的苏联，都同国民党政府打交道、订条约。

假设——完全是假设——这时国共合作了，搞一次全民公投，选举中国的当家人（总统、主席什么的），除了"抗战领袖"蒋介石，还能有别人吗？

其实用不着老百姓举手，周恩来已经说了："这政府当然仍以蒋委员长为主席。"

蒋委员长如日中天。

丘吉尔的大嘴巴，好像永远少不了雪茄。毛泽东的左手食指中指间，通常都夹支烟雾袅袅的香烟。据说，毛泽东在重庆和蒋介石会谈，无论多长时间，坚持不吸烟。因为蒋介石不吸烟。

不但共产党人认为"和平民主新阶段"已经到来，连张治中在延安的歌舞晚会上的致辞中，也欢呼般地高声道：黑暗已过，光明在望！

真的，在战争与和平的天平上，能使蒋介石在和平上着力的，好像也只有马歇尔了——结果却是"逆时而行"。

因为那是蒋介石的重庆时间、南京时间——那是中华民族几千年封建专治历史绵延下来的重庆时间、南京时间。

宫廷政变算好的，更多的是农民起义，中国的朝代更迭几乎都是在血泊中进行的。蒋家香火一代代接续，到了蒋介石身上，自然也少不了这种传统文化的基因，和平民主，立马突变，也委实太难了。实践已经证明，在这个世界上，中国在这方面是步履最艰难的国家之一。但是，

065

历史已经进入20世纪中叶，人类的文明进步已经积累了一些可行的经验，共产党也认为"中国的主要斗争形式目前已由武装斗争转变为非武装的群众性的议会斗争"，那就千里之行始于足下地动作起来呗！

马歇尔曾明确地告诉蒋介石，在一次纯粹的军事冲突中，无论目前看来对他多么有利，都将无法获得对这个国家的永久统治。

可蒋介石认为他能。就在四平保卫战结束之际，马歇尔对大规模内战前景忧心忡忡，蒋介石让宋子文劝告马歇尔，不要急于调处，说："共果不就范，一年期可削平之。"㊳

中国不和平统一，美国就停止军事、经济援助。美国总统特使的这番表述的硬度，让毛泽东特别受到鼓舞，马歇尔的延安之行也就非常成功。可在蒋介石眼里，这又算得上哪家的独门暗器呢？他早已瞅准了美国的穴位：你想维护你的在华利益，就得扶持一个亲美的政府，那你除了帮我靠我，还能有谁呢？难道援助中共？那不等于帮了你的对头苏联吗？

停战协议签订当天，蒋介石对马歇尔讲苏军如何刁难国民党军队，苏联想在东北建立一个中共的傀儡政权。

国民党东北行营和保安司令长官司令部，一直宣传苏军帮助中共军队作战，供给大量军火。前者纯属宣传，后者始终拿不出证据，干憋气窝火，也就成了谣言似的宣传。

> 中国从来就是依靠几个国家相互牵制来保持独立的，所谓以夷制夷政策，如果中国只被一个强国把持则早已灭亡。㊴

这是马歇尔来华不久，刘少奇给周恩来的一封电报中的文字——蒋介石当然也是深知个中滋味的。

直到大打出手的四平保卫战期间，关于和战问题，根据地建设和城乡关系、作战方针问题，中共都未能拿出一个明确的方针，也真的很难拿出来。三国四方中，中共是最弱势的，没有主动权，只能被动地见机行事，随机应变，在三国四方的缝隙间游走，却是游刃有余，获取了最大的利益。而被朋友和对手视为绝对的中国老大的蒋介石,把绝好的政治、经济、军事、外交资源挥霍完了,跑去台湾了。

斯大林当面羞辱蒋经国,让人听到抽打蒋介石耳光的响亮。这个世界原本就是大国间的游戏,可中国不也是个大国吗?老祖宗留下的词典里,没有"弱大"这个词,百余年来的现实则是一个弱大的中国,愈发勾引起列强的贪婪,可以肥吃肥喝呀!那就让中国强大起来呀!"8·15"后的中国,正好站在一个十字路口上,战争、内乱就继续弱大下去(直至有一天变成弱小),和平民主自然发展、繁荣、强盛。上下五千年,谁能迈出这一步,谁将不朽。而上下五千年间,又有几多政治家有这等建功立业、名垂青史的机遇呀!

无论列强对中国怎样各怀心思,也无论有多少因袭的负担,多少人在耳边鼓噪战争,战争与和平的按钮都掌握在蒋介石的手里。

1980年11月27日、28日,中纪委常务书记黄克诚在一次座谈会的讲话中,这样评说晚年的毛泽东:

> 老人家如果及早引退,那就是世界上完美的大革命家。但是他晚年的雄心壮志仍非常之大,想在自己手中把本来要几百年才能办到的事情在几年之内办到。结果就出了一些想入非非的乱子。⑩

1946年的蒋介石,如果不是把中国拖入一场血与火的内战,而是顺应时代潮流,从几千年的传统的惰性和惯力中杀出一条血路,是不是够完美的?

第四章 二战四平（上）

蒋介石限令：4月2日前占领四平

1946年1月13日停战令生效，蒋介石即命令进入东北的国民党军队准备作战。2月中旬，苏军撤退在即，蒋介石指示熊式辉、杜聿明全力接收东北各战略要点：有苏军者应力予接收，无苏军者可能占领则占领之。

而四平是无论如何都要占领的。

3月13日，52军进入沈阳。两天后，国民党兵分三路，以沈阳为中心，分头向东、向南、向北推进。21日，东路52军占领抚顺，南路新6军占领辽阳。24日，北路新1军占领铁岭，71军向法库、康平、昌图推进，与新1军直逼四平。

4月初，在越南接受日军投降的60军、93军，经海路直接运抵东北。

算上之前的13军、52军、新1军、新6军、71军、94军第5师，这时国民党进入东北的兵力已达7个军和1个师，大都为精锐的远征军，新1军、新6军还是国民党"五大王牌"中的两个。这是必须的。国民党到处接收，缺乏运力，千里万里运来些烂杂武装，10个不顶1个，小孩子也不会这么干。

兵是精兵，将是名将。

一列当时被称作"票车"的火车，载着东北保安司令长官司令部的全班人马驶出秦皇岛车站。杜聿明坐在他那节指挥所兼卧室、餐厅的车厢里，一双因熬夜太多而充血的眼睛，望着窗外没有生气的山野、村镇，一闪而过的站牌：山海关、绥中、兴城、锦西、锦州……

"米脂婆姨绥德汉"，不知米脂出了多少美女，绥德出了多少好汉，杜聿明这位男子汉却是出自美女的故乡。中上个头，脸膛方方正正的陆军中将，在军装笔挺的将军丛中，与众不同的是他的儒雅风度，用谋略和强悍创造的战绩。还有3年后在淮海战役中被俘自杀未成，拒绝谈任何问题，动辄拍桌子、摔凳子，以至于不得不给他戴上手铐脚镣。

1933年1月，日军占领山海关后，兵分三路进攻热河。17军25师，就是此刻杜聿明麾下的52军25师，从蚌埠赶到古北口阻击日军。寒冬腊月，穿着草鞋的南方籍官兵，在冰天雪地中与日军的飞机大炮对阵。师长关麟征负伤，副师长杜聿明代理指挥。激战3昼夜，25师伤亡4000余人，日军伤亡2000多人。

这不是一场胜仗，就像他后来率领远征军攻入缅甸败走野人山一样。他是负者，也是英雄，悲壮的英雄，为民族解放浴血奋战的英雄。

1939年底的桂南昆仑关战役，杜聿明是当时中国唯一的机械化第5军军长，对手是板垣征四郎的第5师团。激战10余天，昆仑关得而复失，失而复得。炮弹在杜聿明身旁爆炸，他抖落地图上的泥土，拭去望远镜上的灰尘，眉都不皱。昆仑关大捷，歼敌4000余人。

谁都知道，这个板垣师团也吃过林彪的苦头。却谁曾想过，这对黄埔校友，各自领袖的爱将，还会跑到这遥远的黑土地上厮杀、较量一番呢？

"文无第一，武无第二"，这是武林中话，论的武功，而非将才。只是杜聿明和林彪刚刚交手，或者说还未交手，就败局已定了。

为蒋介石殚精竭虑的杜聿明，是抱病出关的。2月20日，离沈阳还大老远的，就不得不西返北平，住进中和医院，割掉1个左肾。

30多年后，杜聿明在回忆录中叙述他躺在病床上的心境：

　　我在锦州决定赴北平诊病时，就怕我的病一时不能痊愈，蒋介石派人代替我的职务。我既舍不得丢掉在东北的高官厚禄，又怕在蒋家王朝"一朝天子一朝臣"的情况下，同我一道去东北的几百幕僚人员也会丢掉饭碗。所以，在电蒋介石请假诊病的同时，保荐第三方面军副司令长官郑洞国为东北"长官部"副司令长官代理司令长官职务。因郑与我两度同学（黄埔一期及军校高教班），又曾在第五军任我的副军长兼荣誉师师长，做事认真，打仗稳当有准。我俩曾在桂南昆仑关攻坚歼灭日寇战役中共过患难，双方能互谅互信。他又有以中国远征军副总指挥打通滇缅路的声誉，预料蒋介石不会不准。由他代理职务，可以保全我的班底。㊶

正像杜聿明说的，"东北工商业比关内发达，是一个肥缺，国民党军各方对于东北争夺者大有人在"。㊷早在将东北划为9省2市时，各个派系的人马就撬门挖洞，四处活动，削尖脑袋要弄个一官半职。他们根本想不到3年后的这片黑土地，会变成共产党的天下，只是认定这是个肥缺。一战四平被活捉后释放了的刘翰东，二战四平后重返履任，驻守四平的71军军长陈明仁，就把自己的亲信塞进辽北省政府。

从关内大小根据地来的八路军、新四军，也是山头林立，先来的成了"暴发户"，后来的像"叫花子"。四战四平，某次大战在即，某部某军事主官因某种难以道白的原因，突然撂挑子不干了。不得已，政委军政一肩挑了。

共产党也不可能肚脐眼没疤。即便有读者注意到杜聿明写回忆录时的身境，他说的也是实情。关键在于那时共产党的问题，三下五除二就解决了，国民党的则是死结。共产党人无论怎样分歧、矛盾，战场上都只有一个敌人，枪声就是命令，拼命去打，去增援。他们知道如果他们不能成为强者、胜者，就只能继续为"匪"，到处钻山沟，永无出头之日。而自以为坐定江山的国民党，派系之间，保存实力，互看笑话，甚至见死不救，已成传统保留节目。

无论何等精兵名将，历史已经注定失江山。

071

七九河开，八九雁来，九九艳阳天。

比之最早来到东北，经历了由秋而冬，好歹有个适应期的13军、52军，最倒霉的就是71军了。年初从青枝绿叶的苏州，经海路运抵东北，正是滴水成冰的腊月，那感觉就像从热炕头一下子掉进了冰窟窿里。一口让东北人听不大懂的南方话、被东北人称为"南蛮子"的官兵，哪受得了这个呀？又缺乏防冻知识、经验，好多人冻伤。3月来的新1军能好点，算是赶上个冬天的尾巴吧，仍然冻得瑟瑟发抖、鼻涕拉瞎。

现在好多了，冷冰冰的太阳一天天热情起来，照在北进的新1军、71军官兵后背上，暖洋洋。土地爷却发起脾气，大概是被美械装备搅扰了好梦，一路上跟这些"南蛮子"过不去。

过了惊蛰，阳光下，湿漉漉的南风一溜，被冰雪捂了一冬的黑土地，就由南向北一路融化开去，田野上泥水南流北淌，道路积水翻浆，老百姓叫"烂道"。每年这个时节，都要烂上十天半月的，马车、牛车、毛驴车，特别是重载车，轻易是不出动的。

这些"南蛮子"哪见过这个呀，再说也是军情急迫。本来浩浩荡荡、威风凛凛，又风驰电掣的汽车、炮车、坦克、装甲车队，涂着"青天白日"徽记的绿色车身糊满泥水，像生满癞疮的老牛，那人则成了泥猴，一路喘息着，走走停停。有些路面瞅着平光光、干爽爽的，加大油门开起来，车头猛地一沉，屁股就撅了起来。有人以为是中了地雷，却没爆炸声。有人说是土八路挖的陷阱，那也不能这么多呀？问老乡，才明白夏天暴雨冲刷的坑洼被秋雨灌满了，风雪一捂冻结了，春天化冻表面被风吹干了，里面则是一坑浆糊似的烂泥汤子。

就这样老牛拖破车般前进时，还有从两侧隐蔽处射过来的子弹，晚上宿营还会被偷袭。

杜聿明住院，好像并未影响国民党军队北进。一是沿途不时受到袭击，二是"烂道"，4月15日先头部队才推进至四平近郊。

而蒋介石限令：4月2日前占领四平，4月8日前占领长春。

毛泽东："必须准备数万人伤亡"

军事三人小组到延安，张治中在致辞时对共产党人说：将来你们写历史时，请不要忘记张治中"三到延安"这一笔。

毛泽东问张治中：将来也许还要回到延安，怎么只说"三到"呢？

张治中自信地道：和平实现了，政府改组了，中共中央就应该搬到南京去，您也应该住到南京去，延安这地方，不会再来了。

毛泽东点了点头：是的，我们将来要到南京去。不过，听说南京热得很，我怕热，希望常住在淮安，开会的时候就到南京去。

不知道毛泽东这辈子是否去过淮安，他这时肯定不会想到3年后，就会写下那首七律《人民解放军占领南京》。这时的毛泽东，无论想没想过去那南京的联合政府中当个什么官，领导共产党与国民党进行议会斗争，是不是应该有谱、或者即将有谱了？

问题在于，关内和平好像板上钉钉了，东北却一直纠缠不清，一种不祥之兆。国民党拒不承认共产党在东北的地位，不承认东北有中共武装，宣称"只有接收，并无调处"。㊸

明明白白，实实在在，共产党和民主联军就在那黑土地上存在着，秀水河子战斗还吃掉了全美械装备的13军5个营。国民党却硬是瞪着眼睛说瞎话，视为无物，有的只是"敌伪武装余孽"、"土匪"㊹，也真够气人的了。

就是说，被"共匪"了多少年的共产党，在关内的可以参加联合政府了，跑去东北的还是"匪"。

这就是国民党不可比拟的优势、便利了：他是"政府"，自然嘴大，居高临下，胡说八道也有话语权呀？

一战四平后，东北局在给中央和林彪的一封电报中说："你们这次行动，应以保安部队名义出现，切不要用新四军、八路军的名义。"⑤四平地区已无苏军，没必要再为苏联的中立、外交多虑了，仍觉不便堂堂正正亮出自己的旗号，给人理不直、气不壮的印象。

毛泽东明确指示，就以八路军、新四军的名义出现，向世人宣示自己的存在——叫你国民党瞪着眼睛说瞎话。

3月，是四平地区冬与春的临界点。月初大地还是白雪皑皑，月底黄色已成主旋律。待到4月，雁阵掠过长江、黄河，在松辽平原上抖落欢快的鸣叫，就是明白无误的春天了。

伴着春天的脚步，嘴巴子官司一直纠缠不清、悬而未决的东北问题，好像也逐渐明朗、祥和起来了。

3月27日，张治中、周恩来和马歇尔回国述职代行其职的吉伦，签署了《调处东北停战的协议》。4月2日，由军事三人小组下设的北平军调部，向东北派出了停战调处执行小组。

这就等于承认共产党在东北的存在了。

随着苏军的撤离，无论苏联的影响还将怎样作用于这片黑土地，那种直接的主宰、统治已不存在，东北问题已成比较单一的内政。那么，在秉承马歇尔公平、公正旨意的美军将校的居中调停下，国民党和共产党这哥俩，就坐下来好好谈谈呗？

钢铁的履带，橡胶的轮胎，从钢盔到军靴都是美国货的军人，臀部打着"新1A"、"71A"烙印的美国大骡子拖曳的炮车、辎重，正在春日的大地上向四平街奔进。

熊式辉说得再明白不过了："有什么可以调处的呢？全靠双方军事在战场上解决问题。"⑥

毛泽东已经预见东北必有一战，而且是场恶战。

3月24日，毛泽东在给"东北局并告林彪黄李"的电报中⑦说：

"我党方针是全力控制长哈两市及中东全线，不惜任何牺牲反对蒋军进占长哈及中东路，而以南满西满为辅助方向。"

"黄李部动员全力坚决控制四平街地区，如顽军北进时彻底歼灭之，决不让其向长春前进。"＊

25日，刘少奇起草的以中央名义发出的电报，指示"林彭并李黄程肖"：㊽

应尽一切可能，不惜重大牺牲，保卫战略要地，特别保卫北满。＊

当天，毛泽东致电"林彭"，再次强调：

望你们准备一切，尤其是不惜牺牲，打一二个好胜仗，以利谈判与将来。＊

4月4日，刘少奇又以中央名义致电"林彭并李黄"：

十旅在开原作战给了顽军以阻止和打击，十分必要。七旅仍应尽力阻止顽军进入四平，给顽以打击，因停战小组有可能在数日内到四平进行停战保卫四平。不论四平能否保住，对顽军进攻，均须给以打击，比不战而退要好。＊

4月6日，四平大战已迫在眉睫，毛泽东在给林彪并告彭真的电报中说：

（一）集中六个旅在四平地区歼灭敌人，非常正确。党内如有动摇情绪，哪怕是微小的，均须坚决克服。希望你们在四平方面，能以多日反复肉搏战斗，歼敌北进部队的全部或大部，我军即有数千伤亡，亦所不惜。去冬邯郸战役，刘伯承、邓小平所部历时十日，伤亡八千，卒获大胜，可为借鉴。

075

（二）本溪方面亦望能集中兵力，歼灭进攻之敌一个师。

（三）上述两仗如能打胜，东北局面即可好转。国民党现有之七个军，包括九十四军及姜鹏飞伪军在内，此两部或则不齐，或则无力；拟调各军，非半年以上不能到齐，且包括云南龙云部及其他次等部队，大有文章可做。如我能在三个月至半年内，组织多次得力战斗，歼灭进攻之敌六个到九个师，即可锻炼自己，挫折敌人，开辟光明前途。为达此目的，必须准备数万人伤亡，要有决心付出此项代价，才能打得出新局面。而在当前数日内，争取四平、本溪两个胜仗，则是关键。⑭

此前的3月23日，毛泽东在给东北局和林彪的电报中，是"不惜重大伤亡（例如一万至二万人），求得大胜，以利谈判与将来"。之后是"不惜任何牺牲"，"尤其是不惜牺牲"，直至"必须准备数万人伤亡"。

开口即"必须准备数万人伤亡"，毛泽东何以下定此等决心？

就是"以利谈判与将来"——这是"最后一战"了。

这时，如果有人说3年后，共产党将在北京举行开国大典，连共产党人自己都不会相信。这时的共产党人，要求很简单，就是保住北满，以图后策。而要保住北满，就非得守住四平不可。

"文在重庆，武在四平"——重庆的嘴巴子官司打得如何，关键还在于四平的枪杆子舞弄得怎样。

张宇明编写的《四平战役纪念馆陈列讲解词》中的一段文字，够精辟、深刻的了：

这是一场最为直接表达政治诉求的军事斗争，是国共军队自1945年底进入东北后爆发的最大规模军事冲突，是东北和战问题最后的分水岭。这场战争深刻而绵长地影响了国共在东北战场的最终结局。⑮

林彪不想这样打仗

4月4日，林彪带领他的轻便指挥班子到达四平，当晚即致电黄克诚、李富春：

> 我此刻已到四平，对四平情况尚不了解，明天南去侦察地形。此次集中六个旅兵力拟坚决与敌决一死战，望以种种方法振奋军心，一定要争取胜利，以奠定东北局面，请将此报即转东北局与中央。*

5日，李富春、黄克诚在给中央、东北局的电报中，说：

> "林总已到四平街，决心在四平地区与顽军决一死战，打垮顽军进攻，以奠定东北局面。" "因此四平地区的作战是决定现在和将来局势变化的关键，必须动员全体军人在林总司令决一死战的决心下，以最高度的勇气和牺牲精神来进行拼战，不怕任何牺牲和疲劳，来争取决战胜利的光荣任务。"⑤

同一天，林彪看罢地形，电告东北局、中央：

> 原确定于情况许可下则利用双庙子以南山地歼敌，如果兵力来不及反击时决心死守四平，主力突击侧后，此间已在进行守城布置。*

就有了毛泽东"必须准备数万人伤亡"的决心、气概。

只是，毛泽东所言"党内如有动摇情绪，哪怕是微小的，均须坚决克服"，其中也应有林彪一份的。

林彪是8月24日离开延安的，目的地是山东，去山东军区接替罗荣桓。中央决定罗荣桓回延安治病。结果罗荣桓也去东北了，接替罗荣桓任山东军区司令员的，是新四军军长陈毅。

林彪乘一架美军运输机到太行山，然后骑马、步行。应该是9月19日，即中央确定"向北发展，向南防御"当天，或者稍迟点，地点是河南濮阳，接到中央"万万火急"电报，命令林彪、肖劲光、李天佑、邓华、江华等原定去山东的人，立即转道奔赴东北。10月中旬，林彪一行从山海关出关，然后乘火车直达沈阳。

历史在濮阳拐了个弯儿，3年后就成了已知的样子，不然历史将会是什么样的走势？又有谁会想到26年后，林彪在山海关乘坐的那架256号三叉戟，会出关就再也进不了关了？而此刻同行的江华，还成了审判林彪反党集团的最高人民法院特别法庭庭长呢？

11月中旬，正是"独霸东北"叫得响亮之际，林彪奉命重返锦西，去指挥打大仗，即前面第三章已经写过的"内线作战"、"正面决战"、"一战解决问题"。

站到锦西县城东边的虹螺山上，林彪手中的8倍望远镜里，停靠在葫芦岛码头上灰蒙蒙的军舰，隐约可见军人正在下船，登岸后就和与军装颜色差不多的山野大地融在一起，一队队朝望远镜头方向运动着。

来得挺是时候，地形也行，有的仗打。可此刻这位东北人民自治军总司令，能够调动的全部武装力量，除了那个以参谋处长李作鹏为首的精干的指挥班子，只有来一连土匪都难以应付的一个警卫排。

黄克诚所说的"7无"，正在"闯关东"途中的八路军、新四军，正在深刻地体会着。有"无"即有"有"，而在远不止"7无"、"7有"的难题中，眼下最让李作鹏等人着急上火又后怕的，是土匪。不大个村子，几乎一到晚上就响枪，李作鹏就带人出去警戒、驱打，驻地留下一个班，由季中权负责警卫。季中权一介书生，没打过仗，后来就由情报处长苏静负责。

离休前为总参军务部长的苏静，1932年参加红军，就在林彪任军团长的红1军团司令部当参谋。老将军说，油灯光里，林彪有时踱步，有时看书，看毛主席的《矛盾论》，还在上面勾勾画画。他就是这么个人，天塌下来好像也能沉得住气。我们手里的长短家什，随时准备开火，眼睛熬得通红也不睡。土匪人熟地熟，有的还是马队，偷袭、强攻，一家伙冲进来，把林彪掳走了，那可怎么得了呀？

其实，部队就离这儿不远。黄克诚的3师，距林彪就10公里左右，梁兴初的1师不过5公里样子。可是，有电台，没秘本，联系不上。几天后，1师前卫2团到达杨杖子，团长江拥辉去铁路上的火车站，通过绥中县电话局给兴城火车站打个电话，林彪正巧在那儿。

11月21日8时，林彪致电"军委、彭、罗"，全文如下：

连日我在兴城锦州一带所见所闻，我部队参加作战者皆疲劳涣散战斗力甚弱，新兵甚多缺乏训练，梁师刚到黄师尚未到达远落敌后，各部皆疲劳，武器弹药不足而未得补充，衣鞋缺乏，吃不惯高粱，缺少费用，此外，自总部起各级缺乏地图对地理形势常不了解，通讯联络至今混乱，未能畅通，地方群众尚未发动，土匪甚多，敌迂回包围时，无从知道。敌人利用我以上弱点，向我推进，并采取包围迂回。依据以上情况我有一个根本意见，即：目前我军应避免被敌各个击破，应避免仓促应战，应准备放弃锦州以及以北二三百里让敌拉长分散后，再选弱点突击，因此在沈阳、营口各地之我军不必赶来增援，应就地进行装备与训练养精蓄锐，特别加强炮兵的建设，以待以后之作战。目前黄梁两师皆我亲自指挥，如能求得有利作战时，即进行极力寻求战机，侧面的歼灭战，此可能性仍很大，但亦不拟轻易投入战斗，并拟义县为后方，对敌正面与后面，仍以现时部队与敌纠缠扭打。部队急需补充棉衣，棉鞋，及大衣，望大量筹制，并望迅速大量印地图。

　　以上意见望军委考虑决定指示给我们与各兵团。我与各部不能畅通电报，于锦西坎圭附近已开始与敌接触，我即向江家屯转移以利与黄梁会合。*

　　毫无疑义，这封"根本意见"的电报，是林彪到东北后发出的第一封最重要的电报。

　　第一封电报就要求撤退，是违背了中央要求以锦州为中心地区进行决战、"一战解决问题"的撤退。

　　还是1947年三战四平、夏季攻势前，关于战略战术的"根本意见"，即"让敌拉长分散后，再选弱点突击"，"侧面的歼灭战"。即寻求有利时机的运动战，而不是正面硬打，更不是掘壕据守的阵地战。

　　能够体现这一思想的典型战例，是秀水河子战斗。

　　军事智谋的首要特征，不是希望做到什么，而是能够做到什么。

　　最早出关的冀热辽部队，两个多月即发展到12个旅、2个支队、10个独立团，约10万余人。主要在北满地区的原东北抗联部队，也迅速发展到5万余人。算上陆续进入东北的八路军、新四军，总兵力应在25万左右。而国民党最早出关的13军、52军，为5万余人，兵力之比5∶1。但这只是表象。从关内赶来的老部队，长途跋涉，疲惫不堪，甚至衣食无着。第一场冬雪已经染白了辽西大地，原本就没见过老天爷这等脸色的官兵，还穿着单衣。更糟糕的还不是"老兵老枪"，而是中央通知可以到东北接收武器，一些部队把装备留下了，每连只带几支枪站岗放哨。军人没枪就像老虎没牙。"新兵新枪"的部队，瞅着兵强马壮，许多为乌合之众。有老人说，山海关保卫战，听到炮响即四下溃散。待到国民党大举进攻，则成团成旅哗变反水。1945年底至1946初，即叛变4万余人。

　　这样的部队还能进行决战、"独霸东北"？当时凡是在前线的将军，都不难得出自己的结论。

　　接下来可就需要一种独到的目光了。

　　从一开始就成了"撤退将军"的林彪，率3师和1师东退途中，先在旧门打了一仗，1师和52军先头部队拼起刺刀。边打边退，退到高桥，又从侧面出击一仗。第三仗是12月初，在锦州至义县间一个小镇上下齐台，林彪指挥1师和3师7旅打的。

1师指挥所设在个光秃秃的山头上，政委梁必业的望远镜里，前方主攻团指挥所也有人手持望远镜观察，其中一个分明是林彪。师长梁兴初还不大信：林师长怎么跑咱们前边去了？一看，赶紧下令：快！向前转移。

平型关战斗时的115师343旅685团3营营长，已经当师长了，与当年的115师师长平级了，还是习惯地称林彪为师长。

1师和3师7旅，都是115师的老底子，从井冈山、平型关下来的。7旅还是林彪的"娘家"，他当连长时，就在这支部队。自与黄梁两师会合后，林彪就把这两支主力直接抓在手里，从辽西转悠到辽北，终于在秀水河子给对手看准了一块风水宝地。

2月上旬，新6军、13军、52军兵分三路，沿北（平）（辽）宁路向沈阳攻进。南路新6军新22师，由沟帮子、打虎山（今大虎山）向盘山、台安、辽中攻进，中路52军由北镇、黑山向新民、皇姑屯推进，北路13军89师，分由阜新、彰武向法库前进，其266团和265团1营、师山炮连、输送连等部，2月11日进占法库县城西南的秀水河子。

这是个500余户人家的小镇。一条彰（武）法（库）公路，将其划为南北两半，人家大都是围有土墙的独立院落。刚过春节，家家户户门旁的春联和院门冲里贴着的"出门见喜"，在满世界的银白中，那么红火、惹眼。东南地势平坦，西北起伏有山。因河得名的秀水河冰封雪盖，在东边默默地环绕着小镇，不知其将一战成名。

秀水河子并非像四平那样的兵家必争之地。自辽西且战且退，林彪"极力寻求战机"，这工夫看准的火候，就是这个全美械装备的加强团孤军突出，距主力已有约一天行程。

之前的接触、战斗，更多的是想摸摸对手的脾性、成色、劲道，这回就是要把这个不知死活、轻狂冒进的对手一口吃掉了。

林彪排兵布阵：7旅19团和1师2团，分别由西南向东北、由北向南担任主攻；7旅21团一部和1师1团，由东南和西北两个方向对进，作为辅助攻击；1师3团为预备队，兼打可能西窜之敌；7旅20团和一个保安团，负责打援。

2月10日15时30分，下达命令：

> 这一仗关系重大，必须打得很艺术，很坚决，切不可鲁莽、草率，务须严密弄清敌情，干部须亲自侦察地形，选择攻击点与布置火力，当面详细交代任务，切实取好联络，规定统一动作时间，一切布置好后，即行猛打。㉜

41年后，当年为7旅作战科长的陈世勋老人，说他记得在法库一所小学校里，林彪给营以上干部讲解"一点两面"、"三三制"。㉝13日，部队已经进入攻击地域，林彪又打电话，让先别打，等他去。太阳卡山了，他来了，在彰武方向公路边一个破庙里，又召集师旅领导开个碰头会。

当晚22时，信号弹腾空，1师2团即发起攻击。西南方向同样为主攻的7旅19团，却没有动静，20分钟后才枪炮齐鸣。原来是林彪安排的。趁守军炮火向2团方向猛轰，一时间来不及调整部署、掉转火力，19团很快打开缺口，突入镇内。

14日晨结束战斗，全歼全美械国民党军4个营1500多人，相当于1个加强团。此间打援部队在彰武以西，歼敌援军1个营。

> 我们应该把战术上的进攻性贯注一切作战行动中，一切防御一切退却都应为着进攻，无论运动战、游击战、阵地战（当然是指防御的阵地战）都应当把进攻作为它的灵魂。㉞

以上为1938年7月，八路军115师师长林彪在《华北正规战的基本教训与游击战争的发展条件》中的文字。

中等个头，肤色白晰，据说在延安曾得名"大姑娘"（当然是在高层的小圈子）的秀气、文静的林彪，崇尚进攻——他的"六个战术原则"中，没有一个是讲防守的。

　　强大时要进攻，与对手相当时要进攻，弱小时更要进攻。因为"攻击是从根本上扑灭敌人的唯一手段"⑤，因为进攻是主动的，可以自由地选择时间、地点和攻击目标、方法。是那种狐狸的狡猾，加上狮子、老虎的勇猛地进攻，是运动战中的进攻。最美妙、艺术的，是进攻运动中的敌人，伏击、奇袭，一下子扑上去就扼住对手的喉咙，像平型关战斗那样，像秀水河子战斗那样。

　　平型关、秀水河子战斗，战后林彪都说过这样的话：这个敌人不大好打呀。

　　秀水河子战斗后，林彪还说：你看敌人那枪炮打得像放花似的。

　　进入东北后第一个漂亮的歼灭战，歼敌1500余，自己伤亡770多——这个数字，打破了山东和华中地区8年抗战中任何一次夜战的伤亡记录。

　　中央军委发来电报："在秀水河子歼灭顽五个营甚喜，在顽敌进攻下如能再打两三次这样的仗，国民党就不能不承认我在东北地位与我进行和平谈判。"⑥

　　一直对和平持有疑义的林彪，明白中央的意思，就准备继续"极力寻求战机"，这样打下去。

　　可眼下的林彪，却要等在这里，进行一场四平保卫战。

　　躲过锦州，躲不过四平。

　　而且，应该说，从一开始他就知道这场保卫战的结果是什么。

"东北大会战"

　　3月26日，东北局致电"林、中央"，部署"东北大会战"：

〔一〕顽军自本月巧日（即18日）起以沈阳为中心向我展开扇形攻势，战争正在继续发展中。

〔二〕根据中央指示，我之方针是全力控制长、哈两市及铁岭以北之长春路与中东路全部。完成此任务的关键，在于集中全东北一切可能调用之兵力，在沈阳与长春之间铁路线上进行反复的争夺战，大量消灭敌人，力争阻止敌人于四平以南地区，以便确保以长、哈为中心的北满全部在我手中。

〔三〕各军区应不顾惜暂时可能失掉某些地区，（例如被匪占据）将守备兵力减到最小限度，而抽调最大限度的兵力，参加此次有关东北全局的大会战，各军区集中兵力的具体任务如下：

（甲）西满军区，应抽调主力三个旅至四个旅，兼程集中于四平地区，归林总指挥，另以主力一部协同王明贵部 ⑰，准备占领齐齐哈尔。

（乙）吉辽地区，应抽调罗华生旅、贺庆积旅、邓克明旅、曹里怀旅，兼程向长春附近及其以南地区集中。除罗旅归林总直接指挥外，贺、邓、曹三旅及杨师、刘旅，由周、陈、张统一指挥 ⑱，准备夺取长春。

（丙）北满军区，杨国夫师，仍按前电兼程向长春附近地区集中准备参战。三五九旅，协同松江部队仍按前电准备进占哈尔滨。原辽东部队应积极争取歼灭由辽阳向我进犯之敌，尽可能钳制敌人。

（丁）南满方面配合沈阳以北之作战。

（戊）东满、北满各抽调不少于五千人的补充旅，即刻协调准备补充作战部队，西满、南满新兵即补充本地区之主力部队。

〔四〕各兵团调动集中时间、地点，应随时电告林总及东北局。

〔五〕主力抽调后，对各地小股土匪仍应肃清，地方部队积极剿灭之，不得放松。对暂时无力消灭之大股土匪，应积极加以监视，并构筑坚固据点固守县城和市镇。

　　〔六〕此次作战为决定我党在东北地位之最后一战，望空前动员全党全军以最大的决心不惜任何牺牲争取这次作战的决定性胜利。

　　〔七〕林总、中央对此布置有何意见请速示，以便下达。㊾

东南西北满随即动作起来。

"东北大会战"，即二战四平，已箭在弦上。

　　四平保卫战，林彪的指挥部，设在梨树县城买卖街北边的张绍宇家（笔者1989年出版的一本书中，曾说是一中学教员家）。"8·15"光复前，张绍宇为梨树县伪协和会委员，其先人清朝曾任黄河道尹，负责治理黄河，黄河泛滥，怕朝廷治罪，举家出关逃到梨树。

　　这是如今梨树县仅存的一处清代风格建筑。坐北朝南的四合院，青砖青鱼鳞瓦，硬山明梁明柱，房脊两端有鸱吻装饰，房檐为花叶形滴水。正房5间，进屋为客厅，东侧为林彪卧室，西侧一大房间，中间一大长方形木桌，桌上地图，墙上地图，几张古香古色的太师椅。东西厢房各3间，东厢房为后勤、警卫人员，西厢房为参谋处办公、住宿。感觉偌大、却是轻便、精干的东北民主联军总部，人员、装备两辆汽车拉上就走。

　　自去年11月中旬，奉命去锦州地区指挥作战，除秀水河子战斗后去抚顺参加东北局会议，算是进了次城外，林彪就带着这个指挥班子在乡下、前线转悠了。这次在梨树住下的时间，算是最长的。

　　林彪在西侧房间踱步，不时停下看看地图。

　　除了房子构造的家，中国人习惯于用砖土木材什么的圈起一个院落，东北尤甚。"棒打狍子瓢舀鱼，野鸡飞到饭锅里"，狼豺虎豹也能闯进来呀？东北人管没有院墙的房子叫"光腚房"，颇不屑。城墙则是防人的战争产物。四平原是座"光腚城"，三方问政时期，工商户摊款在道东修筑城墙，北东南三面环绕，设大东门、小东门、南门、北门。

道西为满铁附属地，日本人说了算，无墙。一座四平街，只有半拉城墙，人称露出半拉屁股的"半光腚城"。

林彪对那半拉城墙不屑一顾。

开头，林彪只在城内放置两个团，参加了一战四平的保1旅1团，和万毅纵队的56团，主力十几个师旅则置于四平至昌图的广阔地域，进行运动防御。

他不想等在这里被动挨打，就像个小个子与个虎背熊腰的壮汉打架，他不能等在这里被人抓住，那样三拳两脚他就完蛋了。他要进攻，在进攻中发挥自己的优势，或者在运动中借力打力，或者找个能让壮汉有劲使不出来的地方，而自己却可以随心所欲地施展拳脚。

这种路数，当然不是到四平后才有的，而是他的一贯风格。

3月下旬开始，3师10旅在铁岭至昌图间，7旅在昌图至四平间，实施运动防御，寻机主动出击，迟滞敌人，掩护主力部队向四平集结。

4月4日，新1军新38师、50师占领昌图城继续北犯。7日，新38师沿公路进至泉头西北兴隆泉、柳条沟一线，50师148团进至兴隆沟、六家子一带。林彪遂调集1师、2师、万毅纵队9旅和3师8旅、10旅、独立旅1个团，共12个主力团，要好好教训一下这个"天下第一军"。8日晚5时打响，激战一夜，歼新38师4个整连。

与新1军同时北进的71军，4月4日占领法库后，沿公路经通江口北上，企图绕过八面城迂回四平。10日，其87师两个团进至四平西南金家屯一带。林彪即令3师独立旅3团，与配属的工人教导团1个大队，沿公路节节抗击，将其诱进在大洼、金山堡一带设置的"口袋"。15日黄昏，趁其立足未稳之际，14个团发起猛攻。翌日7时结束战斗，87师大部被歼，毙伤俘共计4400余人，缴获物资堆积如山。

继秀水河子战斗后，重庆谈判桌的积分牌上，共产党又添一分。

林彪对谈判并不陌生。1942年国共关系恶化，美英苏等国对蒋介石颇有非议，要求他避免内战。7月下旬和8月中旬，蒋介石迫于压力，两次会见周恩来，提出与毛泽东会面，商谈两党关系问题。毛泽东就让林彪代行重庆，出现在谈判桌旁，让蒋介石好一番感慨：怎么优秀的人才都跑到共产党那边去了？

现在，隔着长城、黄河、长江，林彪和周恩来又联起手来。

而在四平前线冲锋陷阵的士兵，也都成了谈判家。

离休前为四平民政局长的姚树生，当时是1师2团警卫连6班长。

老人说：

我们1师，后来编为东北野战军1纵1师，平津战役后改称38军112师，在东北、全军都是绝对主力，抗美援朝更是打成"万岁军"，美国兵听了都哆嗦，更不用说国民党了。可刚到东北时，国民党根本没把我们当盘菜，在他眼里是满脑袋高粱花子的土八路。

那时那仗，好打，也不好打。好打是敌人狂啊，就应了那句"骄兵必败"。像13军那个加强团，竟敢远离主力跑去秀水河子，71军的两个团更是不知死活，一路跟着进了咱们的包围圈。说不好打，是这美式装备的敌人，也确实不一般。

秀水河子战斗一打响，那感觉就像除夕夜辞旧迎新放鞭炮似的，那才叫"火网"呢。燃烧弹把雪地都打着了。伤亡大呀。冲上去近战肉搏，敌人就不行了。敌人冲锋枪多，一个班只有3支步枪，再拼也只有3把刺刀呀？

陈世勋老人说：

林彪讲"三三制"战术，那是有的放矢，又是非常及时。美式装备火力强大、密集，冲锋队形拥挤、密集，怎么得了呀？可是，初学乍练，一时间还不大明白、理解，看到身边有人倒下了，那眼睛就红了，什么"前三角"、"后三角"、"疏散队形"呀，又扔脑后去了。

1师政委梁必业，离休前为军事科学院政委。

带着助听器的开国中将说：

大洼、金山堡战斗，我们还是主攻，从87师侧后突破。原定1团、2团并肩突破，林彪说不行，重新调整。两个团摆在一起，梯次配备，前面1个营，后面两个营，再后面还是。前面攻击受阻，后面的接上去攻击；前面突破了，后面的上去打纵深。这样后续源源不断，每支都是生力军，都是尖刀，尖刀直刺，掏心窝子，很快突破了。跟林彪打仗，他总在指导、调教你，能学到很多东西。

敌机很猖狂,贴着树梢飞,林彪让每个战士打一枪,真就打下1架。

离休前是39军政委的李兆书,当时是3师10旅警卫营3连指导员。

老将军说:

我们营配合独立旅3团,在宝力镇附近打援。天快黑时,71军91师上来了。我们营每连两挺机枪,歪把子、捷克式、加拿大式,什么牌子都有,架在老乡家院墙上就打。敌人就趴那儿了。一会儿炮弹就过来了,我们就猫起来,敌人再上来再打。天快亮了,营里让出击一下。前面山沟里,有敌人一个前哨班。我带一个班从老乡房后摸过去,2、3班在上面,我带1班下到沟里,从下往上打。我的驳壳枪一响,上下开火,打死4个,活捉4个,跑了2个,缴获1挺机枪、4支冲锋枪、4支步枪,都是美国造。那是我第一次见到冲锋枪,大家都稀罕哪,抢着看、摆弄,说咱们连这回又多了4挺小机枪。我说别摆弄坏了,现成的老师,让俘虏教教咱们。

我当军政委时,参谋长肖文泉就是大洼战斗俘虏过来的。

离休前为广州军区参谋长的刘如,当时是10旅作战参谋。

老将军说:

运动防御阶段,我们10旅和7旅,都在四平以南阻击、迟滞敌人。7旅在泉头车站阻击7天7夜,对手都是新1军。同样的全美械装备,这个新1军又不同于13军,一交手就能感到他的那种狂傲和劲道——这国民党"五大王牌"之一,也不是徒有虚名的。

"天下第一军"

4月18日,即民主联军拿下长春当天,已在四平西南两侧展开的新1军3个师,开始发起攻击,四平保卫战正式打响。

新30师由南向北,沿铁路攻击海丰屯、波林子、鸭湖泡等民主联军阵地。飞机在空中倾泻火舌,坦克在待耕的土地上咆哮,尘土飞扬中,暗绿色的钢盔在阳光下一闪一闪。

从20日起,50师对波林子连攻4天,均被击退。

21日,新38师迂回四平西北三道林子北山,企图占领北山制高点,与新30师形成南北夹击之势。这个38师是王牌中的王牌,22日曾突破守军阵地,又被反击出去。

对守军威胁最大的是炮火。新1军新38师和新6军新22师,两个王牌中的王牌的重火器,是国民党各军中最强大的。25日,新38师攻击三道林子北山前炮火准备,守军阵地上平均每分钟落弹400余发,工事掩体尽数被毁。击中民房,自然房倒屋塌。

有当地老人说,头些日子打了几个雷,下场小雨。那年春天有点旱,庄稼人就盼着下场透雨,真就雷声不断了。不是老天爷打的春雷,是蒋介石打的火雷。有个亲戚住在梨树县城北边,听这边成天轰隆轰隆的,开头不知道打仗了,说这年头怪了,怎么干打雷不下雨呀?

在全美械装备的国民党军队中,新1军重火器多,打的硬仗恶仗多,官兵军事素质好,穿戴也与众不同。清一色罗斯福呢,从头到脚都是美国货,连样式也是美式的。

许多老人说,新1军的特点,是战术灵活,指挥统一,训练有素,协同动作好,步炮协同好,炮兵火力、技术都强于日军,步兵作战顽强。到一地立即做工事,动作快,工事好,火力强,你很难突破他。进攻时多用迂回,战术改变很快,营连冲锋被击退,即用疏散队形。过去在关内打顽军,前面倒下几个,后面就像羊群似的往回跑。新1军敢跟你连续冲锋,单兵技术动作也是一流的。猫腰低头,钢盔冲着你,匍匐、跳跃、利用地形地物很熟练,枪也打得准,有股嗷嗷叫的劲头。他不怕你,觉得土八路不是他的对手。其他半美械装备的部队,像52军、71军,开头也有这股子劲头,后来就不大行了。

1949年10月,东北军区司令部编写的《东北三年解放战争军事资料》中,这样评述这一时期的对手:

　　进入东北之敌军为蒋系统精锐，大部为美械装备，经过美国训练，参加印缅作战，炮火和自动火器多，战斗力强，老兵很多，都有三、五年的军龄，其中甚至有个别排长仍当战斗兵者，较顽强，不容易缴枪，甚至一个（此处应缺一"连"字）打到七八个人还不缴枪，带着远征军、常胜军的骄傲态度，尤其是新一军新六军特别骄傲，战斗确实也顽强。⑥

再看美国记者笔下在南亚丛林中作战的新1军、新6军：

　　这"是一支种族繁杂的军队，有英国人和美国人，有克钦族人和印度人，不过最英勇的要算中国人。在这里，各国军人都知道，史迪威训练的中国军队是精锐顽强之师。士兵们臂膀粗壮，肌肉结实，他们对手中的美式武器非常熟悉并运用自如。他们不仅对自己充满自信，甚至敢于藐视他人。不管是美国人、英国人、缅甸人，还是其他什么人，只要触犯了他们，就会遭到迎头痛击。他们只要有一个人拿着一支汤姆枪占领一个据点，就能阻止一群敌人的进攻"。⑥

从印度到中国，一路扫荡"武士道"，这是何等的军威、国威。

而今呢？

东北保安司令长官部代理司令长官郑洞国，只能在望远镜里望四平。

望远镜里的四平硝烟弥漫，郑洞国这位新1军的老军长，一双眼睛红得像兔子眼睛似的，挺长的脸上宽厚的嘴唇干裂爆皮。

他是4月10日前后从沈阳赶来的，指挥所从开原推进到昌图，又进至双庙子。可无论他怎样着急上火，几次亲自到前线督战，新1军攻到四平城下就硬是动弹不了了。

"8·15"后，郑洞国被任命为第3方面军司令官汤伯恩的副司令官兼京沪警备司令，他在回忆录中说是"做客"。正好，杜聿明要他到东北，他们相知相熟，都是纯正的军人，很合得来。

1925年，孙中山下令东征。蒋介石以黄埔军校校长身份，指挥学生军强攻淡水。在战前遴选的百余名敢死队员中，郑洞国第一个攀上云梯，爬上城头。

从长城抗战，到保定会战、徐州会战、武汉会战、昆仑关战役、宜昌会战，直到远征军入缅作战，北征南杀，大小几十战，郑洞国身上伤疤之多，据说在东北国民党高级将领中，是数一数二的。昆仑关战役，他亲率荣誉第1师担任主攻，冲上去，打下来，再冲锋，全师伤亡近半，终于成功。

而国民党军队中"五大王牌"中的两个，新1军和新6军，就是由他指挥从印度一路回师，打通滇缅公路。

一向以打仗稳当著称的郑洞国，没想到"天下第一军"这等王牌，竟拿不下一座四平城。

71军的攻击目标，是八面城至老四平一线。郑洞国手里的预备队，只有1个52军195师，置于新1军和71军之间。他曾考虑以其从东北方向迂回包围四平，想到大洼、金山堡的教训，1个师远离主力在群山间前进，会不会又进了林彪的口袋阵？再想到秀水河子吃的那亏，愈加心有忌惮，就决定暂时停止进攻，待南满拿下本溪后，再调兵北上。

黑土地枪打炮轰，新1军军长孙立人应英国女皇之邀，正在伦敦授勋。

1942年4月18日，英军第1师和装甲第7旅在仁安羌被围，向中国军队求救。新38师长孙立人，即令113团星夜赶去，将日军击退。

仁安羌一战，对于身经百战的孙立人来说，原本也算不得什么。但是，因为他救的是英国人的命，他又是在美国被点化的，就大受洋人的青睐，先送一顶"东方隆美尔"桂冠，再给戴上一枚英国皇家"自由"勋章。

安徽舒城人孙立人，先入学清华，后保送留美，入普渡大学获工程学士学位，又转入佛吉尼亚军校，成为马歇尔的校友。货真价实的工程学士，将军兼学者，在派系如林的国民党将军中，就显得不同凡响。

对民主联军的藐视，也非同凡响。

从杜聿明、郑洞国，到孙立人、廖耀湘、陈明仁等等，从接到命令还未出关之日起，已认定这天下就是国民党的了。站在青天白日旗帜下的司令长官、军长们，名正言顺，文打武斗，怎么接收怎么有理。

孙立人是在四平之战接近尾声时，才站到他的新1军指挥所的。望远镜举起放下，二星中将的眼前，仿佛还晃动着那些西方同行朝他举来的盛着香槟酒的高脚杯，就对上司和部下的谨慎小心颇不以为然，又有点摸不着头脑：这些人都怎么了？眼前的不就是些土八路吗？

没错，兵是精兵，将是名将。对面的民主联军官兵，从文化水平到训练程度、武器装备，以及经历过的阵仗，都无法与之相比。可从杜聿明到孙立人，似乎都忽略了一点：当那些满天飞的接收大员，把接收弄成了"劫收"时，国民党已经开始从根上腐烂了。

"进犯者的尸体盖满了草地"

四平城市防御，由卫戍司令部负责，划分三道防线。第一道防线，由四平东南方向的折马背高地，向西经天主教堂以南3公里一线，再向西经新立屯、玻林子、海丰屯，再转向北面市郊边缘，直至三道林子高地。这是一个宽大正面半圆形防线，所属两个团以铁路为界，万毅纵队56团守道东部分，保1旅1团防守道西，每连防御正面约1华里。第一道防线失守，即以城市边沿为第二道防线，掘壕据守。最后就是城里了，依托城市内房屋，特别是高大建筑，进行巷战，死守四平。

卫戍司令部司令、保1旅旅长马仁兴，各处检查、督导战备。卫戍司令部政委、四平市委书记、市长刘瑞森，召开各区干部会议，动员居民多购置粮食、蔬菜，以备战时食用，组织大批民工修筑工事，准备担架。当时市内有大约4万多日本人，把其中的青壮年也组织起来，修工事，挖战壕。

开头都是土木工事。侦察员从运动防御前线回来，说新1军的炮火非常猛烈。油化厂存放许多钢板，再从铁路上搞来钢轨，一根根紧挨着横竖叠两层，上面铺上钢板，再堆上米把厚的土，底下有粗壮的原木支撑，通常放置1个班的兵力。四平保卫战期间，算能抗住重炮轰击的也就这种工事了，当然直接命中也不行，比这再坚固也不行。

战斗首先在新立屯、玻林子、海丰屯打响。

4月18日8时，先是40分钟炮火准备。美式山炮、榴弹炮、迫击炮，天气晴朗，位置适当，能看得见迫击炮弹在空中飞落的抛物线。接下来是震耳欲聋的爆炸声，春日的大地剧烈地痉挛、颤抖着，天地间就被烟尘和爆炸声填塞了。

卫戍区司令部参谋处长王玉峰，在回忆录中写道："其炮火猛烈程度，在那时，在我军历史上，可说是空前的。四平南外围一线，炮火连天，硝烟弥漫，如黑云压城，覆盖数华里。在我军主要地段阵地上，弹痕累累，每5至7米约有1个弹坑，所有工事堑壕大都被打平。"

阵地还罩在烟尘里，新兵还晕头转向找不着北，敌人就上来了。班长、老兵大喊准备战斗，听不见，没反应的，就上去推两下、踢一脚，再向前面比画、指点几下。待敌人进至30米左右，机枪、步枪、手榴弹就打砸过去，有时再乘机反击一下。然后，敌人再次炮击，再次冲锋，再被打下去。如是反复。敌人不攻了，赶紧修整被炸毁的工事、阵地。

第一天战斗，保1团10连1排长董连静，13枪毙伤敌11人。迫击炮手白石亮，7发炮弹6中敌群，炸死炸伤70余人。

第二天，除玻林子一线外，新1军还沿铁路向保1团和56团的接合部猛攻，企图在那里撕开口子，直指四平城市中心地带。炮火准备足有3个小时，保1团1营伤亡较大，仍将敌人死死顶住。

两个团摆在10余公里的宽大正面，卫戍司令部除了警卫连和通信勤务分队，再无一兵一卒的机动力量。四平防线就像个馅大皮薄的包子，一点突破，便可长驱直入。

当天晚上，7旅21团3营进入接合部组织防御。两天后，21团全部投入战斗。刚刚拿下长春的7师，也是星夜南下，赶到四平。

21日，新1军在南线继续猛攻，新38师则利用夜暗，沿海丰屯西侧北上，企图夺取三道林子，从侧背攻入四平。

三道林子是四平西北面的制高点，东西走向的长臂形高地，距市区约1公里，一旦失守，敌人便可居高临下，直抵城内。

轰击三道林子的炮火是最猛烈的，这一天的战斗也达到白热化。

保1团7连打退两次冲锋后，连长刘化堂认为不行了，带1排撤离阵地，顿时引发混乱。敌人冲上来，狂叫着向纵深扩展、突进。千钧一发之际，2营教导员张增棠率队迎了上去，与敌人喊哩喀喳拼起刺刀。张教导员牺牲，营长李林亲自督战、指挥。营长负伤，仍死战不退，终于将敌人阻住。

中午时分，将临阵脱逃的7连长、1排长和两个班长处决后，开始组织反击。

1营教导员廉洁明，率团预备队1连、3连避开正面炮火拦阻，沿阵地北侧交通壕一路小跑，隐蔽接近敌人。机枪突然开火，掩护1连首先跃出壕沟向敌人扑去，短兵相接，又一场激烈的肉搏战。3连从左侧投入战斗，2营也冲上来。两下里你推过来，我推过去，互不相让。战至黄昏，终于将敌人摧垮，把阵地夺了回来。

1连刚调来不久的指导员张××、副指导员王柏柱、3连长洪兴等7名连排干部牺牲，1连长刘茂林、排长王海林和3连排长李保林等5名连排干部重伤。

接替7连防守的3连，战至第二天上午11时左右，3排阵地上26个人，24人牺牲，只剩下班长刘增荣和士兵张德功。打退两次冲锋后子弹没了，两人用敌尸上的枪弹，打退了最后一次冲锋。

25日，7旅特务营1连2排，在三道林子北山击退敌人9次冲锋，最后剩下3人。

"人在阵地在！"

道东的枪炮声中，非同凡响的是爆破筒的轰鸣——这应该是爆破筒最早被用于战场。

这东西原本是日本人用于矿山爆破的。一战四平后，民主联军在平东仓库里见到时，自然不明白这是些什么东西。可是，当他们知道了这东西可以爆炸，而且威力巨大后，对于这支从诞生之日起，就在敌人的炮火打压下冲锋陷阵的军队的军人，就想到要把它们甩扔到敌人头上，塞进敌人的堡垒里，实在是太自然、太本能的反应了。从此，爆破筒就在黑土地上轰隆起来，从长白山轰隆到海南岛，再轰隆到朝鲜半岛。

56团1营3连7班士兵梁作喜，把20根爆破筒装进十几米长的大铁管子里，埋设在阵地前面，号称"钢管大拉雷"，能顶千磅大炸弹。

5月21日，《新华日报》刊登文章《密集的炮弹使人耳聋，进犯者的尸体盖满了草地》：

（长春十九日电）在上月间一个晴朗的早晨，记者在一处村庄的庭院里，会晤了东北民主联军数十万指战员所热忱拥戴的卓越的军事战略家，他们的总司令林彪将军。

穿着黄色普通军服、粗布鞋子的林彪将军，沉静坚毅地对着记者说："反动派没有放弃过进攻的企图，他们在这里使用了他们最精锐的新1军，可是他们在四平街以南就受到了消灭和挫折。这事出乎他们的意料之外，因为他们估计错了。他们认为我们是不能打防御战的，现在在前线彼此工事对峙距离只有五十米，对方讲话都听得见。我想他们还要以飞机、大炮、坦克集中发动新攻势。不过，我们守城部队在多日激战中已锻炼出来了，他们不怕敌人进攻，觉得这样可以使进犯军多得到些教训。"

现在，那些为新1军宣传吹嘘的人应该感到羞耻了，当他们到东北进行反民主和平的内战的时候，已碰了硬钉子。他们曾经限令四月二日占领四平街，认为从昌图到四平只要两天，而在四月五日到长春。

实际上，这条从四平到长春的一百二十里路，已经走了一个多月了。国民党仍踯躅在四平郊外。现在，四平是一个所

有玻璃都震碎了的城，密集的炮弹使人耳聋。为着争夺背面一块二十米的高地，进犯者的尸体盖满了草地。㉖

"这是一个正规战的作战行动"

4月27日，新1军官兵手中的枪炮换成了锹镐，开始修筑工事，防守待援。

经过9天的较量，这个"五大王牌"之一，已经没了当初的狂傲，自我解嘲说是"碰上了毛泽东的警卫部队"。㉗

此时，民主联军已在四平集中6个师旅，摆在东起火石岭、西到八面城的50公里战线上。

如果就这么对峙下去，等着对手来攻，那就不是林彪的风格了。

明白无误的四平"保卫战"，林彪的心思更多的是运动战，是在四平以南广大地区寻机歼敌，使其不能进至四平城下，或者进至城下已成强弩之末。大洼、金山堡战斗后，林彪曾设想将主力撤至右侧后的梨树一带，诱敌迂回，再寻机痛下杀手。可吃了苦头的71军，已经没了先前的狂傲，变得小心翼翼起来，向中路的新1军靠拢，没了各个击破的机会。

林彪就把目光投向了对手的后方。

5月1日，林彪在给中央的电报中说：

敌大军在四平附近，粮弹暂靠后方接济且后方又甚空虚，为断绝粮弹而又求得消灭敌人的机会，以开展战局，决在敌之后开辟第二战场，已拟调七旅向双庙子以南前进，八旅亦向双庙子以南前进，坚决夺取泉头火车站，乘胜向开原昌图扫荡，如届时不能扩张时，则占领铁路一段筑工事，固守阵地，置敌于我前后夹击的大包围中。待打起后，展开全面的大夜战，以歼灭敌人。⑥

如果这一招"进攻战法"得手，新1军这个"王牌"就可能变成"亡牌"，黑土地的局势自然为之一变。

4日，毛泽东电复林彪：

> 我军准备于双庙子以南建立据点，断敌后路，包围四平之敌而聚歼之，这是一个勇敢的计划。⑥⑥

对于"双庙子"、"泉头"这类地名及与四平这盘棋的关系，此刻在延安的毛泽东，应该说已经烂熟于心了。为了完成这个"勇敢的计划"，除指示林彪"再加一部兵力"外⑥⑦，毛泽东还命令热河地区部队向热东之敌和锦（州）承（德）路进攻，取胜后抽调兵力进至锦（州）沈（阳）路以北破毁铁路，又令冀东部队破击北宁路锦州至山海关段，阻敌东调。——毛泽东自然是颇看重这着棋的。

5日，林彪再给各"兵团并中央"的电报中说：

> 1. 四平方面已成对峙，为完全切断敌之后方供给，我军以重点在敌后开辟一个战场，歼灭敌人，断敌运输，令南满之第七旅、第八旅进占双庙子以南，夺取泉头车站，并以保三旅在开原以南活动。2. 独立旅应于明日内自现地出发，自取道绕过敌人，向泉头车站分路配合南满之两个旅夺取与巩固泉头火车站，而后再以情况扩张战场。3. 这是一个正规战的作战行动，不是在敌后打游击，望你们须以勇敢地、坚决地动作进行战斗与行动。你们到泉头以后，即归程世才、罗舜初统一指挥，十三团则由你们统一指挥。⑥⑧

"这是一个正规战的作战行动，不是在敌后打游击"——林彪应该在这20个字的下边，标上醒目的重点符号。

而这个"勇敢的计划"最终未能成功（有人说"因种种原因未能得以实施"⑩），重要原因之一，是林彪麾下的将军和他们率领的部队，这时还不大熟悉这种"正规战的作战行动"。

就像个足球主教练，针对对手布下多好的阵式、打法，一些位置上的球员却难以胜任，教练的智谋不能代替球员的技能、实力。当然，这里还有个知人善任的问题。

山海关保卫战，从陆路"闯关东"的山东7师，即后来东北野战军著名的"攻坚老虎"6纵17师，在河北玉田县接到中央军委电令，火速赶去山海关参战。已经长途跋涉个把月的7师，急行军、强行军，每天120里，赶到战场，当天晚上就去偷袭敌人。

7师官兵很多矿工出身，摆弄炸药就像女人摆弄针线，或者锅碗瓢盆。炸碉堡，毁铁路，用这种"手中炮"在渤海地区把鬼子搞得心惊肉跳。这回又如法炮制，对付除了人全是美国货的13军。一连两天晚上，炸雷般连天响，吓得国军魂飞魄散：也没见车马炮过来呀？这土八路用的什么新式武器呀？就说是苏联红军给的"电光炮"。

"土八路"也犯嘀咕：这顽军怎么和山东那顽军不一样，还敢跟咱们拼刺刀呀？那印着"昭和"字样炮弹的火力，跟这"USA"根本就没法比，把黑夜都打成白天了。

初次交手，彼此都不大了解对手。

现在仍然不大了解。

好像正儿八经地完成了一次大城市攻坚战，刚拿下长春的7师，南下增援四平，也是赶到就打，当晚就去袭击三道林子的新38师。未仔细了解地形、敌情、火力部署，也未和友邻部队打招呼。夜暗不辨方向，天亮被敌发现，遭到火力夹击，白白伤亡千余人。林彪极为恼火，斥之为"小游击队袭击敌人的办法"。⑰

你打你的，我打我的，打得赢就打，打不赢就走。建军19年了，基本就是这种以长击短的游击战、运动战，而且还将持续一段时间。这支从南方红土地走来的军队，从师长到连长，都堪称游击战专家。他们知道迟早是要打正规战的，因为只有那样才能最终消灭敌人，夺取江山。但是，突然间，在这黑土地的四平街，他们立马就要拉开架势打一场正规的阵地防御战了，弱点和不足就一下子显露出来。

战壕挖得浅，许多地堡是空心的，没有支撑，而且又高又大，明晃晃成了靶子。火力配备要有层次、纵深，组成交叉火力网，两翼吃紧要以侧射火力支援，开头许多师团营连干部不懂，官兵只知道向前面的敌人开枪。敌人上来了，老远就开火，夜里有点动静，有人就胡乱开枪。对手却是颇有章法，一轮轮炮击，待步兵冲到阵地前沿百来米，才停止炮击。步兵发起冲击时，侧翼还有火力掩护，使你难以组织反冲击。

能把7师调教成使对手闻风丧胆的"攻坚老虎"，师长兼政委杨国夫，当之无愧的东北野战军名将。可就是这样的名将，突然转入这种正规的阵地防御战，也难免不适应、失手。

南非世界杯八分之一决赛，德国队4：0大胜阿根廷队。个顶个，德国队没几个球员，能比得了阿根廷那些明星大腕。可德国队似一部机器在攻守进退，阿根廷就有点像一堆零件，在那儿单打独斗了。战争也一样。游击战，瞅准机会，指挥员驳壳枪一挥上去了，或者一打到底，或者见好就收，来去自由，自己当家。而正规战，全局一盘棋，必须步调一致。叫你钉在这儿，那就打剩一个人也不准挪窝儿。让你在哪儿待命，不听招呼，擅自出击，即便确是机会，局部大胜，也可能招致全局大败。锣齐鼓不齐，什么样的精兵强将，那仗也没法打。

这一切都需要调教，需要一个过程。而黑土地的实践已经证明，这个过程并不算长。

在敌后开辟第二战场，无论这个计划多么勇敢，也无论林彪多么出色，都很难达成目的。

除了敌人的力量明摆在那里，以及其他种种原因外，这时的林彪对部下的这些将领和各自率领的部队，还不大熟悉。就像一支足球队的主教练，还不了解他的一些球员的脾性、特点，一时间就难以把他们有机地组合起来，把他们的聪明才智最大限度地发挥出来。

来自关内大小根据地的部队，陆续闯进关东，黑土地上可谓"山头林立"。各个"山头"的敌情不同，地理环境也不一样，各自的思想、战斗作风也有差异。当然，各自的指挥员的能力，也有高低优劣之分。有些将领，林彪根本不熟悉。自1938年3月负伤，已经8年未统兵作战。即便如李天佑、梁兴初、杨国夫这样的老部下，平型关战斗中的团长、营长，这些年间战斗技艺又增长、提高了多少？

知己知彼，百战不殆。将帅用兵，关键用将。这一时期的林彪，对麾下将领还是考量阶段，难称知人善用。

历史的进程是，这时一些身负重任的将军，后来有的迅速擢升，有的原地不动，有的还向下调动，有的则上浮到个不直接带兵打仗的地场去了。

而在四平保卫战后的北撤路上，有些人则对林彪提出质疑：林总是不是多少年没打仗了，不会打仗了？

第五章 二战四平（下）

重庆还在打嘴巴子官司

四平枪打炮轰，重庆唇枪舌剑。

4月5日，周恩来在记者招待会上说：由于国民党当局破坏政协决议、停战协定与整军方案，运输大批美械军队前往东北，向中共领导的民主联军发动大规模进攻，已使东北陷入内战状态，如不立即予以制止，将使中国重陷于全国范围自相残杀的内战。

周恩来声明：中共承认政府有权接收东北，但坚决反对国民党破坏停战协议，用武力接收东北。同时，在东北艰苦斗争14年的的民主联军，亦有充分接收东北之权利，接防苏军撤退的城市。国民党无权进攻中共领导的部队从敌伪手中得来的阵地，也不能从苏军撤退的地方排挤中共军队。中苏条约中明确的规定是：承认中国在东北的主权，规定中国军队可以接收苏联红军撤退的城市，并未特别规定只有国民党军队才能接收。中共军队也是中国的军队，不能除外的，他们有权参加接收工作。这是毫无异议的。而且，停战协议也没有排除中共军队的接收权。

周恩来又说：我们的美国朋友中，有些人在处理东北问题上对中共是不公平的，他们一定要把中共和苏联连在一起是不对的。

4月18日，民主联军拿下长春后，国民党同意中共可以在东北保留一个师的军队。

与此直接相关的，是3月27日签署了《东北调处停止冲突的协定》，决定派遣执行小组赴东北进行调处。

在东北也打起了嘴巴子官司，等于承认了民主联军的合法地位。不然，堂堂"国军"，怎么能与"敌伪武装余孽"、"土匪"进行和谈呀？

4月2日下午，执行小组乘飞机到达沈阳。国共美三方负责人乘吉普进城了，乘卡车的耿飚等40多中共方面的小组成员，却被拦住。一位少校要他们出示证件，没有证件就乘原机返回，或者等他接到通知才能放行。耿飚要求给进城的负责人打个电话，少校说没有电话。眼看天色将晚，飞行员说要回北平赶紧上机，不然今天回不去了。最后是个进城的美国人成了救星，翻译请他给进城的执行小组负责人捎个口信，好一番周折，40多人才被放行。

耿飚带一个停战小组去四平，到铁岭71军就失去了自由。门口放上哨兵，没有军长陈明仁的话，哪儿也不能去。战争时期，安全第一，理由冠冕堂皇，可停战小组的电台怎么也不能工作呀？就不止是刁难，而是明明白白地被软禁了。

三方执行小组去梅河口，南满军区兼3纵司令员程世才率部在那里。程世才也没客气，执行小组走后不到半小时，就把国民党代表带去的一个团缴械了。

马歇尔是4月中旬返华的。

4月13日，毛泽东在给林彪并告彭真的电报中说：

> 马歇尔有于文日（12日）动身来华说。马到华后东北可能停战，国方必于数日内尽力攻夺四平、本溪。望注意在可能条件下，击退其进攻，守住四平、本溪，以利谈判。[7]

毛泽东说的一点没错，5天后国民党即开始北犯四平，南攻本溪。只是从蒋介石到新1军的士兵，都没想到守军会这样顽强。在蒋介石的心目中，共军原本只会打打游击战的。

这时重庆谈判的焦点，在于如何分配东北的地盘，哪座城市为双方共管的分界区。国民党提出"哈尔滨共管，长春、沈阳归国民党"，共产党要求"沈阳共管，长春、哈尔滨归我们"⑫，相去十万八千里。既是谈判，那就漫天要价，就地还钱呗。

马歇尔这位被中共寄于厚望的洋菩萨，从华盛顿直飞北平，先向吉伦了解情况，再找军调部国共双方负责人，听取关于东北停战的意见，然后飞去南京会见蒋介石。

马歇尔直言自己的观点，希望蒋介石能够面对东北的现实。他甚至提出让军调部3人小组接管长春的方案。他取的是中间值。"哈尔滨共管"，那共产党在东北还有什么了？同样，"沈阳共管"也是不靠谱的。谈判嘛，彼此只有各退一步，双方才能靠拢起来。

蒋介石心意已决：不打到长春，不谈和平。

29日，马歇尔到重庆曾家岩中共代表团驻地时，周恩来等人正在收拾行装。国民党政府重归南京，这嘴巴子官司也要打去南京了。

在这个春意正浓的世界，马歇尔有种落叶飘零的感觉。为自己的使命，也为周恩来代表的那个在延安的小党、穷党。他认为他的那个关于三人小组接管长春的折中方案，原是会被中共理解、接受的。

马歇尔曾想说得委婉些，结果发现自己还是不擅此道，就把蒋介石的原话端了出来。

周恩来脸色阴沉，低头沉默好一会儿，抬起头，斩钉截铁道：如果不能无条件停战，中共不能接受政府方面的意见。

已经骑虎难下的马歇尔，已经明了嘴巴子打不过枪杆子，最终还是靠战场上的实力说话。但他不可能就这么看着东北不可收拾下去，还在为和谈奔走——留待后叙。

“虎　师”

4月16日，少了一个腰子的杜聿明，重返黑土地。

两个腰子还在身上时，这位东北保安司令长官已经下令兵分三路，南攻本溪，北犯四平。而今，一个多月过去，南北均未得手。思虑再三，决定先取本溪，再攻四平。

杜聿明在回忆录中的“情况判断”中，写道：

> 1. 共军：在本溪方面和四平街方面各有十多万人，两方面兵力虽然大体相等，但论火力、战力，四平街方面优于本溪方面，林彪又亲在这方面指挥。
>
> 2. 国民党军：在四平街方面，自三月十八日新编第一军及第七十一军（欠一个师）分两路向四平街攻击以来，将近四十日，损失惨重，士气颓丧，非增加兵力无法打开僵局。在本溪方面，上次两个师攻击虽然失败，可是目前新编第六军主力在辽阳，第五十二军主力在苏家屯以东及抚顺地区，对本溪形成包围侧击态势。如这次稍加调整，可增加至两个军以上的兵力，对本溪攻击较四平街方面为易。而且本溪方面调整部署，增加兵力，不影响四平方面的战斗。
>
> 3. 从地形上判断，本溪与沈阳唇齿相依，为沈阳门户，共军大军集结本溪附近，直接威胁沈阳安全。如将本溪共军压迫至连山关以南，既可保障沈阳安全，又可抽调一个军以上兵力增到四平方面作战。(73)

　　这个判断完全正确。顺便说一句，攻占四平后，杜聿明的战略仍然是先南后北。

　　笔者家乡本溪，当年是著名的"煤铁之城"，中华人民共和国成立后曾为中央直辖市，与今天的京津沪渝一样。坐落在辽东大山里的本溪，地势险要，又非四平可比。只是纵深浅近、缺乏回旋余地的南满，从一开始就不是民主联军的主要作战方向，4月20日又调3纵两个旅北上四平后，本溪地区只剩下4纵、3纵9旅和保3旅7团，这场保卫战的命运也就注定了。

　　4月28日，新6军、52军和71军共5个师的兵力，开始向本溪进逼。5月2日战斗打响，在飞机掩护下，轮番攻击。守军顽强阻击，战至3日上午9时，防线被突破，不得不放弃本溪。

　　4纵主力10旅30团的4个连，干部全部伤亡，每连只剩十几个人。

　　5月上旬，国民党在四平地区兵力，已达10个整师。

　　5月14日，沉寂了半个多月的四平前线，枪炮声重又轰鸣起来。

　　左翼71军87师、91师，依然沿老路向四平以西八面城、老四平以北攻击，企图由西面迂回四平。中路新1军，还是老套路，从四平正面攻击。右翼新6军和一同从南满赶来的71军88师，沿开原至西丰、开原至叶赫站两条公路攻进，准备迂回至四平以东火石岭子地区，攻击民主联军之左侧背。

　　比之陈明仁、孙立人指挥的左、中路，连战4天进展不大，廖耀湘指挥的右路可就有点"突飞猛进"的味道了。

　　由开原至火石岭子，公路两侧都是山地。西侧山地纵深小，距中长路近，通常不可能埋伏大部队。东侧正好相反，又是民主联军进出南北满的主要通道，还有可靠后方，正是新6军北进最危险的方向。

　　"攻其不备，出其不意。"孙子兵法和经验都提醒这位新6军军长，应该走那条貌似危险、有时却是最安全的路。

　　他走对了。

　　廖耀湘以配属新6军的71军88师为预备队，将新6军的两个师分作左右两路纵队，实行宽正面前进，彼此互相掩护。一路遇敌，若敌兵力不大，另一路仍可一意前进。

一是接受了87师在大洼、金山堡的教训，二是刚在南满打了几仗，认识到这土八路并非原来想象的那样好对付。而且，当年抗战打日本，也常这么干，轻车熟路。

14日上午，左路新22师先头团，在威远堡附近与民主联军遭遇，前卫营一个连长阵亡。这是新6军闯到关东后，阵亡的第一个连长。战至下午，民主联军主动撤离。

从开原出发前，廖耀湘就得知林彪调3纵沿中长路东山地南下，准备迂回国军之右侧背，也就是对着他来的。威远堡战斗，廖耀湘判断只是3纵先头部队，缴获资料却出乎意料地证明就是3纵主力。他立即得出结论：既然3纵主力不能阻止一个团的进攻，那么一个新22师就能击破前进路上任何对手。

平庸的将军，这一刻会给自己罗列一堆难题、问号，焦头烂额，找不着北。真正的将才，快刀斩乱麻，从貌似平常的事态中，一眼窥透本质、要害。

廖耀湘即以小部队与3纵纠缠，大部队搭乘600辆汽车，沿公路向西丰、平岗、哈福车站以东疾进。

18年后，廖耀湘在回忆录中谈到这段"罪责尤深"的历史时，这位在辽沈战役中成了战俘的败军之将，字里行间仍不无得意之色：

> 当时国民党在东北战场上的作为，可以说大都取决于战地负责实际指挥之责任者的决心意志和企图，尔后新六军敢以六个师北上长春与东出梅河口（而且东出梅河口是我个人的主张，呈报杜聿明决定的），实直接与威远堡门（威远堡又称"威远堡门"——笔者）之战斗结果攸关。威远堡门不仅给我个人带来了嚣张的气焰，也给整个新六军的所属各部队带来旺盛的士气，但同时也带来了轻敌的心理。对新六军而言，可以说威远堡门之战斗开启了顺利进犯四平与长春的端绪。这个并不闻名也并不为人所注意的小战斗，其影响是很深远的。㉔

18日下午，新22师先头部队到达火石岭子以南时，发现民主联军正在公路两侧山上构筑阵地，连警戒都未布置。到达火石岭子车站时，一列从梅河口驰来的民主联军军列，不知车站已经易手，还在向前开进。

这时的廖耀湘愈得意，后来自然会愈加"罪责尤深"。

新1军军长郑洞国，率军入缅作战失利退入印度时，廖耀湘和孙立人分别为新1军所属的新22师、新38师师长。从印度反攻前，孙立人升任新1军军长，廖耀湘为新6军军长。

都是王牌师、王牌军的师长、军长。

1942年3月30日，入缅作战的中国远征军，为避免被优势敌人各个击破，杜聿明命令200师撤出同古，新22师在斯瓦河两岸阻滞日军，掩护主力集中，准备进行平满纳会战。

从斯瓦至平满纳为一条隘路。日军攻击部队是5师团3个联队和18师团2个联队，配以重炮、坦克和数十架飞机，狂轰滥炸。面对绝对优势的兵力、火力，廖耀湘指挥新22师沿途构筑阵地，逐次进行抵抗。待日军进入预设地域，埋藏的地雷炸弹一齐引爆，两侧伏兵和正面阻击部队齐出反击。开头，日军凭借武士道精神，不顾死活，顽强攻击，吃过几回苦头就不敢冒进了。廖耀湘即虚设一些阵地，诱敌上钩，并不断派出小股部队，出击敌人侧后。4月10日后，日军又调集55师团，全力攻击。新22师仍以这种虚虚实实的战法，且战且走，一路痛击敌人。战斗半月之久，日军伤亡惨重，始终摸不清新22师虚实。16日，新22师完全进入平满纳，将敌引入预定地域。

对此，杜聿明曾评价为远征史上"罕见的战例"。⑦

廖耀湘"逐次抵抗大师"的声名，不胫而走。

1943年3月，为打通印缅公路，新22师和新38师进入胡康河谷，攻击日军18师团大本营孟关。孙立人率新38师插入孟关侧后，廖耀湘率新22师正面攻击，突袭18师团司令部。此战毙敌参谋长以下近万人，并缴获18师团发布作战命令的关防大印。据说，蒋介石发来的嘉奖电只有3个字："中国虎！"从此，新22师即被称作"虎师"。

1945年9月5日，新6军陆续空运南京，占领这座六朝古都，控制侵

107

华日军总部，接收京沪铁路沿线防务。9日，又在中央军校举行的中国战区日本投降签字典礼上，执行警戒任务。从黄浦路到军校礼堂门前、签字典礼会场，官兵头戴钢盔，脚蹬皮鞋，持枪雄立。国民党有几十个军，见证这一历史时刻、获此殊荣的，也确乎非新6军莫属了。

闯入关东后，新1军在四平挫了锐气，新6军在沙岭打出威风。

2月15日，即秀水河子战斗结束第二天，南满4纵10旅、11旅和3纵7旅，另有一个炮团，将进占盘山县沙岭镇的新22师66团（欠一个营）和师教导营围住。激战3昼夜，伤亡一大堆，硬是啃不动，援敌快到了，不得不撤退。

笔者采访到的几位亲历者说，这个新22师号称"虎师"，是王牌中的王牌，我们不知道，把他当成"土顽"了。战前动员的口号是"最后一战"，领导说"最后一战"了，打完这仗东北就和平了，日本鬼子都打垮了，顽军算老几，把炮弹放出去就是胜利。结果，那炮弹远了近了的，有的还打到咱们的阵地上了。人家那炮弹却像长了眼睛似的，有的还专门在你头上几米处爆炸，燃烧弹连烧带炸，把雪地打得烟呀火的。步兵攻击，也不讲战术，密集队形，上去下来，那人伤亡的呀，有的营连干部都打没了。打了1天3夜，谁能耗得起呀，撤吧。战后，大家说山东抗战，小鬼子也没这水平、劲头呀？就传说新6军是在美国训练的，这个"虎师"更是不得了，都是大学生。

为了打掉这个新6军，当年曾有首唱遍黑土地的歌，叫《打仗专打新6军》，头两句是"吃菜要吃白菜心，打仗专打新6军"。但这已是后来的事了。许多老人说，那时提起新6军，特别是这个"虎师"，还真有点"谈虎色变"的味道。

同样的远征军、王牌，同样的没把土八路放在眼里，4月上旬，新1军离四平还远着呢，新38师就被歼灭4个连。这回好歹到了四平城下，又干瞪眼进不去。新6军的这个"虎师"，却挟沙岭之战、再下本溪的威势，一路北上。而在后来的南北征战中，新6军、新22师也屡有上佳表现，比新1军、新38师出色得多。

从延安到西柏坡，毛泽东都有电报，要林彪想方设法吃掉这个"虎师"。林彪曾几次准备几个主力师，要灭掉这个王牌中的王牌。可这个

"虎师"，既有虎的猛勇，又有狐狸的狡猾，能打又能溜。到了是在辽沈战役的辽西会战中，兵败如山倒，没头苍蝇似的这一头、那一头乱撞一气儿，被这个纵队打一阵，被那个纵队揍一顿，没有任何作为，就和新6军、新1军一道，在辽西大平原上灰飞烟灭了。弄得大家都老大不过瘾：这个"白菜心"的"白菜心"，到底算是谁吃的呀？

"都是'老骨头'呀"

阳光下，月色里，三八大盖的"叭——勾"声带着回音，"哒哒哒"就是冲锋枪或机枪的点射了。

双方阵地最近处，也就50来米。在对峙阶段的半个多月里，双方都在修整加固工事，锹镐声互闻。偶尔一声冷枪，就可能引发一阵枪战。有时也有小的接触，然后复归平静。

经常喊话，发动政治攻势。

这边喊：蒋军弟兄们，你们大老远地跑这地场来打中国人，还打死打伤城里的老百姓，你们的良心过得去吗？中国人不打中国人，到这边来吧，民主联军欢迎你们，想回家发路费。

那边喊：共军弟兄们，共产党是不合法的，跟共产党干没有什么前程、指望了。我们是"国军"，是国家的军队，到这边来吃大米白面，还有美国罐头，愿意回家发路费。

新1军、71军官兵基本都是南方人，民主联军把留声机搬到阵地上，夜深人静时给他们放广东音乐。

有四平老人告诉笔者，那是他第一次听到广东音乐，心里寻思这叫打的什么仗呀？不打不行吗？那时传言多呀，今天说南边来了多少国民党，明天说北边来了多少八路军，人心惶惶。老百姓不懂军事，也不会说那叫"调兵遣将"，反正都明白这仗还得打，打到什么时候是个头呀？城里人挖洞，在屋子里，或房前屋后挖洞，一家人躲进去，防国民党打炮，那炮弹落上去也死人呀。城边和城外的庄稼人，着急上火的是下不了地。这都什么节气了，早该种地啦！一年之计在于春，春天不种地，庄稼人还有什么指望呀？有饭吃才能活命呀！有胆大的扛着家什出去了，豁出枪子不认人了，半道上又让人给堵回来了。

5月15日，大地打摆子般重新抖颤起来，一座四平城又被硝烟弥漫了。

在堑壕、工事里安然无恙的，从坍塌的工事里拱爬出来的，新兵老兵都知道炮击过后，敌人就要上来了。班长排长清点人数，指挥处置伤员。一时间，那人耳朵什么也听不见了，连脑袋好像也被震大了的，使劲晃晃。共同的动作是检查枪支，把标尺、准星上的泥土都擦拭去，再吹几口。手榴弹摆在伸手即拿处，就据枪趴在那儿，等着敌人上来。

71军以两个团的兵力，向四平西北的獾子洞、海青窝棚轮番攻击，一天十几次冲锋，均被击退。

中路新1军新38师，连日炮击北山和三道林子守军阵地。17日，除了炮击，又来7架飞机助战。守军远了枪打，近了手榴弹炸，再近了跃出堑壕拼刺刀。18日，一处阵地被夺占，一个反击将其夺回来。

除了哈福以南两个不大的高地失守外，新1军、71军这两支最早兵临城下的部队，仍是重复着半个多月前的画面。上去下来，再上去再下来，四平城近在咫尺，眼巴巴还是攻不进去。

右翼的新6军得逞了。

16日，新6军在飞机、坦克掩护下，攻占叶赫，17日再下西丰、平岗。当天，杜聿明将总预备队195师投入战斗，攻击哈福，对塔子山形成东西南三面包围之势。

塔子山西距四平城区10公里，为民主联军东西百里战线的最东端，四平以东群山之首。唐总章元年（公元668年），大将薛仁贵东征，拔扶余城（今四平八面城），克南苏城（已没二龙湖底），朝廷为表彰战功，特于山顶建塔，得名塔子山，岁月剥蚀，其塔早已荡然无存。塔子山海拔不过400米，本身也不险峻，可在四面平坦的四平，却是举足轻重的制高点。站到山顶，四平东北一切尽收眼底。廖耀湘就是奔这个来的。拿下塔子山，向西北侧后迂回，即可将城内守军封闭包围。

18日上午，新6军开始攻击塔子山。

这应该是四平保卫战中，单位时间最猛烈的炮火。地毯式饱和轰击，天上还有飞机倾泻炸弹，不大的山头都被炸平了，守军阵地全部被毁。山野大地在痉挛中还未喘过气儿，长着蒿草、小树的烟火弥漫的山坡上，差不多就被暗绿色的钢盔覆盖了。

上去下来，战至下午，塔子山易手。

姚树生老人说：

咱们的部队打得英勇顽强啊。

5月16日，新1军50师攻打哈福南边的331.5高地，攻不动。第二天以1个团的兵力迂回侧翼，坦克打头阵。56团有个新战士叫李永发，看着坦克轰轰隆隆过来了，心寻思这是个什么东西呀？管他什么东西，他觉得这世界上没有不怕火的东西，把捆秫秸点着了，抱着就迎了上去。半道上中弹倒下了，其他的战士抱着秫秸还往上冲。要想烧毁1辆坦克，那得多少秫秸呀？再说那坦克是运动的，怎么可能老老实实地让你烧呀？后来大家伙琢磨，要是有煤油泼上去，能把它烧够戗，那一时半会也不能解决问题呀？可敌人吓破胆了，看着咱们的战士火人似的冲上来，掉头就跑。

杜博老将军说：

我们延安炮校两千多人到东北后，有的分到部队组建炮兵，有的到地方发动群众。那时火炮很少，没多少炮兵，也不能干待着呀。我被分到吉林山城镇，当了4个多月群众工作队。4月初，民主联军成立炮兵旅，2团5连、6连被派去打长春，我才干起本行，被任命为炮兵参谋，又是观测员。长春解放后，又南下参加四平保卫战。

两个连，都是三八野炮，每连4门，6匹马拉1门炮。比之敌人，咱们这点家当实在不算什么，可过去都是在敌人的炮火打压下战斗，这回咱们也有炮了，这本身就说明了问题，大不一样。步兵看到我们来了，大骡子大马拉着炮，老远就欢呼起来，高兴啊。

先在三道林子北山，配合7师20旅反击新38师。几天后林彪让进城，我们先后在气象台附近、公园和电报局大楼北面设置阵地，轰击飞机场和步兵、炮兵阵地。步兵是正规的阵地防御战，我们是正儿八经的游击战，打一阵拖上炮就走。敌人抓不住我们，就朝城里乱打炮。过去欺负咱们没有炮，敌人炮兵那个猖狂、放肆劲儿，随便设置阵地，明晃晃架炮就打。我们来了后，敌人炮兵就老实、收敛多了。

5月14日晚上，团政委文击说3师8旅刚成立个山炮连，没个懂行的，让我去。第二天到那儿，高粱米饭就咸萝卜疙瘩正吃午饭，旅里命令配合24团反击敌人。

下着毛毛雨，远处一条河，河对岸是敌人，咱们部队隐蔽在河这边。一位胸前挂着望远镜的副旅长，问我距敌有多远，我说3200米达。那时管米叫"米达"。他说不对吧，应该有万把米达，又说他那个望远镜是德国8倍蔡司镜子。我说我这个是日本新测远机，12倍。3师是灰军装，就我是黄的，都知道我是炮校学员，那时在他们眼里我就是专家了。可当时听说南满炮兵把炮弹打到自己人阵地上了，山炮连也是初学乍练，那心里都胆突突的。有个50多岁的老乡在山坡上放牛，副旅长问他有多远，回答六七里路，跟我说的基本一致。

两门四一式山炮，各1发装填，间隔10秒发射。第1发测距3000米，近了点，第二发3200米远了点。我心里有谱了，下令3100米，连着4个5发齐放。一阵山摇地动后，步兵很快冲过河去，不到20分钟结束战斗，71军87师一个加强连没剩几个。

离休前为沈阳军区工程兵副政委的胡可风，当时是10旅29团11连副指导员。

老将军说：

5月18日，我们连在四平北神仙洞附近打阻击，掩护全团撤退。敌人那炮弹像下雹子似的，连长、指导员、副连长都抬下去了，我带个2排在阵地上死顶。接到命令撤下来时，就剩下我和2排长单长胜，还有个当向导的老乡。我们三个都成了英模，单长胜是"战斗英雄"，那个老乡是"战斗模范"，我成了"政治工作模范"。其实呀，什么英雄模范呀，活着的人活着就是了，那些牺牲的人才是真正的英雄。

老将军一个个念叨着那些牺牲的人的姓名，有些哽咽：都是从关里来的"老骨头"呀。

沈阳军区原副参谋长韩鏖，当时是7旅电台队副区队长。

老将军说：

三道林子北山，是四平侧后制高点。旅部在杨木林子附近，守北山部队轮换、增援，上去下来都经过那儿。上去那人还算齐整，下来就稀落了，好多是抬着背着架着的。20团3营头天早晨上去，第二天傍晚下来，枪都没人扛了，像砍柴樵夫似的一捆捆挑回来的。

我们7旅是井冈山的老部队，人称"红军的老祖宗"，打成这等模样。

陈世勋老将军说：

塔子山表面一层沙土，底下就是石头，没法挖掘工事，只能利用天然地形地物。敌人天上飞机，地面重炮，炮弹、炸弹咣咣往上砸，炸飞的石头也像弹片似的，你说那伤亡得多大呀？7旅19团伤亡过半，林彪让10旅增援，10旅没赶到，就是赶到了也守不住的。

四平保卫战，伤亡最大的都是主力啊。

姚树生老人说：

四平保卫战第一天，我们连就伤亡60多人，一半呀。

四平市人大科教卫委主任委员王海泉，一位提高了这座城市文化品位的学者，告诉笔者，上世纪80年代，当年的7旅代旅长王东保战地重游，他陪着老将军登上塔子山。老将军说，林彪派李作鹏督战，不让撤，我说撤，要杀要剐有我王东保的脑袋！

老将军抓起把土，老泪横流：都是"老骨头呀"！

而国民党伤亡的"老骨头"，比例甚至高于共产党。

林彪下令撤退

林彪同志：

（一）四平守军甚为英勇，望传令奖励。

（二）请考虑增加一部分守军（例如一至二个团），化四平街为马德里。

军委

卯感 *

这是4月27日，即四平保卫战进入对峙阶段的第一天，毛泽东起草的第一封3A电报，既是对前一阶段战斗的总结，也是对即将到来的更加残酷的大战的决心和指示。

1936年10月，在德、意法西斯支持下，西班牙军阀佛朗哥发动叛乱，进攻首都马德里，企图颠覆共和政府。在西班牙人民支持下，壮烈的马德里保卫战，历时2年又5个月，于1939年3月陷落。

在黑土地的这场内战中，最早出现"马德里"字样，是1945年11月24日东北局发出的一个通知，说国民党可能空袭沈阳，给城里各级机关干部发放武器，准备巷战，以保卫"马德里"的精神保卫沈阳。⑦

4月20日，中央电示东北局和林彪："准备于必要时把长春变为马德里。"

除"马德里"外，还有"中国的斯大林格勒"、"东方察里津"——是建国后来四平参观访问的苏联人慷慨赠与的。

而在毛泽东4月27日的电报后，一些师旅以上干部的嘴边，就挂上了"马德里"3个字。

4月29日，在以"总司令林彪，政治委员彭真、罗荣桓"名义发出的《通令嘉奖保卫四平指战员》的电报中，说：

> 尚望继续发挥过去十二天保卫战的英勇精神，与四平十万市民团结一起，再接再厉，勿因疲劳而松懈，勿因胜利而轻敌，尽量争取化四平为马德里，把进攻的顽军埋葬在四平。*

在"化四平为马德里"前面，意味深长地加了4个字："尽量争取。"

激战中的四平，白天街巷中少见人影，老百姓都躲在防炮洞里。有的已经携家带口逃难了，用老百姓的话讲叫"跑屁头"。晚上就热闹起来，大车进进出出，进城的都是重载，弹药、粮食什么的。对峙阶段街面上人多了起来，还出现几个早晚市场，老百姓叫"破烂市"，在没遭受炮击的原来就是早晚市的地方，摆摊卖衣物、粮油、大酱、白菜、土豆之类。

梨树县城梨树镇，这些日子变得热闹了。南来北往的大车、驮马，偶尔也有几辆缴获的美制道奇，使一条十字小街愈显拥挤。在南面轰轰隆隆的炮声中，绸布店、粮米店、酱菜园、杂货铺大都关门了。几家饭馆倒是生意兴隆，穿着灰色、黄色和灰不灰、黄不黄的军装的军人，匆匆忙忙地进进出出。老板们笑逐颜开地迎送着，也不时着眼帘向那炮声隆隆处望一阵子，有难民过来再上前唠一阵子，随时准备带上早已打点好的金银细软"跑屁头"。

买卖街北边的四合院里，林彪在踱步。

墙上那幅以四平为中心的五万分之一军用地图，上面挤挤匝匝地插着红蓝两色小旗，还有红蓝铅笔勾画的圈圈道道。林彪踱步的起止点，好像都是这幅地图。从西屋踱到东屋，再踱回来，在地图前瞅上一会儿。有时候踱到院子里，对出去进来的人好像视而不见，踱回来还在地图前止步。有时候好像什么也没踱出来，有时就说："小季，记录。"

季中权就赶紧抓笔摊本。记录完毕，林彪看过、签字，有时还会修改一下，季中权就送去电台，一封电报就飞向前线，或是东北局，或者延安。

季中权老人说，前期运动防御阶段，地图上红蓝小旗不断移动变化。这种阵地防御，林彪看地图，不过一种习惯性动作罢了。这时他更关注的是前线的电报、电话，来电即复，东北局、中央的电报也不耽误。从他的表情、动作上，看不出什么喜怒哀乐，但能感觉到他的焦灼、不安。他已经寻不到对手的什么破绽了，而且敌人一旦在南满腾出手来，四平将面临更大的压力，他却只能拉开架势等在这里。眼下已是一场没多少战术含量的战役了，他不想这样打仗，不想在四平被动作战，又做不了主。

当时也在梨树的陈沂老人，在回忆录中和接受笔者采访时，都说林彪最初并没有一个这样的"四平保卫战"计划。

而当时的四平市委书记、市长、卫戍司令部政委刘瑞森，在回忆录中明确写道：

> 林彪来四平，找马仁兴和我谈话，要我们准备在敌军进攻四平时，坚守10天。⑦

4月24日，毛泽东在给林彪、彭真的电报中说：

> 一切决定于战场胜负，不要把希望放在谈判上。⑱

枪杆子决定嘴巴子，林彪当然明白这一点。可要在四平坚守到重庆签下一纸和平协议，林彪从一开始就认可了吗？

陈沂老人在回忆录中，谈到此后"在总部驻地梨树召开进军东北以来第一次政治工作会议"，写道：

> 会议分析了东北战争的形势，指出："在东北，当前肯定没有和平，和平是打出来的。只有打得敌人知难而退才能实

现和平。"会议要求全军，还是立足于打，不要存在任何和平幻想。⑦

同样都是立足于打，都没把希望放在嘴巴子官司上，问题在于能够用这种战法，在四平"打得敌人知难而退"吗？

四平的老百姓认为能够。开头，像国民党没把土八路放在眼里一样，老百姓也觉得八路军不是对手。城里传说新1军的美式装备，比"小鼻子"、"大鼻子"的还厉害。可打了10来天，老百姓说国民党看到了四平城，就是进不来，倒是八路军的大炮进城了，这下子国民党就更进不来了。

后方气氛和平、乐观。《东北日报》一再刊登"四平前线固若金汤"的消息⑧，好像四平已经万无一失。

前线伤亡严重，弹药缺乏。在大连治病的罗荣桓向苏军求助，调拨8列火车的武器弹药和药品，经海路运到朝鲜，再由铁路经辑安（今集安）、通化运到梅河口，准备转运四平。正值东北局机关从梅河口搬去长春，沙发、钢丝床都要装车运走，武器弹药撂在站台上。4月28日，遭敌机空袭，260节车厢被毁，梅河口地动山摇。

5月17日，林彪在向"中央东北局"转去程世才的一封电报中，不动声色地痛斥"西丰城严重太平景象"。

此前的4月23日，林彪在给"中央东北局"的电报中说：

在保卫四平的战斗中几个老主力旅伤亡均各有一千数百人，子弹消耗为数浩大。*

这类电报还有一些。

而在4月11日深夜，距四平保卫战和夺取长春之战，还有一个星期，林彪给"东北局中央"的电报，在叙述了阻击新1军新38师和71军两个师的推进情况后，说：

"在此种情况下，及在蒋介石继续增兵东北的情况，我固守四平和夺取长春的可能性和东北和平迅速实现的可能性均不大，因此我军方针似应以消灭敌人为主，而不以保卫城市为主，以免被迫作战，其结果既不能保卫城市又损失了力量，而造成以后虽遇有利条件亦不能歼灭敌人，故我意目前方针似应脱离被迫作战，采取主动进攻。对于难夺取与巩固之城市，则不必过分勉强去争取，以免束缚军队行动。""对四平街的保持应以不至造成军队之被迫作战为主。"*

这是基于双方实力得出的判断和建议，应视为林彪避免在锦州地区打大仗后，又"一个根本意见"。

由此，对于林彪的那个"坚守10天"，我们是否不难得出这样的结论：秀水河子和大洼、金山堡战斗，让美械、半美械的对手，晓得了辣椒不是巧克力，在四平再顶上10天左右，打掉这个"天下第一军"的傲气，见好就收，脱离被动的阵地防御，继续在运动战中寻机歼敌，掩护后方发动群众，建立根据地。

自闯到东北即与林彪所见略同，34年后又实事求是地肯定了林彪历史上的功绩，黄克诚以其一贯的风格直言不讳。

请看5月2日的一封电报：

中央：

（甲）由关内进入东北之部队，经几次大战斗，战斗人员消耗已达一半，连、排、班干部消耗已达一半以上。目前虽尚能补充一部新兵，但战斗力已减弱。

（乙）顽九十三军到达，如搬上大量炮兵及部分坦克用上来，四平坚持有极大困难，四平不守，长春亦难确保。

（丙）如果停战短期可以实现则消耗主力保持四平，长春亦绝对必要，如长期打下去，则四平长春固会丧失，主力亦将消耗到精疲力竭，不能战斗。故如停战不能在现状下取得，让出长春可以达到停战时我意让出长春，以求得一时期的停战，也是好的，以求得争取时间，休整主力，整肃土匪，巩固北满根据地来应付将来决战。

（丁）东北如已不可能停战，应在全国打起来以牵制国民党向东北调动，东北则需逐步消灭国民党主力，来达到控制东北的目的。

（戊）我对整个情况不了解，但目前关内不打，关外单独坚持消耗的局势感觉绝不利。固提上面意见请考虑。

黄克诚
辰文 *

前面引用的程世才的电报说，"所携各种子弹炮弹已耗尽了，地方对我战斗动员差，找不到担架，前线上伤员运不下"。*这也比半年多前刚闯到东北时要好些，而且四平这一仗是不能不打的。4月13日，黄克诚在给林彪的电报中，说"四平还要抵（抗）一时期"。*但是，年初曾准备在通辽"准备拼死一战"，"全部战死在所不顾"的黄克诚，头脑是非常清晰的。因为眼下已不是拼不拼命的时候，拼命也没用。

5月14日，黄克诚在给中央的电报中说：

一是从三月下旬起部队一直在作战，伤亡过大，许多营连排骨干都打光了，因此干部情绪不高。一是国共双方武装装备太过悬殊，在近代炮火坦克和飞机的攻击下，中共的武装无论如何也守不住一个城市。*

四平街的陷落是迟早的事。威远堡战斗后，右翼新6军大胆北进，只不过加快了这一进程而已。

在此前后，黄克诚、林彪和下面部队，都有一些关于伤亡情况的电报，有的还被林彪转报东北局、中央。下面引用的，是东北军区司令部1949年10月编写的《东北三年解放战争军事资料》中的文字：

四平保卫战中我军伤亡总数达八千人以上，部队元气损伤甚大，黄克诚之三师七旅，原为井冈山老部队，四平撤退后只剩下三千余人，失去战斗力；万毅之三师（即万毅纵队——笔者）原有一万三千人，经四平战斗伤亡及撤退被击散，只剩四五千人，失去战斗力；一师梁兴初部，剩五千人，还保持有战斗力；二师罗华生部，还保持有战斗力；邓华保一旅损失相当严重，其次是三师、八旅、十旅；杨国夫部都弄得疲惫不堪和不少损失。⑧

如果坚守10天左右主动放弃，民主联军伤亡和北撤途中溃散、逃亡将大量减少，从重庆打到南京的嘴巴子官司，即便不能加分，也应算个平手吧？我不让给你，你能打下来吗？而以这种方式占领四平的对手，还会像后来那样猖狂吗？

黄克诚致电林彪、东北局，少有回电，那就越级直接向中央报告。无论有无回音，他都一如既往。因为战争是非常实际的，他必须让他们了解前线、战场的实际情况。而无论黄克诚后来怎样因言罹祸，战争年代都是必须用人才的。

回顾历史，有时会让人感慨：这件事，当时怎么就没认真听听这个人的意见呀？

下面是5月17日，林彪致电"中央东北局"的正文：

四平今日敌北面与西面的攻击被我压倒，我获枪百余支，东南阵地则被敌攻占，现东南形势危急，此刻敌我正猛烈争夺中，已令各部拼死奋战，求得压倒敌之新攻势。*

林彪最担心的是塔子山。闻知增援塔子山的部队未能赶到，当天给守军连发两电，先是命令"塔子山尽可能再支持一天"，"再命塔子山守军最少明天要顶半天，不惜一切牺牲。"*

这仗打到这一步，就剩下一条路了。

林彪把陈沂和后方总政主任陈正人叫去，要他们草拟四平撤退告全军的电报。不再踱步的林彪，告诉他们："估计敌人明天就可占领塔子山，廖耀湘必定要以全力攻击塔子山。塔子山如果失守，敌人就可以从我侧后迂回封闭四平守城我军的退路，那时我们就完全处于被动而且有被歼之危险。我们已经大量消耗了敌人，并赢得了时间。我们的保卫战是胜利的，特别是我们的每一个部队，都在一定程度上得到了锻炼。"㉜

林彪长叹一声："可惜我们后面没有好好珍惜和利用这个时间。"㉝

又严肃地扫视着身边的部下道："和平空气，在我们今天的东北是最害人的。"㉞

下面两个自然段，是林彪5月18日发给"东北局中央"、"中央东北局"的两封电报的正文：

四平以东阵地失守数处，此刻敌正猛攻，情况危急。*

敌本日以飞机大炮坦克车掩护步兵猛攻，城东北主要阵地失守，无法挽回，守城部队处于被敌切断的威胁下，现正进行退出战斗。*

边退边报告，不等回电。

历时一个月的四平保卫战，以这种方式宣告结束。

在此前林彪经历的，也是中共武装力量罕见的两次拉开架势大打，一是江西第五次反"围剿"，二是长征途中的湘江阻击战。前者以己之短对敌之长，直接导致了命悬一线的湘江阻击战。最后时刻，敌人已经快扑到红1军团指挥所了，军团长林彪、政委聂荣臻和参谋长左权都拿起了武器。这是林彪最不情愿打的那种仗，却是非打不可的，就是军团部被打掉了也必须打到底。因为要掩护中央纵队过江，保护中央首脑机关安全，唯有死拼。

可这四平保卫战呢？伤亡惨重地掘壕据守一个月，就为了等待从重庆打到南京的嘴巴子官司，打出个和平？

得知林彪已到四平，从未幻想和平的黄克诚很兴奋，"决心在四平地区与顽军决一死战"。林彪也表示"决心死守四平"。战争有时会出现奇迹的,智谋有时会成为更强大的力量,特别是在机会瞬间即现的运动战中。待到"化四平街为马德里"被冠之以"尽量争取"时,"三十六计走为上",就明白无误不是塔子山失守后的即兴发挥了。

1947年5月,陈云在给高岗的一封信中,曾把避免锦州决战,成功指挥四平撤退,作为共产党人进入东北前7个月中的两件大事。并说,如果这两件事当时有错误的话,东北就很难有以后的好形势。

普鲁士和德国军事家老毛奇说:"一个在展开的最初阶段所犯的错误,是永远无法矫正的。"

春之冬

5月18日下午,刘瑞森和卫戍司令部副司令邓忠仁,到东部前线视察战况。枪炮声震耳欲聋,新6军坦克在阵地前吼叫、冲撞,有的地段已被突破,守军仍在殊死抵抗。卫戍司令部电话,要他们立即返回,就见到林彪的电报,命令当晚就撤出四平。当即通知所属部队和各区干部,布置撤退,然后刘瑞森直奔医院。

自山海关之战后,每打一仗,一个连差不多就得有一个排成了担架排。"7无",关键是没有根据地,无法安置伤员,只好抬着走。四平保卫战能支撑一月之久,原因之一是有两所医院,有1000张床位的原日本关东军陆军医院,有500张床位的原满铁医院。轻伤员送来处治一下,当天就往后送。重伤员,需要手术,治疗观察几天,照此办理。两所医院当时只有几十名伤员,刘瑞森赶到那里,很快安排妥当。

有老人说,走一步,看几步,林彪的路数挺清晰。四平撤退,不说别的,就说伤员,那医院里要是住满了,一下子也抓瞎了,你上哪儿弄那么多担架、大车呀？

全国劳动模范，离休前为为四平植物油厂党委副书记、副厂长的李川江，当时是四平益发合油坊的榨油工人。一家人晚上磨面，做玉米、高粱、黄豆面大饼子，他和哥哥起大早挑去道东前沿阵地。5月19日，天蒙蒙亮，哥俩走到半道就觉得不对劲儿，到阵地上一看，哪还有个人影呀？再看国民党那边，也就1里来地，什么动静没有，也不知道民主联军早走了。

四平撤退，有条不紊，据说前沿阵地连一具烈士遗体都没留下。

季中权老人说，5月18日天黑后装车，10点来钟撤离。有人说作战科副科长王继芳不见了，开头也没当回事，还等了一会儿。他是参加过长征的红军，谁能想到他会出事儿呀？两天后，林彪觉得不对劲儿了：这敌人怎么就跟着屁股追，这么大胆、放肆呀？

王继芳叛变投敌了。

东北民主联军总部的一位作战科副科长，那脑子里该装着多少杜聿明求之不得的东西呀？

杜聿明的作战风格，与林彪颇类似：谨慎、稳妥，一旦抓住机会，果断、决绝，毫不犹豫，甚至不顾一切。从王继芳口中得知对方伤亡惨重，许多主力减员半数以上，立即命令分兵疾进，紧追不舍。占领公主岭、长春后，一刻不停，沿长春路两侧迅速向北推进迂回，要把民主联军阻截在松花江南岸。用杜聿明的原话是："各追击部队采取各种大胆迅速跟踪追击，以广正面搜索，捕捉共军部队，集中主力包围歼灭之。"㉟

当时为3纵7旅20团9连指导员的赵绪珍老人说，打了一个来月，人困马乏，敌人也累，可人家是机械化，咱是"11"号，你能跑过他吗？看着要追上了，赶紧拐弯兜圈子，哪儿不好走往哪儿走，他的优势就没了。有时敌人跑到前边去了，也赶紧绕圈子。就这样走了42天，到桦甸才算站住脚。那时敌人那个狂啊，新6军1辆车拖门炮，就敢穷追不舍。天上飞机撒传单，屁股后边大喇叭喊：共军弟兄们，共产党完蛋了，你们别跟着白送死了，快投降吧！老部队问题不大，新部队有的就散了、垮了。

离休前为39军副军长的黄达宣，当时是3师独立旅1团1连1班长。老将军说，东北人讲："清明不脱棉袄死了变猫，清明不脱棉裤死了变兔子。"运动防御阶段，清明就过了，行军热得受不了了，往外掏棉花，连里不让，那时晚上还挺冷。四平撤退，独立旅被阻于敌后，从5月到7月，在敌后转悠两个来月，这回掏吧。地方政权都垮了，谁管你呀？我们3师从苏北"闯关东"，南方人怕冷，传说东北人撒尿得拿棍子敲。这回好了，夏天穿棉袄。还没吃的，撸树叶挖野菜，那人饿得直打晃。要不是扛着枪，就像要饭花子。

老将军说，更糟糕的是旅部电台电池没电了，与上级失去联系，上级也不知道我们在哪儿，怎么样了。那时乱哪。下边有电台没电台的，被敌人冲散了，就更乱了。

季中权老人说，从四平撤到五常，每到一地，林彪第一件事就是开通电台，了解各部队所处位置、伤亡、逃亡情况，特别注意询问部队情绪怎么样。哪支部队联系不上，电台无信号，那就是凶多吉少了。

5月29日，林彪在给"周林陈并曹"的电报中⊗说：

> 你们炮兵团的直属队，及一门榴弹炮，共五百人，其中大部分为革命的韩国人，另外有十余日本人，因未接到你们撤退命令，在吉林附近被敌人机械化步兵追上，全部被俘。*

6月1日，彭真、罗荣桓、高岗在给"饶伍叶周并中央"的电报中⊗说：

> 我军自四平撤退至公主岭附近时，敌以多路平行纵队各附汽车坦克向我追击，其受我抵抗之路则停止，而他路则进行包围，飞机进行放肆轰炸，故被割断我部队甚多，至今尚存数团，数个营，数个连，落在敌后面，尚不知去向。*

一次原本有序的撤退，被个叛徒弄成了这等模样。

大量减员为逃亡。

东北3年内战，有三次较大逃亡。一是"8·15"后"闯关东"，二是四平保卫战后北撤，三是辽沈战役后进关。许多老人说，出关进关，那可真是一关呀。首尾两次原因很简单，农民，不想离乡离土。最后一次还是胜利之师，东北已成共产党的天下，全国也快了。中间这次正好相反，那些逃亡的人觉得共产党不行了，这天下是国民党的了。

在秀水河子缴获的那辆美式吉普，黑暗中驶出梨树镇，拐上通往公主岭的公路。路上大车、驮马，向北拥退的队伍，司机使劲按着喇叭，吉普也跑不起来。看不清林彪的脸色，也不用看。季中权和参谋处的人下车，让人马让开点，说后面是首长的车，首长有急事。

林彪要尽快赶到公主岭去，毛泽东让他坚守公主岭和长春，"以待谈判"。

嘈杂的夜色中，七嘴八舌响起斥骂声：

什么手掌脚掌的，这时候了还摆臭架子耍威风！

就是林彪来了也不让！瞎指挥，打败仗，就会撤，就能跑——撤退将军，逃跑将军！

问问你们那个首长，是不是要撤到老毛子那边去？

季中权老人说，还有更不中听的。

　　　军号响，红旗展，

　　　林总命令往下传，

　　　号召创造千百个尖刀连。

　　　要顽强，要勇敢，

　　　朝着敌人心脏钻，

　　　刺刀见红敌人完了蛋。

一年后，这些士兵就要敞开喉咙，高唱这首《林总命令往下传》了。可现在，他们恨不能把所有的痛苦和愤懑，都发泄在这位"撤退将军"、"逃跑将军"身上。

这是共产党人闯到关东后的最艰难的时期，也是林彪最倒霉的时候。

125

毛泽东却对林彪更信赖了。

5月1日，毛泽东在给林彪的电报中说：

> 前线——军事政治指挥，统属于你，不应分散。如因工作繁忙，需人帮助，则可调高岗等同志来助你，如前线机关以精简为便利，则照现状为好。*

前面说过，自去年11月中旬奉命去辽西指挥打大仗始，就是林彪一个人带着个轻便指挥班子，在前线寻机作战。手下这些人，从李作鹏、苏静，到陈正人、陈沂，这些军政干部的职务，都与他差了一大截子。即使一年后开始署名"林罗刘"、"林罗刘谭"的电报 ⑱，有些也是已经发走了，才送"罗刘"、"罗刘谭"看的。而眼下这仗打成这个模样，在许多基层官兵眼里，自然就是林彪瞎指挥了。

5月15日，毛泽东说"四平街保卫战支持的时间愈长愈有利"，林彪3天后即弃城而走，毛泽东反倒愈发将权力下放给他了。

19日，即民主联军撤离四平第二天，毛泽东给"林、并告彭"的电报中，在说明了弃守四平后应采取的方针后说：

> 究应采取何项方针，由林根据情况决定之。*

直至6月16日的电报：

东北局：

> 目前东北形势严重，为了统一领导，决定以林彪为东北局书记、东北民主联军总司令兼政治委员；以彭真、罗荣桓、高岗、陈云四同志为东北局副书记兼副政委。并以林、彭、罗、高、陈五人组织东北局常委。中央认为这种分工在目前情况下，不但有必要而且有可能，中央相信诸同志必能和衷共济，在重新分工下团结一致，为克服困难争取胜利而奋斗。
>
> 中央 ⑲

东北、华北、西北、华东、中原，在当时的五大中央局中，唯林彪为纯正的将军书记。

南京还在打嘴巴子官司。

5月22日占领长春后，国民党的和谈条件愈发苛刻。24日，熊式辉、杜聿明联名致电军事三人小组及军调部，要求中共军队退出哈尔滨、齐齐哈尔等地，以及东北铁路沿线。

5月23日，林彪、彭真致电毛泽东，说明不能守长春的理由。

31日，黄克诚致电"毛主席"，说明"东北情况很混乱，很难阻止敌人占领齐哈（齐齐哈尔、哈尔滨——笔者），假使退出哈齐，能取得和平停战，则坚决退出求得停战，来整理内部，以求再起，时机紧急，请考虑"。

6月1日，林彪在给中央的电报中说："准备游击放弃哈尔滨。"

2日，东北局在给"中央并林"的电报中，说："我们准备放弃哈尔滨"，"我已告辰兄准备退出"。

在四平强力支撑了一个月，这时已近溃退的民主联军，已经无力再支撑了。

3日，毛泽东在给"东北局、林并告李黄"的电报中说：

> 同意你们作放弃哈尔滨之准备，采取运动战与游击战方针，实行中央去年12月对东北工作指示，作长期打算，为在中小城市及广大乡村建立根据地而斗争。*

在"最后一战"和"保卫马德里"的口号声中，历史在黑土地上兜了近半年的圈子，又回到了那个本来的坐标点上。只是民主联军的实力，以及军心士气，已经大为下降。

在东北党和军队最困难的时候，在南京的马歇尔，助了中共一臂之力。

5月29日，马歇尔通过宋子文，转给正在沈阳视察的蒋介石一封措辞强烈的电报：

国民政府军队在满洲继续前进，你并未采取任何行动以停止冲突，与你经由蒋夫人5月24日信中所提条件完全不相符，使我作为一个可能的调解人的工作陷于十分困难，也许不久实际上陷于不可能了。㉔

31日，又致电蒋介石：

我再一次请求你立即发布停止政府军队前进、攻击或追击的命令，并准许军调部前进指挥所立即出发到长春去。㉛

马歇尔向蒋介石发出信号：你不听我的，我就撒手不管了。

东北民主联军主动撤出四平退至松花江以北，国民党军占领长春后又占领了东丰、伊通等10余座城镇。由于占地广，战线延长，兵力分散，加之部队疲惫，继续进攻已是力不从心。在这种形势下，蒋介石不得不于6月6日发表了《关于东北暂时停战的声明》：

自6月7日正午起停止追击前进及攻击，其期限为15日。㉜

由于蒋介石忙于在关内调兵遣将发动全面内战，实际上，这次停战延续了4个月。

共产党人可以喘口气了。

在延安成立的东北局，到东北后就不断搬家，沈阳、本溪、抚顺、梅河口等等，到处流浪。这一刻在哈尔滨，又收拾好行装准备弃城上路了。这回有了一纸停战声明，自然就不用走了，就在这座号称"东方莫斯科"的城市扎了下来，直到辽沈战役后重返沈阳。

就出现了一个挺奇特的现象：当共产党人在全国仍然处于农村包围城市的阶段时，在黑土地上却史无前例地拥有了哈尔滨这样一座大城市，还有齐齐哈尔、牡丹江、佳木斯等等一些中等城市。

"让历史和后人去评说吧"

国民党国防部史政局编的《绥靖第一年重要战役提要》中，关于1946年4月18日至5月18日进攻四平战役之作战检讨，这样写道：

> 我军以接收之目的，应进出松花江自有必要，惟就作战方针言，欲压迫共军于松花江而歼灭之，则似过远，以用分进合击，包围于四平街地区而歼灭之，尔后向松花江进出为当。其次就本案压迫松花江歼灭之方针，在兵力部署上与方针又不相吻合，即逐次使用兵力，致四平街久攻不下，其后增加兵力，亦未着重在四平附近歼灭共军之措施，迨攻下以后，即为离心之推进，而成为广泛之驱逐，卒未获歼灭共军也。[93]

再看东北军区司令部在《东北三年解放战争军事资料》中，是怎样评说的：

> 四平保卫战是从四月十七日开始的，这一保卫战是在特殊条件下形成的，军事上敌人是逐渐增兵，逐渐消耗，故我军能固守一个月以上，在政治上正当南京谈判，错误的估计和平很快就要到来，像四平这样大规模的阵地防御战，以我当时力量及装备来说，还不宜打这种仗，四平保卫战，在战术上，具有某些成功，英勇坚强地打了一个多月，但在战略上是失败的，把我有生力量在阵地上受到消耗，而不能解决问题，以致失去运动歼敌的机会，在四平保卫战中我军伤亡总数达八千人

以上，而且都是一些老骨干，待敌新六军增援四平时，我不得不被迫撤退。㉔

上述文字，与1947年4月东北民主联军总司令部《关于东北军事状况给中共中央及中央军委的报告》中的一个自然段，几乎完全一致，这个自然段接下来还说：

> 在四平撤退后敌人用机械化部队追击，我军在防守中经一月余之苦战，部队已极度疲惫，加以撤退后之急行军，当时我军失去抵抗的力量。四平保卫战，我军受到相当大的元气的损失，许多主力部队失去战斗力（以下一一列数各师旅所剩兵力情况，前已写过，笔者略去）。部队中发生悲观情绪，要求到后方休养，离开主力去做地方工作。*

守方说"在战略上是失败的"，攻方没这么说，大概也是这么个意思。

这就有些奇怪而且矛盾了：国共两军拉开架势大打出手的四平街战役，到底有没有胜者、负者呀？

也就好像为后来的争议，埋下了伏笔。

在使黄克诚罹祸的1959年庐山会议上，毛泽东与黄克诚争论起13年前的四平保卫战。

黄克诚大将在回忆录中，写道：

> 毛泽东问我："难道四平保卫战打错了？"我说："开始敌人向四平推进，我们打他一下子，以阻敌前进，这并不错。但后来在敌人集结重兵寻我主力决战的情况下，我们就不应该固守四平了。"毛泽东说："固守四平当时是我决定的。"我说："是你决定的也是不对的。"毛泽东说："那就让历史和后人去评说吧。"㉕

四平保卫战是非打不可的。国民党拒不承认共产党在东北的地位，坚持东北只有接收，没有调处。秀水河子大胜，沙岭大败，1∶1平手不行，得打疼他才行。

5月19日，毛泽东起草的中共中央关于弃守四平问题给"林、并告彭"的电报中说：

> 四平我军坚守一个月，抗击敌军十个师，表现了人民军队高度顽强英勇精神，这一斗争是有历史意义的。⑥

至于应该固守到底，还是适可而止，5月27日毛泽东给各大战略区的电报中的一句话，似应已经说明了这个问题：

> 四平防御战为一时特殊条件所致，不能成为我一般的作战方针。*

用一位很认真地做学问的军事历史学者的话讲：这"表示中央已经吸取了教训，不会再打这样的消耗战了"。⑦

还有对林彪的信赖有加，直至成为东北党军一把手——这分明是对共产党人闯入东北后的头9个月的组织、思想路线的一次总结。

从避免锦州决战的"根本意见"，到"此次和平协定的实质，实为蒋之一重大阴谋"，"须清醒地考虑之"，再到"对四平街的保持应以不造成军队之被动作战为主"，对于林彪的路数，毛泽东当然心中有数。

毛泽东非常清楚，战争是非常实际的，来不得半点虚妄。

毛泽东是用行动说话。

在东北打了3年，共产党军队只给了对手一次围歼的机会，可是国民党没抓住。所以，无论国民党一路北进占领多少城市，"战果"多么辉煌，当时自我感觉怎样好极了，其在战略上已经失招、失败了。这就是国民党史政局那篇作战检讨所表达的意思。

避免锦州决战，成功指挥四平撤退，如果这两件事当时有错误的话，东北就很难有以后的好形势。陈云的评述，说明这是战略性的转机、生机、胜利。无论被打掉多少"老骨头"，元气还在，做梁做栋，做砖做瓦，还能在黑土地上搭构起共产党的天下。

如果再来次"把长春变为马德里"的保卫战，把"老骨头"打得所剩无几了，那黑土地上的前景可就难说了。

毛泽东和林彪，都清楚"将在外"的道理。

而黄克诚和毛泽东的争论，是早已江山在手后的事了，无论怎么争论，都是既成事实无所谓了。

至于把是错误不是错误的错误，甚至变成了罪行，都算到林彪的头上，更是后来的事了。

再后来，是开国上将韩先楚的评说：

> "四平保卫战，是在特定历史条件下形成的城市防御战，是我军进入东北后，领导层对和战问题看法不一掌握不定的集中反映。"
>
> "在我军处于劣势条件下，过多地看重了一城一地的得失，与敌进行不利条件下的作战，在战略上是失策的。"
>
> "由于我军果断的撤退，摆脱了战略上的被动，又一次避免了不利条件下的决战，保存了有生力量。另一方面，经过四平保卫战和大撤退的反面教育，彻底消除了和平幻想，对东北全党全军在和战问题，根据地建设问题上统一思想，产生了积极影响。"⑱

陈沂老人的评说是：四平保卫战的最大战果，是打掉了"最后一战"，打掉了和平幻想。

注释：
　　① ② ③ ⑤ ⑥ ⑩ ⑱ ⑲ ⑳ ㉑ ㉖ ㉗ ㉘ ㉙ ㉛ ㉜ ㉝ ㉞ ㊱ ㊲ ㊴ ⑦⓪ ⑦⑥ ⑧⓪

(82)(83) (84) (89) (97) 刘统著《东北解放战争纪实》，9、11、46、85、107、108、111、119、22、114、112、115、120、154、109、181、86、187、208、189、190、198页，人民出版社，2004年5月。

④ 张学良口述、唐德刚撰写《张学良口述历史》，123页，中国档案出版社，2007年7月。

⑦ 黄为新四军3师师长兼政委黄克诚，梁为八路军山东1师师长梁兴初，李为冀热辽军区司令员兼政委李运昌，沙为冀察晋军区副参谋长沙克。

⑧ 杨国夫为山东八路军7师师长兼政委。

⑨ 罗为罗荣桓。

⑪ 《毛泽东选集》第四卷，1179、1180页，人民出版社出版，解放军出版社重印发行，1991年6月。

⑫ ㉓ 桂恒彬著《四平大血战》，18、211页，军事科学出版社，2007年5月。

⑬ ⑮ ⑯ ㉒ (90) (91) (92)纪学、曾凡华著《蓝色三环》，174、175、258、259、281、282、218、289、290页，解放军出版社，1992年8月。

⑭ ㊸ (52) (56)《中国人民解放军第四野战军战史》，72、80、76、79页，解放军出版社，1998年10月。

⑰ 王季平主编《八·一五这一天》，435页，光明日报出版社，1985年6月。

㉔ ㉕ ㊻ 辽沈战役纪念馆管理委员会、《辽沈战役》编审小组合编《辽沈战役》（续集），5、6、26页，人民出版社，1992年10月。

㉚ 当时电报分四个等级，一个“A”为一般电报，两个“A”为急电，三个“A”为加急，四个“A”为特急。

㉟ (59) (62) (69) (72) (77) (78) (79) (93) (96) 中共吉林省委党史工作委员会出版《四战四平》，217、42、43、285、7、220、319、31、219、450、37页，1988年8月。

㊳ ㊺ (51) (63) (65) (66) (67) (68)李桂萍、张振海编著《四平街战况——在旧书旧报中解密“四战四平”》，57、9、10、11、45、46、31、32页，吉林人民出版社，2009年9月。

⑩⑳《黄克诚回忆录》，385、386、348页，解放军出版社，1989年4月。

㊶㊷㊼㉟《辽沈战役亲历记》（原国民党将领的回忆），541、547、557页，文史资料出版社，1985年11月。

㊹长江文艺出版社编《解放四平街》，6页，长江文艺出版社，1986年2月。

㊼黄为黄克诚，李为西满分局书记、西满军区政委李富春。

㊽程为南满军区司令员程世才，肖为政委肖华。

㊾中国人民解放军军事科学院编《毛泽东军事文选》，274、275页，中国人民解放军战士出版社，1981年12月。

㊿㉟张宇明编写的《四平战役纪念馆陈列讲解词》，12、16页，四平战役纪念馆编印，2007年9月。

㉝"一点两面"、"三三制"，为林彪的"六个战术原则"中的两个（另四个为"三猛"、"三种情况三种打法"、"四快一慢"、"四组一队"）。"一点两面"中的"一点"，是集中优势兵力、火力于主要攻击点，使攻击部队有强大的攻击、后续能力，反对平均使用兵力、火力；"两面"是除"一点"外，还需至少两面包围敌人，使其对主攻方向产生错误判断，同时防止敌人突围逃跑，打成击溃战。"三三制"是将1个班的士兵分成3个小组，每组3至4人，由班长、副班长、骨干为组长，平时便于管理，战时视敌情、地形，班、组、人成前三角，或后三角、左三角、右三角的疏散队形，避免拥挤，减少伤亡。

㋄㋅中国人民解放军总参谋部军训部编印《林彪元帅军事论文选集》，56、55页，1961年4月。

㋇王明贵为嫩江军区司令员。

㋈"杨师"为杨国夫师，"刘旅"为刘转连旅，"周、陈、张"为吉林军区司令员周保中、副司令员陈光、副政委张启龙。

㋀㉧㉒东北军区司令部编写《东北三年解放战争军事资料》，6、7、8、194页，1949年10月。

㋁（美）西奥多·怀特、安娜·雅各布著《风暴遍中国》，287页，解放军出版社，1985年6月。

⑦ 陈守林、史岳、张庆峰、张艳华、季汉文著《四战四平史》，59页，吉林文史出版社，1998年年12月。

⑭ 中国人民政治协商会议全国委员会文史资料研究委员会编《文史资料选辑》第42辑，71页，文史资料出版社，1964年2月。

⑮ 同⑭，第8辑，26页，文史资料出版社，1960年8月。

⑳ 即东满军区司令员周保中、政委林枫、副司令员兼参谋长陈光、长春卫戍司令部司令员曹里怀。

㉑ 即饶漱石、伍修权、叶剑英、周恩来。叶剑英为北平军调部中共方面负责人，饶漱石为军调部第27执行小组（东北小组）中共方面负责人，伍修权为小组成员。

㉒ 即东北野战军司令员林彪、政委罗荣桓、参谋长刘亚楼、政治部主任谭政。

㉓《党史研究资料》第1、2期，5、6页，中国革命博物馆党史研究室，1986年2月20日。

英雄城

三
"一寸城池一寸血"

四平街之争夺愈演愈烈。十六日上午共军以四团兵力冲入市区，当与国军发生惨烈白刃战。战况之惨未曾有，为东北历次战斗所仅见。

——香港《华侨日报》

第六章 三战四平（上）

重返四平街

1947年5月。

林彪在院子里散步。

这是位于黑龙江省双城县（今双城市）的东北民主联军前线指挥所。笔者1987年采访时，门口挂的是"中国人民解放军双城县人民武装部"牌子。比之四平保卫战期间梨树县城那座清代四合院，历史应该差不多，却是豪华、阔气多了。厚重的大木门，院子青砖铺地，院墙、房墙是同样的大青砖。六根一人粗的红色木柱，擎起两米来宽的廊檐。檐下青砖上雕刻着凤凰、麒麟、花草，做工精致，栩栩如生。清一色小叶瓦，像天安门城楼似的飞檐上，蹲伏着青色的麒麟。东西各一四合院，中间一道月亮门，西院为参谋处，东院为林彪办公、住处。院里的松柏，庄重肃穆，风吹影动，好像在诉说着什么。

林彪在东北的3年间，两年左右是在这里度过的。

蒋介石说："自四平街一役，奠定收复东北之基础。"①

一提起四平街，蒋介石就有些眉飞色舞。而一路北进的国民党官兵，则说"拿下哈尔滨就这几天了"，"到佳木斯玩玩也不错"②，自以为想去哪里就去那里，不过全副武装的公费旅游而已。而且，这天气也越来越热了，对于这些大都为"南蛮子"、好歹从黑土地的冰天雪地中熬过来的军人，最好的消暑去处，自然是一路北上了。

进入各地城市的国民党官兵，掀起一股结婚热。酒楼饭店大摆宴席，鞭炮声不绝于耳。到处都有日本人留下的空房子，好多贴上了大红喜字。进入长春的一身罗斯福呢的新1军，最受青睐，好多连排军官成了长春姑爷，好多人娶的是大学生，时称"光复新娘"。

抗战8年，出生入死，基层军官大都未婚。如今胜利了，这天下铁定是国民党的了，他们的人生也走到这一步了，该娶妻生子、安居乐业了。而当了14年亡国奴的老百姓，也"想中央，盼中央"，把正牌的国军当成了解放者。

东北国民党军开心之日，自然是东北民主联军难受之时。

林彪也病了。

从四平北撤到九台，林彪骑马，眼睛好像睁不开，人在马上晃悠悠的，让人担心会不会从马上栽下来。到舒兰后病倒了，发烧不退。在一户朝鲜族老乡家里，林彪倚靠在炕头墙上，闭着眼睛问各支部队北撤情况，季中权说电台还未到，无法联系。出发前，林彪让季中权通知参谋处，要电台和机要组乘车一起走。不知是参谋处长李作鹏忘了，还是怎么的，电台人挑马驮还在路上。林彪爬起来，说带我去。季中权情知不好，也无法拦阻，只有把林彪引到李作鹏住处。因能喝酒而得名"大烧锅"（东北人管酒厂叫"烧锅"）的李作鹏，正和两个人坐在炕上饭桌前喝酒。一路北撤，还不知道要撤到什么地方去，前途未卜，上上下下情绪都不高，也是喝闷酒。林彪进屋，二话没说，上前抓住桌沿一掀，稀里哗啦一阵响，再顺手抓起堆放在炕边的行李什么的，砸向李作鹏等人。

那人全傻眼了：这还是他们熟悉的那个林彪吗？

衡宝战役打响了，人称"二烧锅"的秘书夏桐喝多了，还在呼呼大睡。林彪看一眼，转身走了。四平保卫战期间，警卫员坐在炕上擦枪走火，一阵炒豆般炸响，一梭子子弹从窗户飞出去，人们的脸色全白了。

林彪正在院子里踱步呀！林彪踱到窗前，面无表情地朝里望一眼，继续踱步。

没人知道那架256号三叉戟行将爆炸时，林彪是何表情。笔者采访到的当时在民主联军总部的老人，都说这类事根本入不了林彪的"法眼"，这个人说话都难得大点声，这回却一反常态地掀桌子，这是怎么了呀？

有老人说，林彪是病了，一种病态，与1938年在山西隰县被晋军误伤的那一枪有关。他后来怕风怕光，也是那一枪落下的病根。四平保卫战，黄克诚说他"孤掌难鸣"，他着急上火压力大呀，到九台就病了，用这种方式发泄出来，病态、失态了。

6月16日，那时什么都明确了，可此前呢？和战问题，根据地建设问题，下一步的路数究竟如何，党内思想不统一，眼下部队又成了这样子，这仗怎么打呀？应该说，林彪心头也够翻江倒海的了。

不过，也就这么一下子而已，马上又恢复常态了——起码表面上如此。

很多老人谈到林彪在舒兰的一次讲话，在县城的一家戏园子，大讲"莫斯科撤退"，老人都说印象深刻。

林彪讲话大意是：

> 大家一定以为我跑得太快了，丢的地方太多了，我说跑得还慢了，丢得还少了。这不是开玩笑，我讲的是真话，讲的是马克思主义，是毛主席的军事思想。

> 东北情况是敌强我弱。我们只有一个拳头，敌人有好几个拳头，一个拳头是打不过好几个拳头的。怎么办？就是把敌人的拳头变成手掌。怎么变？就是把城市丢给他们。城市一丢，我们的包袱就没了，身子就轻了，敌人的兵力分散了，拳头可就伸开了，我们就可以用拳头对付他的手指了，一个指头一个指头地吃掉他们了。

> 解决东北的问题要靠战争，战争的根本问题在于消灭敌人。胜负不能从一时的进退看，也不能从一城一地的得失看。我们力量小，城市只能是旅馆（林彪在各种场合经常讲

141

"城市是旅馆"——笔者），暂住一时。把敌人拉散了，把敌人一股股地吃掉了，城市自然就是我们的了。如果我们现在舍不得城市，和敌人硬拼，那我们只能有两条路，或者被敌人吃掉，或者走抗联的老路——退到苏联去。

刚才我讲了，拿破仑的军队开进莫斯科时，也是很猖狂的，可他们的失败在那时候已经决定了。今天也是一样，我们已经通过大规模撤退，换取了消灭敌人的有利条件。这并不是个新问题。我们当年在中央苏区和敌后抗日根据地，就是这么做的。

现在，我们要把眼光转一转，从大城市转到中小城市和广大农村去，把大气力用到建设根据地去。有了根据地，我们就有了家。有了家，就会要兵有兵，要武器有武器，要粮食有粮食，要衣服有衣服——在座不少同志还穿着棉衣哩。我们有了这些，我们就会有全东北。

从"独霸东北"，到"最后一战"、"保卫马德里"，在黑土地"万花筒"时期那些像放礼花一样的口号、比喻中，把四平撤退比做"莫斯科撤退"，应该说还是比较贴切的。

林彪掀了李作鹏等人的桌子，直接诱因，是急于知道他手中还掌握着多少部队。没有部队，没有士兵，他就不能打仗。而更重要的，是在那近于溃退的北撤中，这位民主联军总司令（而不是政委）还要使他的士兵像坚守最后一道防线一样，绝不丢掉信心和希望。

不过，对于一个扛着步枪的士兵来说，不是这时听你林彪怎样说，而是跟着你到底能怎样——只有打胜仗才是硬道理。

陈云起草的《东北局关于目前形势与任务的决议》，即著名的"七七决议"，指出：

"无论目前或今后一个时期内，创造根据地是我们工作的第一位。"

"跑出城市，丢掉汽车，脱下皮鞋，换上农民衣服，不分文武，不分男女，不分资格，一切可能下乡的干部要统统到农村去，并确定以能否深入农民群众为考察共产党员品格的尺度，凡能深入农村者给予奖励，不愿到农村去的给以批评，造成共产党员面向农村，深入农民的热潮。"③

终于打掉了"最后一仗"，共产党人开始甩开膀子表演自己的拿手好戏了。而"跑出城市"的一个"跑"字，表达的又是一种怎样惜时如金的急切、决心和激情啊！

在哈尔滨开罢东北局会议，确定了大政方针，这位东北局书记、民主联军总司令兼政委，就南下双城前指，在那青砖地上踱步。

不论春夏秋冬，也不管枪炮声怎样在耳畔隆隆轰鸣，步子总是不紧不慢，均速运动。那双穿着大头鞋，或是布鞋，或是皮鞋的脚，脚跟几乎没离地的时候，就那么在地上拖着，落下时脚掌再着地，拖拖沓沓，一步俩响。苍白的脸上，难得有什么表情，基本恒温，没有四季。一双手有时袖着，有时随意甩动着，有时耷拉着，全无与他的赫赫声名相匹配的威凛。有时会去桌上的布袋里抓把炒黄豆，嘴里嚼着，脚下踱着，战争的轮子则在脑子里高速飞旋。

苏静老将军，当年的红1军团司令部作战参谋，告诉笔者，在江西时，每到一地，地图往墙上一挂，林彪往那儿一坐，屁股就再难挪窝了。到东北不久就下雪了，冷啊，他这个湖北人，坐那儿受不了，就踱步。

大雪飘飘中，民主联军开始了三下江南、四保临江战役。

杜聿明的战略，始终是先南后北。二战四平，也是先夺占本溪，再调兵北上。这回是南攻北守，期图南满得手后，再回师北满，占领全东北。

林彪的打法，是坚持南满，巩固北满，南打北拉，北打南拉，劁猪割耳朵战术，让你两头忙活，顾此失彼。

有一首快板诗《筛豆子》，把这段历史形象化了：

143

国民党,

兵力少,

南北满,

来回跑,

北满打了他的头,

南满打了他的腰,

让他来回跑几趟,

一筐豆子筛完了。

……

前面说了,3年内战,二战四平,为国民党提供了唯一一次围歼对手主力的机会,却没抓住。那就追呀,汽车轮子追两条腿,况且共产党已经准备放弃哈尔滨了,却停步了。也是,本来兵力就不敷分配,再一路追下去,到处分兵把守,林彪自锦州撤退后就极力寻求的那种战机,也就更多了。

4月22日,正是四平街打得不可开交之际,国民党参谋总长何应钦致电蒋介石,认为"对东北作战指导应不以接收多数城镇为目的,而专以击灭匪军为目的"。④ 此言貌似有理,实则根本行不通。一是国民党就是来东北接收的,这是个面子工程,接收的象征,不把城市拿到手里,怎么可以呀?二是失去了二战四平那样的机会,共产党再也不可能将主力等在那里,被你围歼了。三是以当时国共双方的兵力,谁都不可能击灭谁。而从山海关到沈阳,从安东到长春,在那样漫长的战线上,谁完成了面子工程,就等于背上了包袱,那点兵力被拉长分散了,等在那里被动挨打了。即便国民党越过松花江北追,辽远的北满仍有回旋余地,共产党只要建起根据地,站稳脚跟,就能回头收拾你。这也是林彪等人甚至连哈尔滨也要放弃的原因之一。

不过,在那个冰天雪地的1946年底,共产党人的处境也真危机、困难到家了。南满主力3纵、4纵,被挤压在濒临朝鲜的临江、濛江(今靖宇)、抚松、长白4个巴掌大的小县。4纵要插入敌后,零下30来度,一半左右官兵还身着单衣,有的士兵那鞋还露着脚指头。南满军区和3纵紧急动员捐衣物,没有衣服就拿条毯子、被子,时称"两个纵队,一套被装"。穷追不舍的国民党军队大喊大叫:共军弟兄们,你们没路走了,快投降吧!不投降就把你们赶进长白山啃树皮,轰进鸭绿江喝凉水!

当时各级政治教育都有句话,形容那段最难熬的时期——"爬上山头就是胜利!"

这"山头"得爬多长时间呀?一些亲历者说:那时看国民党那架势,得个8年抗战吧。

结果只用了一个冬天,爬上山头的共产党人,就居高临下地开始反攻了。

《东北人民解放军司令部阵中日记》(下称《阵中日记》),1947年5月21日的"决心"是8个字:

正备攻击四平之敌。[5]

第二天的"决心"是6个字:

决歼四平之敌。[6]

四平保卫战失利,共产党在东北就被割裂成南满北满两块,这回林彪也要让国民党尝尝被拦腰截断的滋味。

这个倒霉的71军

4月8日,即三下江南、四保临江战役结束5天后,林彪在给南满军区司令员肖劲光、政委陈云、副司令员兼副政委肖华等人的电报中,说明下一步的路数：

> 东北局对行动问题曾详细考虑，决定将我军战略主攻方向与主要力量使用于南满。北满拟以8个师及2个炮兵团于开江后大举南下到达南满，利用南满根据地收容伤兵，利用广大山峰依托、无河阻隔、又有许多攻击目标可选择的条件，以进行大规模作战，使东北战局发生根本变化。把东北由客观条件形成的两个拳头打人的南北分兵状况，改为形成一个大拳头为主的集中作战。估计有时一次能消灭敌数个师，许多次要城市的敌人将不打自退，或被我各个击灭。⑦

4月14日的《阵中日记》，明确写道：

> 决心：发动夏季攻势作战，主力南下，辽东寻敌作战，重点指向吉奉路（指吉林至沈阳铁路）。⑧

这时的杜聿明，已将"南攻北守，先南后北"，换成了"内线作战，行持久之战略守势"。⑨正规军36万，地方武装12万，主要配置于铁路沿线大中城市，期待关内作战获胜，调兵增援东北，再发动攻势。

民主联军兵力已发展到46万余人，其中野战军25万人，总量略低于国民党军队，与二战四平时差不多。大不同的是，被东北局"七七决议"称作"第一位"的工作，已经大见成效。而有了根据地有了家，原来的"7无"就都变成"有"了。经历了土改，3年间有140万东北青年参加这支军队，就是最具说服力的注释之一。

在一年前那样的劣势中，林彪依然主张进攻，就别说这一刻了。

林彪致电军委，说明夏季攻势的路数，希望晋察冀方面能够给予配合，钳制敌人，不向东北增援。

5月8日，北满主力1纵、2纵和两个独立师，渡过松花江，揭开了夏季攻势的序幕。

5月31日，《人民日报》发表文章说："东北形势的变化，不能不震动全国。东北解放军的全面反攻，难道不是整个解放区全面反攻的信号吗？以东北在全国经济上、政治上、军事上的重要而首先反攻，并取得胜利，难道不是大大加强了华北解放军反攻时的地位吗？"⑩

5月是播种的季节，林彪和他的将士们，已经开始收获了。

怀德县城怀德镇，像个掺了些高粱面的窝头，隆起在春日潮润的松辽平原上。两丈多高的城墙上明碉累累，城脚下暗堡重重，一道宽8米左右、深3米左右的外壕，环绕着城墙。壕外屋脊形铁丝网和鹿砦，层层叠叠，外围埋设地雷。

怀德位于长春至沈阳铁路西侧，北距长春50公里，南距四平100公里，为长春、四平间屏障，且有公路通往长春、四平、沈阳，地位自然十分重要。5月8日，2纵从大赉地区出发，兵分两路过江后，首战伏龙泉，再战三盛玉，三战双城堡，一路都是地方保安队之类，没什么像样的战斗，实在不过瘾。14日得知怀德驻守新1军1个加强团，纵队司令员刘震眼前一亮，立即致电林彪，建议以2纵主力奔袭怀德。

林彪回电："抓住新一军很好，目前敌人四处挨打，不可能有大兵北调，你们放开手脚打"，"攻击怀德，一定要做好准备，这是夏季攻势第一仗，首战一定要打好。"⑪

怀德城外一马平川，只在西南角有道雨裂沟伸到城下。沟旁灌木丛生，光秃秃的枝条上，鼓突着淡绿色的叶苞。

刘震放下望远镜，说：走。

顺着西斜的阳光，刘震和4师师长陈金玉、6师副师长张竭诚，还有主攻团一、二梯队的团营干部，在雨裂沟里隐蔽向前，一直爬到敌人手榴弹投不到的距离，趴在草丛中仔细观察。

16日下午4时发起攻击，激战至17日凌晨，守军新1军30师90团和保安17团5000余人大部被歼，只剩90团团长率400余残兵，据守城东北角的关帝庙，死不投降。

刘震下令停止攻击，以1个加强团把关帝庙围住，先不打，而以攻城主力南下参加打援——把这点残敌急三火四吃掉了，援敌就缩回去了，岂不是抓了虾米、丢了大鱼吗？

攻袭怀德，为的是围城打援。

"首战一定要打好。"无论首战，还是尾战，林彪惯用的一招就是围点打援，而且屡试不爽。不过，经过夏、秋、冬攻势后，对手就不大敢出援了。出援的基本有去无回，在运动战中被吃掉了，谁能吃一百个豆还不知腥呀？辽沈战役，蒋介石严令廖耀湘兵团驰援锦州，吃够了围点打援的苦头，连这个在整个国民党阵营中都堪称首屈一指的精锐兵团，出沈阳后就在辽西迟疑、徘徊，倒了还是被打援打个稀里哗啦。

共产党在黑土地上的首次反攻，国民党特别听话、配合。你选定个目标，围住一打，他就不知死活地立马赶来救援了。

怀德城枪打炮轰，北面长春新1军出动4个团，南面四平71军赶来两个师。林彪以独1师阻击、缠打北路援敌，集中1纵全部和2纵主力，要吃掉南来的大鱼。

5月16日，71军88师、91师进至怀德南25公里的大黑林子地区。17日，其先头88师到达怀德南5公里的十里堡一线，被已等在那里的2纵5师截住。18日晨，各路打援部队陆续赶到，猛打猛冲，将这个倒霉鬼一顿胖揍。

5师首先攻入大黑林子镇，将敌退路截断。4师、6师在西侧88师、91师的接合部展开，1纵从东侧加入战斗，将敌拦腰截成数段。20多公里的战线上，敌人整个乱套了，没头苍蝇似的在公路和田野上奔逃，被追上了就举手投降，逃进村庄的能顽抗一阵子。敌机来了，双方交织在一起，也不敢投弹扫射，嗡嗡一阵子飞走了。

1纵1师1团8连韩文信班，在公路上追上一个榴弹炮营，缴获9门美式大炮。

大洼、金山堡是87师，这回轮到88师、91师了。

87师师长熊新民，在回忆录中写道：

> 其先头部队88师，进至长春以西的怀德县以南地区，突然有股解放军直插入88师司令部，头一枪，就把师长韩增栋打死了。这一突如其来的意外事件一发生，众论纷纷，造成了极大的混乱和惊恐，人人心慌，草木皆兵，遇到和传闻有解放

军，就只好俯首就擒。因而全师自副师长以下，全部被俘。同时在88师后尾跟进的军司令部及其直属部队，在行军途中，突然也发现了一股解放军，直插到军司令部，又把军参谋长冯用民打死了。加上先头88师的影响，这时也混乱起来。波及到在军司令部后尾跟进的91师，一时上下失去联络，失去控制，更是一片混乱。[12]

像国民党许多部队一样，71军曾经"剿"共，也有光荣战史。

71军原为国民政府警卫军1师，1932年初参加淞沪抗战。卢沟桥事变后，正式成立71军时，只有1个87师。之后参加南京保卫战、豫鲁皖边地区作战和武汉会战。1942年春，中国远征军第一次入缅作战失利后，71军编入远征军序列，1944年6月参加滇西反攻和第二次入缅作战。抗战胜利后驻防苏州，1946年初开到东北。

辽沈战役中，除52军从营口跑走万把人外，包括71军在内的国民党军队，全部在黑土地上灰飞烟灭。1949年初，71军又在华中借尸还魂，最终在广西战役中寿终正寝，军长熊新民也被俘了，所以我们还能看到他的回忆录。

结局都一样，过程却不同，其中最倒霉的就是71军了。

大洼、金山堡一役，首开黑土地上国民党1个师几近全歼的纪录，大黑林子又差点儿增加到两个师。接二连三的则是在血火之城四平街，被打得灵魂出窍，差一点点就连窝端了。

陈明仁为自己准备了口棺材

陈明仁，湖南醴陵人，1903年生于农家，1920年到长沙兑泽中学读书，1924年考入孙中山在广州办的大本营陆军讲武学校学习，1925年黄埔1期毕业。在平息陈炯明叛变的惠州之战中，因作战勇猛，蒋介石亲授青天白日勋章，并令全体官兵向其举枪致敬。作为军人，能得到这等荣誉，差不多也算顶天了。

抗战中，先后升任师长、副军长、军长——这自然是陈明仁将军最辉煌的时期了。

打内战，踏上黑土地，这位林彪的黄埔校友、老大哥，可就霉运连连了。

大洼、金山堡首创纪录，蒋介石火了，电告东北保安司令长官部，说陈明仁未随军前进，着即查办。87师被打得落花流水，再失大将，怎么行啊？杜聿明搪塞蒋介石，说战前陈明仁已到前方，同时催令还在沈阳的陈明仁，快去前线指挥部队。

民主联军二下江南期间，6纵和配属的独2师围攻德惠，陈明仁率军救援成功，算是长了把脸。这回怀德被围，他又亲率两个师赶去。大黑林子枪炮声大作，闻知先头88师溃败，情知中了林彪的围点打援圈套，赶紧掉转车头，跑回四平。

傻瓜也明白，林彪的下一个目标就是四平了。

陈明仁即全力以赴构筑工事、整训部队。

跑去邻居家里，弄出个"满洲国"，日本侵略者在东北各地的建筑，从设计到布局，都充分考虑到军事的意义。以"满洲国"的"首都"、被改称"新京"的长春为例。城中心的关东军司令部、在乡军人会、空军司令部和大兴公司等等，都是米把厚的花岗石墙，钢筋水泥屋顶，中型炮弹难以毁坏。楼房地下室，有钢筋水泥坑道通到大马路，彼此连通，战时可以进出调兵。其中有笨重的大铁门，又可互相隔绝，一处失守，其余还可独立作战。各主要街道宽度都在60米以上，可以充分发扬火力，重要街口还有水泥掩盖的地堡。

一座城市堡垒。

四平自然也难例外。

二战四平后，国民党进入四平已经一年，多少也搞了点城防工程。这回陈明仁利用三战前的近一个月时间，几近全民总动员，大兴土木钢铁。

用熊新民的话讲是：

> 在构筑工事、阵地、碉堡时，又下令在各守备区内，挨家挨户征集筐、篓、柱、板、麻袋、草袋等，征集一空。还向民间征集鹿砦（即小树桩）数万根，所有四平周围的大小树木、棍棒，都被抢砍光了。有的公房，所有学校，都被拆光。砖头、柱、板，都用来做掩体、修工事、盖地洞。⑬

被林彪不屑一顾的"半光腚城"，也被陈明仁穿上了"裤子"。

在道西城边，挖掘1丈多深、丈把宽的壕沟，把土向里堆叠夯实，就成了同样高宽的土城墙。再与东边的半月形城墙连接起来，一座四平城就有了界限明确的城里城外。

城墙外侧和墙头上有许多明暗碉堡，壕沟底下埋设锋利的尖桩，还有铁丝网，有的地方还引进河水，成了护城河。外围阵地，利用地形地物修筑大大小小的地堡，有真有假。阵地前有鹿砦、铁丝网、草绳索、绊脚桩、陷脚坑（六七行密集的小坑），重要地段埋设地雷。冷兵器、热兵器时代的招数，能想到的一股脑儿都用上了。

《四平市志》载，1910年至1941年，四平共建楼房151座。三战四平突入市区后，是场典型的城市巷战，这些楼房大都成为现成的强固支撑点，许多成为各守备区的核心据点，周围再构筑大小地堡。有的有地道通连，没有的挖地洞、盖沟，或者在民房间穿墙打洞。没有楼房的重要地段修筑子母堡，1个母堡通常有5个子堡，多为钢筋水泥构造，水泥厚度最低80厘米以上。子母堡之间有盖沟，地堡三面有射击孔。街道和开阔地上，同样遍布铁丝网、草绳索、绊脚桩、陷脚坑、地雷之类。知道对手擅夜战，各种障碍物上挂着铃铛、罐头盒等响器，再大量抛散秫秸，阵地丢失后点燃还可火攻。为防对手挖掘地道，重要据点、地段，还埋设听音缸。

陈明仁在《自传》中，谈到"造成我平生一段罪恶最深的历史"时，说：

为了万一被突破一点，而不致影响全局，只有依靠坚固的工事，而工事只有靠面，不靠点和线，有了全面的坚固工事，即令多数点被突破，都是不要紧的。⑭

二战、三战，攻守互换，守法也不相同。林彪是在城郊一线布防，陈明仁则是一种以城区为主要守备阵地的固守。利用原有的高大坚固建筑，和难以计数的各种工事、堡垒，成鱼鳞状错落有致，一波波向城市纵深铺展开去。而在继二战四平的又一次"四平大捷"后，国民党在大江南北到处吹嘘、构建"陈明仁防线"，这一刻倘能有人来四平视察一番，稍有军事常识的人，是难免想到那句"行家一出手，便知有没有"的。

而四平的近7万市民（《四平市志》载，1947年四平市为68418人），在财产被征用一番，又在烈日下挖掘、修筑工事后，就活生生地被挤压在战争的绞肉机中。

郑洞国和熊新民都说，大黑林子战斗后，如果民主联军乘胜南下攻击四平，四平街几乎唾手可得，因为这时城内只有一些地方部队。

陈明仁逃回四平的第一件事，就是命令驻防通辽、辽源、长岭的87师退守四平。杜聿明也深知四平的重要性，连电催促。熊新民不敢怠慢，率87师星夜赶回四平，除随身携带的武器、弹药、器材外，辎重仓库一概抛弃，连破坏的命令都来不及下达。

88师被歼，收编地方部队重新组建1个，再将一些零散部队补充91师。还有13军54师、独4团、6师17团、53军榴炮营、装甲车5连、铁甲车9中队，以及地方保安团、从外县跑来的保安队等等，有的缺兵少将，无法补充就缩编。省政府、警察、铁路警察、兵站、车站一些人员，也被组织起来进行军训，射击训练限一星期内完成。陈明仁剃个平头，脚穿草鞋，到处巡视，有时还亲自去指导这些乱杂武装训练。

陈明仁大肆整训部队，在把一座四平城变成要塞、堡垒的同时，又将其划为五大守备区，下面再划分41处守备重点，明确守备兵力、人数和主官负责制。比如第一守备区的道东地区，由87师守备，负责人自然是师长熊新民了。除此而外，他还负责红卍字会这个要点，守备部队为87师司令部及直属队，兵力2860人，每个点都落实到人头。

这都没什么。比二战四平守军明显高出一筹甚至几筹的，是阵地、工事的选择、配置、构造，碉堡的形状、大小、间距，都精心考虑到如何充分发挥后方炮火和前沿各种枪械的性能、威力，在阵地前有层次地构筑起一道道火墙。

在前面引用过的《论华北正规战的基本教训与游击战争的发展条件》中，林彪批评国民党军队注重防御战，到处列阵防守，不擅进攻战、运动战。同样带着青天白日帽徽的115师师长，说得没错。不过，国民党在防御作战中，也确实比较有心得、经验。

陈明仁还说："我学会了日本人过去守龙陵、松山的办法，这些办法都是我曾经亲身体验过的。"⑮

1944年，滇西反攻，远征军攻打龙陵、松山。日军利用滇缅边境险要地势，用近两年时间苦心经营工事，松山的机枪掩体和掩蔽部，重炮炮弹都难摧毁，前沿火力简直密不透风。71军官兵用坑道作业迫近敌人，在炮火掩护下发起突击，跃入敌阵进行白刃战、扫荡战。

陈明仁当时是71军副军长。

三战四平，71军终于坚持到最后一刻，最重要的是决心。

　　甲　不求援，不待援，自力更生，独立死守，打光为止。

　　乙　凡转移阵地之命令，仅司令官有权颁布。以次各级指挥官发布是项命令者，一概无效，其所属不得奉行。又凡部下要求转移阵地及增援，司令官常拒绝答复。示无新指示即系命令死守也。

　　丙　第一线部队不准后退，仅准第二线部队向前补充与增援。凡由前向后退者，即由后方部队射杀之。

　　丁　夜间除汽车因公通行外，其余不问匪我，所有行人概行射杀。⑯

这自然是陈明仁的命令。

老百姓不知道陈明仁都发布了一些什么样的命令，可看到陈明仁的这种守城术，自家房前屋后都修了工事、地堡，打起来一发炮弹不就完蛋了吗？头脑活泛点的，一咬牙，收拾东西携家带口提前"跑屁头"走了。

5月20日，美国驻长春领事馆也撤走了。

陈明仁则立下遗嘱，抬出了给自己准备的一口棺材。

士兵是没有棺材的。所有的阵地、工事、碉堡都编了号，每一号据点的墙上都有个号牌，上面写着驻守单位的军官、士兵的姓名。这一亩三分地就是你们的了，战时吃喝拉撒也在里面，许进不许退，胜则存，败则亡，这里就是你们的坟墓了。

陈明仁说他"主要是采取置之死地的办法"。⑰

陈明仁置之死地而后生了。1955年，这位原国民党中将，还被授予共产党的上将军衔。而四平街那些挂着号牌、写着姓名的据点，绝大多数都成了他的部下的坟墓。

一将功成万骨枯——当然不仅是71军官兵的白骨。

突破的和没突破的

三战四平，林彪的部署是，以1纵、邓华纵队、6纵17师和总部5个炮兵营，由1纵司令员李天佑、政委万毅统一指挥，攻取四平。另以2纵、3纵、4纵（欠11师）、6纵（欠17师）和5个独立师，配置于四平以南、东南及以北地区，准备阻击由沈阳、长春出援之敌。

以往围城打援，"围城"通常只是诱饵，"打援"才是目的。炮火不行，难以攻坚，野战中更易于吃掉援军。这回看这架势，林彪显然是两头都要，起码是"决歼四平之敌"。

松辽平原，禾浪起伏，大军驰动，各自分头向指定地域集结。

6月12日拂晓，总部炮兵从火石岭子出发，向西奔往四平西南的集结地域。15公里路程，14日赶到原本稀松平常的事，却谁知13日晚突降大雨，瓢泼似的。步兵在泥泞中跋涉已够艰难了，对炮兵简直就是灾难了，坑洼处炮轮稍一打滑，就越陷越深。那人弄得泥猴似的，美国大骡子奋力嘶叫着，小盆似的蹄子蹬刨得泥水四溅，也无济于事。

二战四平，总部、师旅炮兵拖炮的骡马中，就出现了臀部烙着"71A"印记的美国大骡子，这回又多了"新1A"的。炮兵最喜欢这美国大骡子了。常见的蒙古马能负重150公斤，日本大洋马是250公斤，美国大骡子400公斤。可眼下并不光是个力气活，官兵就一路砍拆树枝，往那车轮炮轮下垫。原来的小河沟，河水猛涨过不去，就得绕道。那时没有天气预报，地图也不准确，有时与现地差异挺大，就得找老乡带路。

6月14日20时发起总攻时，还有7门炮没能赶到。

炮兵自然是敌机重点对付对象。敌机来了，正常情况赶紧隐蔽，这会陷在哪儿了，只有干瞪眼挨炸。开进途中人马受损，有几门炮被炸坏。

一些老人说：三战四平，一开始就不顺利。

14日16时至天黑，约20架敌机，轮番轰炸、扫射民主联军集结部队。一座四平城，周边地动山摇，炮兵冒着弹雨强行进入阵地，步兵也冒着弹雨进入出击地域。

又回到了一年前的这个位置，只是共产党人已经转守为攻了，而且整个儿都打急了。

炮兵10分钟试射，接着7分钟效力射，步兵发起冲击。

1纵1师、2师从四平西南的海丰屯实施主要突击，邓华纵队从西北角突击，两支箭头直指71军军部所在地的核心守备区。1纵3师在东南角实施辅助突击，相机突入道东，钳制守军，使之不能增援道西，能突破当然更好。整个部署、计划，意在首先歼灭道西之敌，再向道东突进。6纵17师为预备队，关键时刻再放出去。

20多分钟后，1纵2师首先突破城桓。

2师4团1营两个连，爆破手连续爆破，炸开铁丝网、鹿砦。率尖刀连2连冲锋的副营长赵文忠牺牲了，教导员王崇华挺身指挥。昨夜大雨，坑洼处和陷脚坑汪满水，黑暗中看不真切，不时有人摔倒，或中弹倒地。官兵匍匐、跳跃、翻滚着，在弹雨中前仆后继。

2连开辟的通道，被迎面的火力死死封住。炮火的闪光中，3连3排长史德洪，发现旁边一段铁丝网被炮弹炸坏了。他一个猛劲冲上去，用步枪把那段铁丝网的空隙撬大些，人就有一个个钻了过去。前面是雷区、护城壕，地下半米来深的稀泥汤子，埋着尖桩。这时，六〇炮弹一发发从城内撂过来，在护城壕内外咣咣爆炸。那工夫就是原子弹爆炸，只要有口气，也往城上爬。待史德洪爬上城墙上时，3排就剩他和3个士兵了。手榴弹、爆破筒居高临下甩下去，乘势占领城下一间房子，后续部队就上来了。

1师6个小时才突破，因为劈头撞上屠宰场。

这是个很大很强固的支撑点。厚厚的围墙上布满射击孔，墙角有地堡群，各种武器形成交叉火力，在黑暗中喷吐火舌。阵地前的障碍物间还有暗堡，很难发现，居心叵测地默不作声，待攻击部队冲过去后，再从侧后突然开火。

炽烈的火力对射中，不断有伤员被抬下来。

一条30米宽的河流，一人多高的铁丝网半露河面。3连8班长郭守德抢圆锹刀，将铁丝网砍断。子弹从头上掠过，在水面溅起水花，炮弹炸起的水柱，被炮火映得通红。副班长张润芝左臂被打断，大呼让孔繁合代理副班长。上岸不远是雷区，用手榴弹、爆破筒将其引爆。距屠宰场还有几十米远，炮火的闪光中，一排排半人来高削尖的木桩，成45度角密密麻麻朝前戳立着，刀丛剑树般迎向冲上来的队伍。仍是手榴弹、爆破筒投过去，没炸毁的，就抢动锹刀左劈右砍。轻重机枪子弹迎面扫来，郭守德就趴下。待敌人火力转移，或是弱点了，再跃起动作。如是反复，终于接近围墙，将其炸毁，突入城内。

在城东南角实施辅助攻击的3师，炮兵打完500发炮弹，冲锋的时间到了，突击部队还在1.5公里外。

攻击出发地距前沿守军距离，通常应在0.5公里左右。全副武装冲上去，途中射击、投弹，再爬城，打敌反冲锋，拼刺刀，追击，是需要相当体力的。这次这些且不论，发起攻击时已经失去炮火掩护，上去4个连，伤亡200多人，没解决任何问题。

3师未能突破，邓华纵队还未扫清外围据点。

邓华纵队，又称辽吉纵队、西满纵队，即后来的7纵，司令员邓华，政委由辽吉省委书记陶铸兼任，具体主持工作的是副政委吴富善。

邓纵4月底成立，5月初即投入夏季攻势。13日夺取玻璃山，15日攻占双山，17日东进怀德，配合1纵、2纵打援。21日南渡辽河，23日进占四平南面的牤牛哨、西面的八面城、北面的梨树，马不停蹄没喘口气儿。6月2日，这时的东北民主联军6个主力纵队中最年轻的邓纵，奉命协同1纵夺取四平。

11日夜，邓纵攻占西郊机场，封闭了四平守军的空中通道，受到总部通令嘉奖。

因城西南为主要突击方向，12日邓纵将其移交给老大哥1纵，自己由西南转移至西北角。划分了各师的战斗任务，正要看地形，2师又奉命转至四平东北的杨木林子，阻击守军向东北逃窜。2师赶去，那里已有友军布防，14日晨又匆匆返回，担任扫清外围二麦路和三道林子守军的任务。

跑来跑去，搞得人困马乏，又耽误了时间。

二麦路是道西的主要路段，城外的重要支撑点，与三道林子构成四平西北部前沿的第一道屏障。守军在二麦路上布列五道向西向北的抗击线，沟堡相连，仅地堡就有200多个。到当晚8点发起总攻，邓纵2师只有12个小时的时间，如何能够结束战斗？

就像一场百米竞速，发令枪响了，邓纵还在热身。

而且，由于调来调去，没有时间了解当面敌情、地形，只能边打边侦察。

结果，两天后才扫清二麦路之敌，三天后才在城西北角突破。

157

突入城内的1纵2师、1师，承受着巨大的压力。

已经成了共产党将军的陈明仁，在《自传》中写道：

> 　　当时解放军进攻四平的第一天，便突破了我的阵地，但其战术似乎也只是根据国民党军队的传统看法，始终从突破点发展，不去多突破些地方，而不知我们正希望对方这样做，所以，我们能以少数兵力应付一个突破点，虽则以后还有地方被突破，可是，始终只有两个突破点，仍然不曾影响我军的全局。⑱

这边已经总攻，那边还在扫清外围，突破的，未突破的，锣齐鼓不齐——陈明仁说他"正希望对方这样做"，而且反应也快。

每个守备区控制10辆卡车，运送机动部队。防守道西的88师机动部队首先赶到，军部特务团随后赶来，54师一部也从道东过来，企图乘对手立足未稳，将其反击出去。一夜一天，上去下来，一波又一波，对2师连续反击15次，对1师也不下10次。

> 　　解放军方面炮火很猛，我在八年抗战中，都不曾遇到过这种场面，但炮火的射击是分散的，而不是集中打在突破点上，对于我们危害不大，我军阵地也不曾受到严重的影响。⑲

陈明仁的话，看似有褒有贬，却是实情。而守军的炮火，却是颇有章法，对攻击部队危害、影响甚大。

步兵发起攻击前的炮火准备，守军前沿阵地的工事、堡垒，当然应在摧毁之列。可守军放起烟雾弹，炮兵就找不到目标了。而当前沿阵地被突破后，守军炮火就在突破口筑起一道火墙，拦阻后续部队，把突入部队隔离在城内，反击部队扑上去将其吃掉。

1师师长江拥辉和政委梁必业进入突破口时，一发炮弹飞来，一个警卫班全部牺牲。

事先测好距离，对方到什么位置，装上标尺放就是了。而由于突破地段狭窄，兵力密度大，特别便于发挥炮火威力。

防守道西的88师师长彭锷，在《火网编成及射击要旨》中说："凡轻重机枪及步枪等均以交叉射击互相支援为原则，绝对避免直射尤须预先规定各种火器之射向及各机枪射击区域与开始射击时机使阵地周围造成面的火网。"⑳ 规定重机枪射击距离400至600米，轻机枪200至400米，步枪100至200米，冲锋枪50至100米，夜间折半。当对手冲到阵地前时，各种枪械交织成几道绵密的火网，六〇炮、迫击炮之类前沿小型火炮，则袭击其后续部队。手榴弹是近战利器，在碉堡内无法投掷，就在两侧预挖投弹坑，有交通沟、盖沟与碉堡通连。

以上这些，二战四平时的守军听说过吗？而这一刻的四平守军，就是这样对付攻击部队的。

从老大哥的1纵，到小兄弟的邓纵，都不是一年前四平保卫战中不会挖工事、不懂侧射的部队了。但是，对于眼下这样一场攻坚战，实实在在还是初学乍练。

在写于这年9月1日的《四平攻坚战总结》中，攻城总指挥李天佑说：

> "纵深战斗，由十五日至十六日算是第一阶段，这个阶段战斗很激烈发展很慢。""由十七至十八日起为第二阶段，这个阶段主要的是扩张战果。"㉑

15日，10余架飞机来回轰炸扫射，16日依然，重点目标是突破口和城外炮兵阵地、部队集结地域。部队隐蔽得很好，飞机很难发现，目标就是树林，巴掌大的一片也不放过，一颗燃烧弹下来，绿色的世界立刻腾起熊熊烈焰。

城内是剧烈的拉锯战，枪炮声中，攻守双方上去下来，为每一块阵地反复争夺。

从南一道街至南七道街，狭小的区域内，拥进5个团的兵力。2团2营两个连停在一条百来米长的沟内，炮火下伤亡过半。3团警卫连两个排，被1发炮弹打塌房子，全部压在里面，另1个班1发炮弹只剩1个人。

由于飞机和炮火封锁，伤员后送和物资前运极为困难，2师5团3连两天两夜未吃一口饭。渴了，就喝路边沟里和弹坑里的水，血糊糊、浑浆浆的。

3排长王西兰，在大洼、金山堡战斗中，白刃战中刺死几个敌人，俘虏数人，缴获10挺机枪、8支步枪、1支冲锋枪。这次攻坚战，3连是尖刀连，3排是尖刀排，突破后连续攻下3个地堡。王西兰先是左腿中弹，接着是头上、腿上、左臂负伤，左手掌被子弹打穿，腹部重伤肠子淌出来了，把肠子塞回去，继续向反扑的敌人射击，最后胸部中弹牺牲。

6团2连占领了火车站附近的两幢并排楼房，敌人拼命反扑，双方喊哩喀喳拼起刺刀。1班长刺死12个敌人，3班副班长刺死8个。待援军赶到时，阵地上只剩下副连长杨发胜和4个士兵。

香港《华侨日报》，这样评说头两天的战斗：

> 四平街之争夺愈演愈烈。十六日上午共军以四团兵力冲入市区，当与国军发生惨烈白刃战。战况之惨未曾有，为东北历次战斗所仅见。②

18日，1纵1师、2师顽强推顶到市政府东西两侧，并越过中央大街（今英雄大街），进至敌核心守备区东北部。

李天佑和邓华

1纵司令员、攻城总指挥李天佑，中等个头，圆脸，黑，瘦，精干利落，文质彬彬。平时讲话，交代任务，声音不高，极有条理，绝少重复。讲完了问你清楚没有，重点问题有时会让你重复一遍，有时还会问问你的意见，特别是不同意见，一定要说出来。说得对，点头，赞许、鼓励的目光；说错了，给你解释、说明。没有问题了，说你可以走了。进屋请坐，临走用目光送出门，然后踱步、思考、看地图。

这一刻，指挥所设在主攻部队攻击出发地后面的树林里，炮弹不时从头上掠过，飞机也来投弹，有的就在附近爆炸。一声巨响，参谋陈锦渡被气浪掀翻在地，一个警卫员当时就牺牲了。当年平型关战斗的主攻团团长李天佑，身子晃了晃，抹去脸上的泥土，再噗噗地吐几口，然后用衣襟把望远镜头擦了擦，擎到眼前继续观察。

无论多么从容、镇定，那心头都不可能不动声色。

没想到这仗会打成这个样子，就像谁也不会想到8年后，对面城里的那个对手会和李天佑、邓华一道，被授予解放军上将军衔一样。

战前计划，3至5天拿下四平。

理由很简单，守军是群残兵败将。

88师在大黑林子被歼，是重新拼凑起来的，91师也差不多。87师算是最好的，也是一年前在大洼、金山堡基本被歼后重新组建的，而且这次紧急收缩四平途中，其260团在四平西约30公里的一个村子被歼，自团长以下无一漏网。其余像13军54师、独4团、6师17团等非71军序列部队，也都残损不全，没有不缺胳膊少腿的。

战前侦察，守军正规军的番号都查明了，判断总数约1.8万人，结果打出3万多。1纵3师曾报告3万人，未引起重视。邓纵也侦察得知守军为3万人，并向林彪建议用3个纵队攻击，林彪未置可否。

残兵败将无疑，说是惊弓之鸟也不无道理。刚经历了大黑林子那样一场大败，能不后怕、胆战心惊？可在陈明仁"置之死地"的决心、战法下，也只有背水一战、绝地求生了。

这种攻坚战与野战的大不同，在于野战中处于不利地位的一方，信心、士气很快就会动摇、崩溃。像大洼、金山堡和大黑林子战斗，71军被穿插、分割，一下子就乱套、溃不成军了。至于进了埋伏圈，那种平地惊雷般的突袭、震慑，无论什么样强大的军队都难以承受，瞬间就能置对手于死命。可在这种预先准备的既设工事里，打野战纯属乌合之众，甚至可能帮倒忙，把自己阵脚冲乱的警察、特务、兵站之类人员，躲在碉堡里都能朝外放枪。那些跑进城里的保安团等地主武装，一些人土地被分，亲人被斗，仇恨共产党，没有督战队的枪口逼着，也会跟你拼命。

6月6日，林彪在给1纵、邓纵的电报中，说"四平战斗系巷战为主"。㉓对这"巷战"2字的理悟，落实到行动上，也不无偏颇，更不用说对这两个字原本就够陌生的了。战前侦察，只粗略了解到守军外围设防，估计突破时会困难些，着重演练突破，对突破后的巷战认识、准备不足，好像突破后就没多大问题了，进城就该结束战斗了。

夏季攻势前，林彪在双城给师以上干部讲"一点两面"战术，和集中优势兵力作战的军事思想。6月10日24时，林彪电告1纵、邓纵6条"攻四平之指示（摘要）"，其中第3条是"接受德惠之经验教训"。㉔

德惠是座县城，长春北面的屏障。二下江南，6纵和独2师及3个炮兵团，由6纵司令员统一指挥攻击，守军为新1军50师两个团及地方保安团。兵力火力绝对优势，连攻4天未下，敌人援军将到，只得撤离。

德惠攻坚失利，重要原因是平分兵力、火力。四面包围，4个师各打一面，3个炮兵团80门火炮，每个师分去20门。战后，林彪在给6纵的电报中说："德惠战斗表现你们没有在攻击重点上集中绝对优势的火力兵力，对一点两面战术强调集中主力攻敌一弱点了解不够。"＊有人批评得更形象：你以为这是司务长发衣服，一人一套呀？

四平攻坚战，应该不存在这个问题。

两个最强的师，1纵1师、2师，放在主要突击方向上。5个炮兵营，96门山炮、野炮、榴弹炮，66门协助1师、2师突破，其余配属3师和邓纵，可谓有点有面。6纵17师为总预备队，关键时刻投入纵深战斗——之后从东北到华北，也都是这么用的。

德惠战斗前，也是刚打胜仗，有些轻敌。林彪让3月1日总攻，6纵2月28日就打上了，一些连队梯子、炸药都未准备好。四平也是轻敌，打快了，打急了。邓纵还在外围苦战，1纵已按预定时间发起总攻，这还能叫"总攻"吗？结果邓纵迟迟未能突破，致使突入部队陷入孤军苦战，两下里单打独斗，正对了陈明仁的心思，对守军的信心也是一种鼓舞。为什么就不能把总攻时间向后推迟一下，准备好了再动手呢？

林彪"六个战术原则"中的"四快一慢"，⑤是在夏季攻势后提出来的，显然受到四平攻坚战的启迪。如能突出、强调这个"慢"字，待邓纵扫清外围据点后再发起总攻，四平会差那么一点点就没打下来吗？

6月4日，林彪电示1纵、邓纵"攻四平不宜过早暴露，以免过早使敌组织增援，可暂时在现地休息二天"。㉖从全局上看，似无不妥，而且后来又叮嘱"须充分准备"，却耽误两天时间，战前准备也不算充分，是不是又有悖于"四快一慢"中的"快"了？

因为轻敌，认为3至5天就能拿下，就以为准备得够充分了，"仅炸药一项就运来三万斤"。㉗结果，打着打着炸药没了，邓纵不得不派人去西郊机场，从炸弹里往外抠炸药。关键时刻，炮弹也没了。守军火炮不超过20门，攻守双方约为5：1，可守军的炮弹随便打，加上射击技术和步炮协同好，炮火的威胁非常大。而在向道东发起攻击后，攻方的弹药基本是靠道西缴获的。

如果晚两天发起总攻，或者再增加1个纵队，或者让6纵从一开始就投入战斗，1纵在西南，6纵在西北，两个主力纵队在道西突击、主攻，再以邓纵在东面、或东南方向实施助攻，又会怎样？

绿茵场上，一方的足球总踢在门框上，通常的解释是"运气不好"。关于运气的偶然与必然，无论有多少种说法，胜与负有时只在咫尺之间，就差那么一点点，甚至就隔层窗户纸。

战争也是一样。

1930年4月，红7军攻打桂军军阀王家烈的后方基地榕江县城，从清晨打到黄昏，也未拿下。军部特务连16岁的连长李天佑，挑选十几个老兵，腰插驳壳枪，背挎大刀，两人一架竹梯冲了上去。

两丈多高的竹梯颤悠悠的，头上是脚，脚下是头，城头上的枪口朝下射击，手榴弹在墙根下炸响。左侧一架梯子垮了，两个人影从半空中摔下去。隐约又是一声惊叫，头上那个兵也跌落下来，差点把李天佑砸了下去。那梯子本来够高的，被人压得不断往下出溜，爬到最后一级时，距城头还有一人来高。李天佑顺手甩上去两颗手榴弹，从腰间拔出2尺来长的大竹钉子，用手榴弹往墙缝里砸。觉得是时候了，再投上去两颗手榴弹，再砸。左一个，右一个，上一个，下一个，手攀脚蹬爬上去，驳壳枪上手，正面、两侧几个点射。一匣子弹打光了，手榴弹也没了，伸手去背后抽出大刀，一挥：冲啊！

在那可以死几十次的几分钟里，那是怎样敏捷的身手、冷静的头脑，又是何等大气的大智大勇？

1933年夏，红3军团东征福建，5师13团团长李天佑，率团一打一，在芹山歼灭19路军一个精锐团。

而李天佑军旅生涯中令人刮目相看的一个职务，自然应该是平型关战斗的主攻团团长。

1938年底，李天佑被派去苏联伏龙芝军事学院特别班学习深造——这自然不是随便什么人都能有的经历。

广西临桂县人李天佑，家境贫寒，只读过两年私塾。湖南郴县人邓华就不同了。其祖父曾任云南马龙知州，父亲20多岁考中秀才，他则由私塾而小学、教会学校，直至省城长沙读中学。若不是1927年大革命，他的求学之路不知还有多长。而他唯一的哥哥，1926年就参加了共产党。

1940年秋，百团大战第二阶段的涞（源）灵（丘）战役中，晋察冀军区第5军分区司令员兼政委邓华，指挥所属部队一举拿下南坡头，歼灭日军70余人，其中俘虏10余人。

1942年10月15日，第4军分区司令员兼政委邓华，指挥部队攻取灵寿县城，毙俘伪军200余人。

12月15日，又利用内线关系，夺取平山县孟庄据点，将14个鬼子全部歼灭。

1941年6月11日，《晋察冀日报》发表作家周而复的文章《邓华断片》，称赞这位书香门第出身的将军："文人和武士在他身上得到谐和的统一。"⊗

研究战史，会发现有这样的将军，他打胜了，换了别人会大胜；别人打败了，换成他会一败涂地。可他好像从未败过（起码我们不知道），天上掉多少雹子，也落不到他头上。

还有一种将军，脑瓜一热，二杆子式的不顾一切了，结果却是各种偶然的运气都巧合到一块去了。一场恶战，一战成名。

李天佑、邓华可不是这种"福将"。

一战四平和二战四平期间，攻占的长春、哈尔滨、齐齐哈尔，论城市规模比四平大多了。而且哈尔滨之战，就是时任北满军区参谋长李天佑指挥的。整个战斗，只在南岗和道外个别地方，遇到小股敌人抵抗和暗枪射击——这叫攻坚战吗？

战争中到处都有第一次，特别是在以四平为代表的攻坚战刚刚开始的新时期——而这个第一次的学费，刚巧让他们交了。

更能表现他们的将才的，是辽沈战役、平津战役，是四野南下过江后的那些战役。而邓华还可以一直追述到朝鲜半岛的那场战争。

邓纵攻进去了

6月17日，李天佑等人在给林彪、罗荣桓的电报中说：

经三昼夜巷战与打垮敌人反冲锋，我1、2师各付出1500人以上伤亡，但进占地区仍是狭小，俘虏不足千人。基本教训如下：

一、西南主攻方向突破后支持三日激烈战斗，而西北之主攻及东北之助攻均未起到应有作用（突破）。因此敌人得以集中兵力、火器、飞机，打击我之一点突破口。总之敌人对我突破口及占领之地区，是采取猛烈炮击、大量燃烧及以飞机轰炸与反冲锋，企图驱出我突入部队，恢复阵地。

二、我攻入城内，如果兵力过少，则不但难以扩大战果，且更无兵力打击敌人的连续反冲锋；如果兵力过多，则形成兵多地少，每炮均可伤人。

三、日长夜短，24小时内只有8小时之夜晚。如果白天不进攻，黄昏后调集部队，则打一下天就亮了；但白天虽不能作战，其伤亡之大，超过晚上作战伤亡数目。越不能迅速发展扩大地区，越便于敌人飞机、炮兵集中轰击我狭小地区，伤亡就必越大。

四、敌人采取火攻战术，我占领之地区，大部燃烧起火。凡我向前发展一步，又燃烧一步，迫我毫无立脚之地。

五、每晨5时到20时为空军活动时间，其出动飞机少为数架，多至18架，轮番轰炸扫射，整日不停。发现一人一马亦打，妨害我运动，杀伤人马；摧毁房屋工事，打击精神，影响作战极大。㉙

仗打到这份上，别说东北了，就是在全国，也只有四平了。

当天，林彪、罗荣桓命令邓纵，调出1个师支援1纵向纵深突破。

而16日，"林罗"即电告1纵："凡我攻击兵力较少或多之处，需特别注意近迫作业，逐步逼近敌人。"㉚

又命令："十七师全部向纵深突进。"㉛

不作战的白天，伤亡反倒大于晚上，主要是飞机、炮火下的伤亡。近战夜战从来都是这支军队的特长，现在夜战已不具优势，那就只有尽力进攻，接近敌人，和敌人纠缠在一起，那飞机、炮火自然失去了威力。而解决这一切的根本所在，是尽快结束战斗，拿下四平。

对于一个朝气蓬勃的政党，时间从来都是共产党的朋友。但是，这一刻，在这里，却不是。四平战事拖延一天，就意味着要增加千余人的伤亡，这是谁也耗不起的。还意味着胜利可能越来越远，因为援敌会越来越近。而任何胜负都关乎到信心的得失，特别是在共产党人刚刚爬上山头的这种当口，林彪更不想在这样一座因其二战已成战争名城的中等城市败兴而去。

林彪在双城的踱步，依然是匀速运动，那张苍白的脸上也看不出什么喜怒哀乐，可谁都清楚他很着急。

李天佑等人更急。

邓华等人还要加个"更"字。

城里城外，枪打炮轰，血溅火腾中，攻守双方就像老牛顶架似的，你拱上来一段，我把你顶回去，再拱再顶。

从6月14日20时发起总攻，民主联军基本是夜间攻击，白天巩固既得阵地。强攻不成，就挖沟接近，用炸药爆破。白天飞机来了，守军设置布标，引导飞机轰炸，用重迫击炮高吊射击，拦后打前，掩护步兵反攻。晚上再攻守互换，推来顶去。

邓纵指挥所，副政委吴富善望远镜里的二麦路是红的，他的眼睛也是红的。

15日夜，二麦路上据点大都被清除，飞机修理厂东北的一个30米高的水塔，威胁最大。守军在上面设个炮兵观察组，有个中尉排长率领，居高临下观察城外情况，为城里炮兵指点目标，并用机枪射击攻击部队。2师几次组织爆破，都未成功。

5连上来了，副连长指着水塔说明情况，去年冬天从洮安县入伍的吴宝珠，拍着胸口说：我去，炸好了回来给俺立一大功。

机枪掩护，吴宝珠运动到水塔下面，放好炸药，冲着上面大喊：缴枪优待，不缴枪就炸了！那人也听不清啊？上面扫下一梭子冲锋枪子弹，还丢下两颗手榴弹。吴宝珠红了眼睛，一声巨响，钢筋水泥的水塔，下边一层就剩些钢筋了。又一阵浓烟腾起，第二层又掀去大半，水塔透亮了。吴宝珠大喊：还打不打了？一会儿，上面窗口里伸出一面白旗。

16日，邓纵1师从2师左侧加入战斗。师长马仁兴爬上水塔，观察城内情况，组织部队攻击。1团3营一夜9次冲锋，官兵杀红了眼睛，17日终于扫清二麦路之敌，9连爆破手李桂元率先登城，攻入市区。

像先期突破的1纵1师、2师一样，敌人疯狂反扑，1团伤亡惨重。2营副营长韩光荣牺牲，1营只剩副教导员、9连只剩副指导员指挥战斗，将敌死死顶住。

18日，邓纵2师从城西门突入，19日3师也跟进向纵深攻击。

首先突破的1师1团，先头1个连被炮火压得抬不起头。团长邢程抓起一支冲锋枪，哪儿有枪口闪光就一阵猛打，大喊着率领1个营边打边冲。

一战四平，邢程指挥1营拿下省政府大楼前，攻打交通宿舍的大红楼，伤亡很大，这回又迎头撞上了。

这是一幢形似汽车摇把子的大楼，有300米长，是当时四平街最高大的楼房之一，红砖墙，故称"大红楼"。守军为88师263团1100多人。看着窗户都用砖封死了，实际都留着枪眼，周围还修筑碉堡工事，楼前已经倒着许多烈士遗体。

邢程下令停止攻击，指挥部队将其包围，然后挖沟，从地下接近大红楼，同时派人去西郊机场从炸弹里抠炸药。

连续12次爆破，爆破手是1连8班副班长李广正，战后被纵队授予"特级爆破英雄"称号，1950年曾受到毛泽东、朱德等党和国家领导人接见。

火力掩护，李广正和两个爆破手，炸毁了两道铁丝网和1个碉堡。浓烟中，李广正一个跃进冲到楼下，一声巨响，只炸出个巴掌大的小洞。再上，再响，还是一样。又连续几次，先后用去500多公斤炸药，也只炸开个1米宽窄的洞，能钻进个人去。

如今，有媒体说中国的建筑平均寿命为30年。而黑土地上最坚固的一批建筑，应该就是伪满时期的这批了。前面说过，侵略者是充分考虑到它的军事功能的，有的甚至就是当堡垒来构筑的。

守军知道这是生死存亡的关头了，各种枪械在黑暗中喷吐着火舌，手榴弹羊拉屎似的从楼上往下掉。这边也不含糊，轻重机枪、步枪、冲锋枪响成一锅粥，打得大红楼火星四溅，砖石飞迸。

李广正早已红了眼睛，大声地连喊带比画：给俺一个班扛炸药，俺就不信炸不塌它！

10来个麻袋装着的400公斤炸药，堆到楼下。

天崩地裂一声响，大红楼被炸塌一大块。没被炸死的，也被震死或震昏，还能爬起来的，也喝醉酒似的晃晃悠悠的，当了俘虏还没找着北。

李广正也被震昏了，半截身子埋在砖石里，钢盔都砸扁了。

"与阵地共存亡"

6月13日，1纵2师4团2营在外围战斗中，攻下新立屯以东的小红砖窑堡垒后，守军一波又一波地拼命反扑。

14日总攻后，2师4团1营很快突破，守军机动部队也很快赶到。第三守备区司令、67团团长刘其昌亲自指挥，猛烈反扑。

15、16日两天，88师师长彭锷亲自指挥两个营的兵力，对1纵突入部队不断反冲锋。激战中，两个营长战死，彭锷负伤。

54师副师长宋邦纬，也亲自上阵督战。

一交手就让人感到对手的那种力道，让人有些吃惊：这还是那些残兵败将吗？

一些人原以为这个屡屡挨打、又在大黑林子新败的71军，根本不禁打，甚至一触即溃。

由师长熊新民、副师长戴海容签署的《陆军第八十七师四平城区第一第二守备区守备计划》，"第二、指导要领"中的"五"，全文如下：

> 战斗初期应在各外围据点予匪以消耗，设敌一面围困我外围据点，一面进袭城垣各外围据点，仍应死守不动，城垣部队即依炽盛火力予敌以重大打击。设城垣一部被突破，其侵入之匪除由我预备队清扫外，各部队应死守城垣及城内外各据点与阵地共存亡。㊳

在相当长的人生阶段里，笔者都以为对于国民党这种性质的军队，如果说还有什么"与阵地共存亡"的话，也只不过是嘴巴子上的决心、口号而已。

实际上，三战四平，守军许多官兵都是与阵地共存亡了的。

大红楼被全歼的1100多官兵，那被震呆震傻了，瞪着眼睛连自己是死是活都搞不明白就被俘了，其实不也是与阵地共存亡的吗？

夏季攻势第一阶段，民主联军攻城略地，势如破竹。

5月30日，蒋介石飞来沈阳视察，曾致电陈明仁："四平乃东北要地，如失守则东北难保矣！斯时为吾弟成功成仁之际，望砥砺三军，严行防御。"③

道西快失守时，蒋经国又飞到沈阳，让空军给四平的军师长空投一封蒋介石的亲笔信。给熊新民的，开头即是"云程（熊的字）吾弟"，内容自然是不外乎"四平这一仗，关系党国命运……正是效忠党国的好机会"云云。④

不知道蒋介石给陈明仁写了些什么（可以想象，应该差不多吧），也不知当时到底起了多少作用。被老蒋"称兄道弟"一把的熊新民，后来可是觉得老大荣耀了。把信拍成照片，寄给许多朋友，家中自然更不能少，镶在玻璃框里，挂在显眼处。

有人说，陈明仁战前曾经抬出一口给自己准备的棺材，有人说没这码事。无论陈明仁有没有"抬棺示众"，"誓死效忠"，这种行为都是极具中国特色的，只不过给自己装尽了面子后，最终大都装殓了别人罢了。

陈明仁的胞弟、71军特务团团长陈明信，被俘后说陈明仁好大喜功，爱戴高帽子："今年春天德惠被围，新一军、新六军都不敢增援。杜聿明就说：'除陈军长无人敢解此围。'他（陈明仁）一听就贸然跑去，把八十八师丢个精光，八十七师也垮了，军部也稀烂了。我们特务团原来有一千五百人，这一仗也就只剩三百人。上月怀德被围，杜聿明又说：'陈军长去解围，一定马到成功。'他一听又冒冒失失地跑去，好容易补充起来的队伍，这一仗又打掉两个整师，把我们特务团九个连全都打掉了，剩下百来人，还是多半彩号。杜聿明就像哄小孩一样，把他的队伍快全部哄掉了。"⑤

弟弟汰哥哥，也算道出些事实。

陈明仁的老部下、两年半后在广西战役中被俘的71军军长熊新民，说的还是比较可信的："查考这一惨胜的根本原因，我看就在于作战指挥上，陈司令官的作战指挥，具有坚忍、刚强、沉着的胆气。"⑥

道西失守，彭锷逃到道东，要求进入。一座四平城，当时也就4个师长呀！守军请示陈明仁，陈明仁说不准放过来。那意思再明白不过了，道西是你的防区，你就在道西成仁吧。后来是下面私自放进来的，陈明仁得知后，不依不饶，还要查办。

困守道东一隅，一战四平当过俘虏的辽北省政府主席刘翰东，来见陈明仁，建议突围。陈明仁脸色铁青：如再有敢言突围者，以扰乱军心论处，立即枪毙！

还是熊新民说得对：守在乌龟壳内，尚可勉强支持，如一离开，必将如鸟兽散。

71军团以上军官，大都是陈明仁一手提拔起来的，这些人再提拔一些人，于是就一级级地构成了一条陈家军特色的效忠链。"不成功便成仁，与四平共存亡。"⑦陈明仁这样发誓，四平一道道防线，就都成了最后一道防线，"与阵地共存亡"。

原本残兵败将的71军，和一些乱杂武装，在四平打得那么顽强，一个非常重要的原因，是对国民党还抱有幻想。

四保临江前的南满新开岭战役，4纵歼灭了号称"千里驹"的52军25师，俘师长以下5000余人。全美械的"千里驹"，被全歼缴械当了俘虏，依然没瞧得起土八路，觉得老虎也有打盹的时候，是运气不好，偶尔失手。先是雨加雪，然后大雪飘飘，部队向长白山区转移，一路上那俘虏跑的呀。有4纵老人说，那时那俘虏才反动、顽固呢，有的把咱们的看押人员打死了，扛着机枪跑了。他们认定这天下是国民党的了，跑回去坐江山，吃香的喝辣的。跟着共产党，挨饿受冻钻山沟不说，关键是没有前途、指望呀。

英雄城

夏季攻势，共产党人开始反攻了，这是重大的历史转折，却又与辽沈战役后进关大不同。那时连个国民党的普通士兵也明白，这天下是共产党的了，怎么打也没用了，白搭上性命而已。而这时，他们更多的还沉浸在坐江山的笃定中。去年这个时候当了新郎的连排军官，就算进展最快的，离被叫声"爸"，还有年把的时光，这世界就变戏法似的变天了？他们还不大习惯被攻上门来的感觉，更愿意相信这不过是共产党偶尔来比画一下罢了，认为只要守住这座城市，就是保住了国民党的天下、江山。

陈明仁的心态，也应该大同小异。

在成了共产党将军后写的《自传》中，陈明仁谈了三条坚守四平的理由："（一）蒋介石有命令要死守，我是蒋的学生，关系密切，不能不效忠于他、服从他的命令"。没错。"（三）自己当时认为我平生以打胜仗著名，又抱了满脑子的升官企图，到东北后却无表现，仅仅解德惠之围有点成绩，但怀德一役又失败了，希望能够特别出一次风头，然后，才能达到向上爬的升官目的"。⑱可信。

请看下面的第二条理由：

> （二）根据抗战八年的教训，凡是守不住一个地方的将领，都是被杀了头的，而攻不下一个地方的，却没有人受过处分。我为了保全性命不能不守，而且当时受了一方面的反动宣传的欺骗，对于共产党的政策，全不知道，只听说，共产党军队喜欢残杀的，我想与其守不住被共军残杀，不如尽力守住，或者勉强可望获得一线生机。⑲

"凡是守不住一个地方的将领，都是被杀了头的"，这个"都"字是那么回事吗？共产党的俘虏政策天下第一，陈明仁果真就只管埋头打仗，一点也不研究对手，对此一点儿也不知道吗？

1949年8月，华中"剿总"副总司令官兼1兵团司令官陈明仁在长沙起义，9月去北京参加第一届全国政治协商会议，毛泽东宴请他和程潜，又邀请他们去游览天坛公园。陈明仁向毛泽东表示自己对四平之役的负罪感，毛泽东说："两军相战，各为其主，以后不要再多去想这个问题了，要向前看，来日方长嘛。"又说："我看林彪打仗就不如你。"④

无论如何，"各为其主"应是不错的。

而且，陈明仁也确是员战将。

"攻坚老虎"

邓纵1师1团攻至大红楼附近时，1师指挥所推进到北沟城墙。枪炮声中，师长马仁兴、政委邓东哲、参谋长黄忠诚、政治部主任刘达宣，还有作战科长钟建兴，凑在一起开了次紧急会议。

邓纵突破后，在西北方向开辟了第二战场，局面就不大一样了。但是，大家都觉得打法有点问题。

黄忠诚认为打了3天，基本就是一面平推，这样打法不行。大家也都觉得平推伤亡太大，而且进展缓慢。三战四平后，攻坚战中穿插迂回、分割围歼，已经比较普通平常了。可这时许多人还难以体悟到这一点，结果话题就一下子扯到遥远的苏联去了。

那时政治教育常讲苏联，研究军事也常讲苏军的战例，社会主义"老大哥"嘛。

黄忠诚老将军在回忆录中写道："大家不约而同地联想起了苏军反击德寇时，先以一个强大骑兵军团由白俄罗斯直插乌克兰，然后向两翼展开、攻击，切断德军后路，把德军各军团分隔开再配合正面部队，分片围歼的战例。一致同意'集中兵力，插到敌后，迂回包围，切断退路，分割歼灭'。"④

未免大而洋了点，却是实际管用的。攻打大红楼，就是比较典型的迁回、包围、分割后全歼的战例。

而17日晚，从1纵1师左侧投入战斗的6纵17师，一上来就这么干。

在满城轰轰隆隆的爆破声中，17师轰隆得最有特点，推进得也最迅猛。

"攻坚老虎"本色。

东北军区司令部1949年10月编写的《东北三年解放战争军事资料》中，这样评介17师：

> 该部队历史不算很老，战斗作风顽强，进步快，善于夜战及村落战斗，战士很勇猛，长于使用爆破，攻坚力最顽强，一九四七年夏季攻势之四平攻坚战，参加主攻，纵深战斗十三昼夜，在战术上颇有成果，为东北各野战部队中攻坚力最强之部队，为头等主力师。㊷

东北野战军中最能打的主力纵队，是1纵、2纵、3纵、4纵、6纵，主力纵队中的主力师是1师、5师、7师、10师、16师、17师。1师"防御、进攻、野战、攻守兼备"㊸，5师"以猛打、猛冲、猛追著称"㊹，7师"善于夜战及爆破"㊺，10师"防御战斗中有顽强的战斗力"㊻，16师"能打硬拼仗"㊼，17师"攻坚力最强"。17师原为八路军山东7师，1938年诞生于渤海地区，官兵中煤矿工人较多，善于使炸药。拔据点，攻土围子，八路军没炮，就顺理成章把炸药变成了"手中炮"，把鬼子、伪军轰隆得魂飞魄散。"闯关东"的山海关之战，又把全美械的13军炸得找不着北，说是苏军给了土八路"电光炮"。

从关内到关外，当其他部队纯靠血肉之躯，向着守敌的筑垒地域冲锋陷阵时，7师、17师先派出爆破手，把铁丝网、工事、碉堡轰隆得差不多了，部队再冲上去，就有了自己的特色、优势，而且少伤亡。但是，应该说截止德惠战斗，17师主要还靠勇猛，不大讲战术。

德惠攻坚，4个师各打一面。80门火炮也不偏不向地分配，结果却是唯一有两个主力师的主力纵队6纵没攻进去，地方部队的独2师突入城内。就像今天的绿茵场，主力、大牌没有建树，一帮替补队员上去却进球了。

四面围打，基本都是一面平推的轧路机战术。锦州攻坚战，步兵突破后，师属炮兵就进去了，伴随步兵支援战斗。可那也根本不是轧路机，而主要是凭借血肉之躯的牺牲精神突进、攻击。就算重点突破地段有坦克打头阵，还有迫击炮跟进，那也不成其为轧路机，这种轧路机战术也是笨拙的、吃亏的。更何况这等装备，现在想都不曾想过。

师长龙书金，一只手臂因伤残废的开国少将，话语不多，有的是打硬仗的决心、勇气和魄力，多的是琢磨问题的心计。他和政委徐斌洲等人总结经验教训，研究出一套攻坚战术，结果三战四平，"攻坚老虎"一战成名。

19日，17师全部投入战斗。

20日，林彪发出电报："十七师作战甚好，甚慰。"*

笔者采访到的17师老人，都自豪地谈到"林彪三调17师"。一是这次四平攻坚战，单独调出来，关键时刻打纵深。二是辽沈战役打锦州，待主攻方向突破后，17师进去打巷战、啃骨头。三是平津战役攻天津，也是作为战役总预备队，关键时刻把这只"攻坚老虎"放去纵深的关键地域，给对手最后致命一击，都是好钢用在刀刃上。

其他部队基本是1个团打1条街，有时甚至两个团。17师是1个营。后来的攻坚战，巷战中几乎都是像17师这样，1个营打1条街。

人多拥挤，行动不便，在炮火下伤亡大。1个营机动灵活，把1个连、两个连放出去，或一面，或两面，沿小巷胡同向守军侧后穿插、迂回、包抄，手里还有个挺充实的预备队。

碰上死胡同，或房屋挡道，就用炸药爆破，穿墙打洞。不便使用炸药，一般土墙，机关枪抱在怀里转圈打，几弹匣子弹就能掏开个1米见方的洞。照明弹和火光中，到处都是跃动的身影，17师攻击区域人影不多，推进速度却最快。

工事、碉堡、大楼，轻重机枪从正面和两侧掩护。还有一种掩护组，把手榴弹、小炸药包投掷过去，趁着阵地前乌烟瘴气的工夫，爆破组的勇士就冲上去了。一声、几声巨响后，突击组再连续作业，冲上去用轻机枪、冲锋枪猛扫，把残敌消灭，后续部队就拥上来了。

这就是林彪后来总结的六个战术之一——"四组一队"。

中央银行、市政府、电信局等高大建筑，直至核心工事中的71军军部，就是这么攻下来的。

看到工事被炸得满天飞，李天佑兴奋地对龙书金说：你们部队好厉害呀！

71军军部大楼，矗立在道西核心区的一片钢筋水泥建筑群中，从楼顶到地下室都有火力点，周围的建筑和路口的地堡，则在外围形成交叉火力封锁区，是整个四平街防御体系中最强固的，守军为陈明仁最信得过的军部特务团2000余人。

19日上午，17师接受攻打核心区的任务。50团经10小时激战，一路血火，从南侧插到军部东北角。51团由西向东插，与50团、1纵2师取得联系。居中的49团，在中央公园附近打退守军7次反冲锋，逼近距军部大楼200米远的中山堂。几次爆破，又以掷弹筒向窗户里平射，迫使中山堂残敌投降。

在17师完成包围前几个小时，陈明仁从核心区工事逃去道东。

20日黄昏，3个团同时发起攻击。

在分不清个数的枪炮声中，轰隆轰隆的爆炸声，格外震撼人心。

周围的铁丝网、地堡，陆续被摧毁，49团1营3连开始爆破大楼。突击班机枪手常友抱着炸药包，在砖头瓦块和烈士遗体中爬到路中央时，一条腿被打断了。他抱紧炸药包，不顾一切地翻滚到楼下，拉响了导火索。

"为常友报仇！"指导员刘梅村大喊着，率先扑向大楼。

连长、副连长都已负伤。这位后来四野著名的战斗英雄、模范指导员，这一刻军政一肩挑。

迎面走廊、门里向外喷吐火舌，楼上敌人从楼梯和被炸开的楼板中，向下射击、投弹。地下室的敌人端着机枪、冲锋枪，边扫边往上冲，要把3连反击出去。特务团老兵多，有战斗经验，也顽固。冲进楼里还能战斗的人，几乎都负伤了，刘梅村腰上也中弹了。

士兵黎玉泉，一只脚被钉子扎透了，用炸药连续炸毁走廊两侧房间里的4挺机枪。

眼看炸药快没了。刘梅村扔了那支枪管打红了的冲锋枪，从地上又捡起一支，大声吼着命令两个士兵去扛炸药。两个士兵冒死出去，还真都扛着炸药回来了。炮火的闪光中，一个人已经没了一条胳膊。

猛然天崩地裂一声响，楼外的汽油库爆炸了。一座四平城好像都晃动起来，大火随即冲天而起，军部大楼也燃烧起来。守军绝望了，部分冲出来向东突围，被50团歼灭。楼内的也没了那股疯劲，在"缴枪不杀"的喊叫声中，包括团长陈明信，都当了俘虏。

血人似的副排长刘振英，好歹从砖头水泥块子中爬起来。走了几步，又弯腰去翻看那些战友，喊着，摇晃着，或者用已经很难感觉出什么的手，去试探他们的鼻息。有个人还活着，是指导员，他大喊着"指导员"、"指导员"，奋力把自己的指导员向楼外拖去。

血火之城

6月14日20时，一座四平城已亮起万家灯火。第一排炮弹炸响，就有火光腾起，也把一城灯光灭掉，从此火光代替灯光。

算上师团炮兵，几百门各种口径的火炮对射，倾泻钢铁。普通的炮弹、曳光弹，最可怕的是燃烧弹，打哪儿哪儿着，照耀如同白昼。照明弹挂上天去，一方城市就被刷个惨白，那火光好像也暗淡了些。一场豪雨，火灭烟消，那枪炮声沉闷得就像能拧出水来。

黑土地的夏天夜短，从早4时到晚8时，飞机每天"工作"16个小时。多则20来架，少则几架，城外每个可疑目标都不放过，突破口一带更是轰炸扫射重点。攻击方每扩展一片地域，那炸弹、炮弹就扩大一片轰击地域，有的都落到守军阵地上了。飞机放肆低飞，许多人说是贴着树梢飞。而后来的著名作家、当时在四平前线采访的随军记者刘白羽，在《1947年夏季战记》中说："我看得清这架美国飞机翼上的每一颗钉子。"⑭

地面是逐街逐巷逐楼逐房地争夺，竭力用生命拓展每一寸土地。轻重机枪、冲锋枪、步枪啸叫着，刺刀拼得喊哩喀嚓，手榴弹冰雹样砸，炸药包轰开一堵堵墙壁，六〇炮这院打那院。那身管几乎与地面垂直，稍不注意，炮弹就可能落到自己头上。

8年抗战，国民党搞"焦土抗战"，这回则用来对付同为中国人的共产党。眼看守不住了，撤退前燃起大火，用一片火海吞噬对手，同时烧个房倒屋塌，等于扫清射界了。

有时阵地上还有守军，几发燃烧弹飞来，顿时大火熊熊。

夜里满城火光，枪炮的弹道在空中交织、碰撞，如群蛇狂舞。白天浓烟滚滚，满眼火红血红。墙上溅着血，路边沟里和路上坑洼处汪着血。一场大雨，火灭血光，两天后又是火红血红。被雨水泡得发白的尸体，在烈日下由白变绿发黑，吹气儿似的膨大起来。

有四平老人说，战后多少天了，路边沟里的水还是酱油色。

首先突入城内的1纵1师1团1营2连，两天两夜没吃饭喝水。

守军炮火打前拦后，伤员送不下去，后续部队上不来，饭菜水呀的自然也送不上来。人是铁，饭是钢，一顿不吃饿得慌，更何况这是打仗、拼命。首长下了死命令，无论如何也要送上去。结果，战争年代从来伤亡很小的炊事人员，一次次大都撂在半道上了。

随后突入的1团2营4连，3天3夜没吃一口饭，没喝一口水。

那种环境、火候，肾上腺素高度分泌，那人极度兴奋，一两顿甚至一两天不吃饭，似乎也没什么，况且还能扒块树皮、薅把青草送嘴里嚼嚼。陈明仁做了坚守一个月的准备，弹药充足，粮食也有储备，有时从打塌的工事里，还能翻找点干粮。可是没有水就不行了，而且别说3天3

夜了，突破时那一个冲锋下来，那嗓子眼早就喷火冒烟了。

血火之城没有水。

城里不像乡下，电没了，水就没了，水龙头里挤不出一滴水。被炸坏的消火栓，被炸塌的地堡、房屋，仿佛都在朝天张着焦黑的大口，一声声呼叫着干渴。下雨好哇，渴不着。可晒上两天，毒辣辣的阳光下，那高岗处见哪儿还有点潮乎气儿，有时胀得老牛样的尸体就横在旁边，也赶紧上去扒个坑，希望能够渗出点叫做水的东西。

枪炮声中，副排长李文才带着士兵纪炳庆四处搜寻着，特别是那房屋还算完好的人家，期盼能找到个水缸，或是其他可能盛水的什么物件。

忽然，李文才眼前一亮，前面墙角下显然是口水井，井旁还躺着两具烈士遗体。纪炳庆的目光已经完全被那口井吸住了，或者说是不顾一切了，拔脚就往前跑，被李文才一把拉住按倒。就在这时，哒哒哒，侧面房子里的机枪响了，子弹擦着他们的脊梁飞过。

昨天有人还吸身上的汗珠，今天汗也没了，身上干巴巴的，只剩下干裂的嘴唇出血了，那人昏昏沉沉的像没了骨头似的。这一刻听说有水了，立刻都精神起来。但是不能莽撞，这口水井已经成了诱饵。拿下那个机枪火力点得会工夫，说不定什么地方还有枪口瞄着呢。

李文才观察一下周围地势，从地上捡起把破洋镐，跳进敌人挖的交通沟里，向左绕了一段，就挥镐刨起来。

10来米的距离挖通了，第一桶水提回来了，大家咕咚咕咚这顿喝呀。

一发炮弹飞来，李文才牺牲了。

离休前为黑龙江省萝北县武装部副部长的王永财老人，当时是1纵1师2团3营机枪连班长。

老人说：

我记得外围战斗时下场大雨，后来什么时候又下场雨。那时我们都盼下雨，下雨飞机不来捣乱，还有水喝，人也凉快呀。

1师突破后，我们团的第一个攻击目标是满铁医院。黑灯瞎火攻下

179

来了，弄不准究竟是不是，搞错了不得了，营长命令我找个人问问。攻下这么大个据点，当然也是功劳了，可万一干了别人的活，把自己那一亩三分地撂荒了，也还是没完成任务呀！

我带两个战士，挨家挨户摸着去找，找了10多家也没见到个人。当时还纳闷儿，后来听说都钻地洞了，有的逃难走了。深一脚，浅一脚，不时绊到死人身上。尸体有的已经腐烂了，一脚踩进腔子里，扑哧一声，那股味儿呀。

好歹在间破房子里，见到个老头和抱孩子的妇女。我问他们知不知道满铁医院，又连说带比画地告诉他们，离这儿多远的什么地方的那个大楼，是不是满铁医院。那人都吓傻了，再说枪炮咕咚的，也听不大清呀！我让那个老头跟我们去看看，那个妇女跪在地上，哭天嚎地抓住老头不放。我心中不忍，却也没法，向她保证：去去就回，有我在，就有这个大叔在。

离满铁大楼还挺远，那老头一口咬定是，没错。我让两个战士把老头送回去，寻思抽袋烟提提神，进个破房子刚抽两口，就一头栽那儿了。那一觉也不知睡了多长时间，醒来发现都是咱们的人，一个也不认识。一问，都是6纵的，1纵早撤下去了。

烟袋掉在地上，我寻思再抽袋烟，去捡，烟袋杆上有蛆。再一看，身上也是，地上到处爬，那个头才大才肥呢。

离休前为长春军分区司令员的杨克明老人，当时是1纵3师7团副团长。

老人说：

那仗打的呀，用嘴说不明白。一条街一条街往里打，开头沿街攻，人都撂那儿了，于是挖墙打洞往里攻。有时咱们这院，敌人那院，能听到他们厮杀喊叫，特别是那督战队喊得凶：狗操的，给我打！冲，冲呀，不冲老子毙了你！咱们也喊，让他们投降。他们也喊，让咱们投降。后来嗓子都哑了，就那么咬牙瞪眼地打。那种仗打上两天，你一声未吭，也一样哑嗓子。督战队有时喊两声，也是干嚎。国民党顶不住了，往后退时放把火，把房子全点着了，烧你，让你站不住脚。有时打着打着，就听见有人没好声地喊：别打啦！俺们是老百姓呀！有的还喊：这里有孩子呀，给点吃的吧，救救命吧！房倒屋塌，有吃喝也找不着啊。身上有干粮的，就往哪儿扔，八路军不能不管老百姓。后来我们也饿得前腔贴后腔了。

也吃不下饭。那烟呀火的，尸体臭了那股味儿呀，头两天别说吃饭，闻着就想吐，脑浆子都熏得疼。后来闻不出来了，也就想喝点稀的。死了那么多人，眼睛都红了，不觉饿，不觉困，不觉乏，就想打。快打到铁路边上了，前面一队10多个人，每人10多颗手榴弹开路。第二队全是炸药包，光着膀子，机枪掩护往上冲。什么命不命的，人到那工夫就不要命了，往上冲就是了。没打死的，就算爹娘再生了一次。有些电影、电视，一到了这工夫，就祖国人民呀，老婆孩子呀，什么都搬弄出来了，哪有的事呀？反正我没听说过。

那敌人也真够顽强的。一个个跟你死打，眼睛喷火出血的，好像一口气儿还能跟你打上7天7夜。一抓过来，往个破房子里一关，一会儿全瘫那儿了，推都推不醒。

第七章　三战四平（下）

林彪决心付出1.5万人代价

在双城的林彪，没想到这仗会打成这等模样。

6月11日，"林罗谭"致电攻四平各师（摘要）：

> 此次攻四平为一大攻坚战，敌虽多，但系统不同，能有战斗力之团只四个，指挥难求统一，便于歼灭。此战役能使今后战局更加发展，希百倍努力完成任务。㊽

13日，即发起总攻前一天，林彪在给各打援部队的训令中，指出：

> 四平战斗关系整个东北形势的转变，希发挥高度战斗决心，争取胜利。㊾

即使是任东北民主联军总司令时，在给部属的训令中，林彪也会强调一番战役的意义。当年的红1军团军团长就这样。能把战术量化到班、组的将军（古今中外的将帅中，不知道是否还有第二人），对于这样一次初学乍练的大攻坚战，以及四平守军的战斗力，自然会认真掂量、估算一番。用7个师，还有5个炮兵营，打击只有4个有战斗力的团的71军，还没有把握吗？

1个军只有4个有战斗力的团，因为71军是败军。这是没错的。但是，这支败军已经喘过一口气，立住脚跟了，四平又有那么好的工事。更重要的是，林彪对此战的对手脾性、用兵特点，还不大了解，特别是忽略了陈明仁"置之死地"的决心。

5月13日夏季攻势开始，22日"决歼四平之敌"，这场攻坚战应该不是心血来潮的即兴之作。而从东北到华北，再到华中、华南，即便在秋风扫落叶般的宜沙、湘赣战役中，林彪也不敢怠慢、轻敌。但是，这次他却显然有点过于自信了。

但"决歼四平之敌"的决心未变。

在19日的"决心与部署"中，林彪电令各部：四平之战意义重大，决付一万人伤亡，再以一星期时间的决心打到底，南北区之阻援部队，应以死打硬拼精神阻敌。

在20日的电报中又说：

> 决心坚决将四平敌解决，准备以一万五千伤亡获取胜利，然后应在东北角注意开放，让敌突围，再在追击中歼敌。[51]

21日，即民主联军拿下道西，开始向道东守军发起攻击当天，"林罗"致电攻坚、打援各部：

> 四平战斗已八昼夜，敌顽强抗击，逐屋争夺，目前我已占领半个城市，我伤亡已逾八千，决以共计付出一万五千之伤亡，再以一星期的时间将此仗打到底，以达到完全消灭敌人和打垮敌守城信心。[52]

24日，毛泽东在给林彪的电报中说：

> 你们决心再以一星期时间歼灭四平之敌，占领此战略
> 枢纽，极为正确。四平占领不仅对我军建立攻坚信心关系甚
> 大，而且对全国正在斗争的广大群众是一大鼓励。㊾

1938年8月，八路军115师师长、抗日军政大学校长林彪，在抗大作的《关于军队领导问题的报告》中，指出：

> 扩大来的新战士，于战斗上有很大的问题，不能使他打
> 败仗，尤其是第一次不能使他打败仗，最好叫他打追击与必胜
> 的战斗。这样来一次就有了胜利的信心。如果没有把握宁可不
> 让他们打，这是决定他们部队一生的。㊿

把9年前完全不同背景的这段话，拿到这一刻的黑土地，并不突兀、生涩。

夏季攻势揭开了大反攻的序幕，一向不计一城一地得失的共产党人，已经到了攻城略地的时候了。再不计较，今后就没有多少仗可打了。也只有把几乎就是"敌占区"代名词的城市统统拿到手里，才能取得最终的胜利，打下江山。

眼下四平街的战火，与一年前那场"中外瞩目"的保卫战，从形式、内容到意义，已经完全不同了。从南昌城走来、马上就要过20岁生日的这支军队，在第三次踏入四平街的血与火时，一个"大兵团、正规化、攻坚战"的历史新阶段，已经在枪打炮轰中悄无声息地开始了。而无论林彪怎样身经百战，摆在面前的都是个新课题。就像两年半后，四野大军扫荡到雷州半岛，面对波涛滚滚的琼州海峡，从毛泽东、林彪到普通士兵，都感到是新问题一样。而且，万里长征第一步，这四平街只不过是座中等城市，还有那么多大城市等着攻坚呢。

　　去年的保卫战，国共双方连续报道，也吸引了世界各大媒体的眼球，把默默无闻的四平，打成中国名城。结果却没守住，那成名的，好像就是"无攻不克"的国民党军队了。如果这次再没攻下来，那对国共双方和毛泽东所说的"全国正在斗争的广大群众"，又将会产生什么样的影响，乃至震撼？

　　完全消灭城里的万把敌人，在战略上已无足轻重，这座城市的战略枢纽地位，这时也是次要的。林彪的心思，也是拿下四平的本质意义，就在于摧毁敌人的守城信心，从而树立敢打必胜的攻坚信念，获取开启沈阳、天津、北平、南京城门的钥匙。

　　这一刻，换了谁在双城那四合院的青砖地上踱步，也不可能半途而废，功亏一篑，给自己"永久留下怕败的观念"。

　　结果，真还就留下了这种阴影——留待后叙。

以为再使把劲就拿下来了

　　在道东一面城实施助攻的1纵3师，始终未能突破。

　　民主联军白天基本休战，晚上全力进攻，道东地区守军摸索出一套对付夜攻的办法。把铁桶装满机油，一个个埋到阵地前，地面上只露出个粗大的捻子，天黑后点燃，就擎起一支支巨大的火把。夜航机飞来助战，看到地面上的"火龙"、"火圈"，不明白什么意思。长官部来电查询后，立即给予传令嘉奖。

　　照明弹一是没那么多，二是虽然挂在对方头上，居高临下，守军阵地多少也借光了。而这埋在地面下的大油灯，或大蜡烛，把阵地前照耀如同白昼时，那种强烈的明暗对比，还掩护了守军阵地。那"火龙"、

"火圈"是攻击方必经之地，结果惯于发挥夜战优势的民主联军，反倒把自己晾在了明处。

死打硬拼，强行通过铁路后，阵地前的那些陷脚坑、绊脚桩、草绳索、铁丝网什么的，道西的老一套，还要加上"火龙"、"火圈"。用防守道东的第一守备区指挥官、87师师长熊新民的话讲，是"每一发现阵地前有解放军摸黑冲过来时，我们就集中各种枪、炮火力，铺天盖地猛射一顿，我能看到解放军，解放军却看不到我们"。⑤

李天佑在《四平攻坚战总结》中说："四平战斗的经验证明，在纵深战斗中白天攻击比较夜间攻击更方便。"㊶

锦州攻坚战，天津攻坚战，都是上午发起总攻的——上手先抢个白天。

3师真正大显身手的，是在抗美援朝的二次战役中，和1师、2师一道，把从皮到瓤都是USA的美军打得屁滚尿流，也把自己打成威名赫赫的"万岁军"。

6月21日，李天佑将3师从道东调至道西，在炮火协助下攻占了火车站，道西战斗终于结束。

当天21时，开始对道东发起攻击。

自1900年沙俄修筑东清铁路，这座因铁路而兴的城市，就被铁路一分为二。火车站北侧一座隆起的天桥，将东西半城衔接起来。而这一刻，这座南北、东西两大铁路中集站的市内铁路线上，货车、客车成列的，单个的机头、车厢，在钢轨上立着、躺着的，另有铁丝网、拒马什么的，把80来米宽的铁路线填塞得没多少空隙。而且不光守军，一些铁路人员也占据各种有利位置，据枪向西射击。

以火车站为界，南面1纵3师和6纵17师，各加强1个炮兵团，并肩向道东康乐街、弘仁街攻击。北面邓纵，配以6个炮兵连，向永乐大街攻击。

道东攻坚战，守军依然一开始就顶得非常厉害。

前面说过，道西原为满铁附属地，市政机关也在道西，高大建筑物多，用今天的话讲叫富人区。道东自然就是贫民区了，楼房寥寥，大都为土木、砖木结构的平顶房，少数富裕人家为起脊的瓦房。而实践证明，这种密密麻麻的低矮的平房，更不好打。

道东高大建筑大都在北部，其中4层楼的康德火磨楼顶上，安设一个观察所，道西的街巷道路看得清清楚楚。熊新民准备12门八二迫击炮、9门六〇炮，看到那边有部队集结，或是要发起攻击了，立即按照预测的距离开火。待到攻击部队进入比较开阔的"火龙"、"火圈"地带，包括枪榴弹在内的各种枪炮，再一顿打砸。

熊新民说："解放军在这块阵地的正面，由西向东，先后反复一浪高一浪地不顾生死，一次又一次地冲锋，越冲越厉害，整整5个日夜的冲杀，有时一个白天攻两次，但每次都被顶住了。""偶尔也有少数人冲过来，也只得退回去。"[57]

国民党中央社报道说："共军以数十人一队之数百冲锋队，风波浪式攻势，前仆后继，踏尸猛攻，尸体堆积如山……"[58]

邓纵1师沿天桥两侧攻击，一夜伤亡800人。

6月22日8时，邓纵电报林彪、罗荣桓：

> 我一、三师昨夜攻击，一师已突破，夺取了四个碉堡，并击退敌四至五次反击。在今晨敌最后一次反击时，由于我伤亡过重被迫退出。根据敌情、地形、我之力量，今后发展较困难。[59]

18、19日晚，道西还在激战之际，1纵1师、2师因伤亡过重，不得不陆续撤出战斗，进行休整。

23日，邓纵1师、2师也奉命撤出战斗。

《阵中日记》6月18日的"四平动态"中说："敌抵抗减弱。"[60]
19日又说："抗击较前弱。"[61]

远在双城的林彪和写作《阵中日记》的参谋人员，当然是从四平前线获知这些情况的。

20日的四平"敌情"："据无线电话得悉，敌颇恐慌，士气低落，发生动摇。"②

在那样强硬的打击下，恐慌是难免的，那决心却真的动摇了吗？所以，也不应排除是陈明仁耍的花招。城内有条伪满时期埋设的电话线，可随时与沈阳的杜聿明联系，他为什么要在无线电话中这样咋呼？

7天多血战，以为敌人已经没多少了，士气低落。道东高大建筑又少，再使把劲就拿下来了。没想到守军甚至比在道西时还顽强，而且更有经验，技战术更娴熟。

像攻城前一样轻敌，敌情模糊。比如邓纵的攻击地域，正闯进了守军的火力网。用熊新民的话讲："不知解放军为什么把突破点选在这里，而始终没被突破。"⑥

依然是一面平推，没有轧路机的轧路机战术。

14日发起总攻时，道东还有一个攻击点，却始终未得手。邓纵迟迟未能突破，道西形不成分割包围，也就只能一面平推地硬顶，虽有小的穿插迂回，也无大威胁。而守军则始终首尾相顾，兵力、火力源源支援，残敌也能从容退入道东。待到1纵3师也被调往道西，就是明明白白的赶羊战术了。这种部署，似与18日获知的情报，认为守军可能突围有关。将其赶出城去，既得城市，又可在野战中轻易歼敌，当属上佳选择。可实际上，陈明仁并无此意。而且退守道东后，兵力更集中，反击更有力。

归根结底，还是兵力不足。

民主联军有6个纵队，国民党是7个正规军，本来就逊于对手。这边攻坚，那边打援，林彪两头忙活，无论怎样集中优势兵力，两边都难以构成压倒性优势，弄不好还可能两头吃亏。勉强把6纵全部拿上去攻坚，亦成添油战术，形不成一锤定音的锤击、震撼。

就剩下东北角一隅了

17师49团攻打71军军部伤亡太大，已撤出休整。"攻坚老虎"剩下的两只虎50团、51团，也是伤痕累累。1纵3师也一样，仍奋力向前。22日，从南桥洞一带越过铁路，攻入道东。

23日，邓纵两个师撤出战斗，打援的6纵16师、18师投入攻坚。16师和邓纵3师在北面向道东攻击，18师在17师的方向加入战斗，攻击部队由6纵司令员洪学智统一指挥。

道东有南北街5条，东西路11条，比道西街巷窄，被密密麻麻的平房夹拥着。原以为国民党只会据守一些高大建筑，没想到这些民居也被利用起来，真正地逐房逐屋争夺。

离休前为军事科学院副院长的徐芳春，当时是17师50团2营营长。

老将军说，街巷口有碉堡，有些院子里也有，有的高高大大的，一小包炸药就炸个稀里哗啦，假的，骗你的。有的是地堡，一半左右在地下，你奔大的去了，它从后边打你。这是明的。暗的是民房，国民党把老百姓当成人质，投鼠忌器，你怎么打？开头不知道，进院子里，他从窗户里朝外射击，前后左右交叉火力。你冲进去，他上房了，从房顶上打你，或者没人了。房与房，院与院，在些隐蔽处事先凿的洞，有的还是挖的地洞，弄得迷宫似的，跑了。他熟悉呀，你黑灯瞎火上哪儿找去？南北街，东西巷，大大小小一个个"井"字，把居民区分割成一个个方块。你把一个方块包围了，他能打就跟你打，不能打，有的那街道下面有暗道，又跑了。咱们熟悉的游击战，是山地游击，平原游击，运动战中的游击战，村落游击战，偷袭、急袭，或者一鼓作气打到底，或者见好就收，捞一把就走。咱们对城市本来就比较陌生，国民党正好相反。陈明仁、熊新民在道东的城市巷战，还是街巷游击战、地道战，而且颇有心得、章法。

老将军说，道西那些高大建筑，"四组一队"组织好了，几次、十几次爆破就拿下来了，周围一片就不在话下了。道东密密麻麻的平房区，别说大爆破了，小爆破都投鼠忌器，下不去手，也解决不了什么问题，你就一点点往前拱吧啃吧。

但是，"攻坚老虎"毕竟是"攻坚老虎"，18师也毕竟是支生力军。

投入战斗当天，18师即突破守军阵地，炸毁十几个敌堡，推进至益兴街以西、弘仁街以北、荣昌街以南，接近这一带的重要据点天主教堂。

1纵3师9团3营8连，这时只有32个人了。连长卞献荣指挥，轻重机枪掩护，连续几次爆破。9连连长负伤，指导员宋树仁指挥，又是连续17次爆破，终于拿下天主教堂。

18师连续攻进。23日占领康乐大街，24日向北接近共荣大街，25日52团1营推进至共荣大街南一个院落，距天桥不到30米远，接到纵队命令：限于当天18时半攻占天桥。

位于四平街火车站北侧的天桥，建于1927年，原名昭平桥，横亘在铁路线上，中长、平齐铁路均从桥下通过。混凝土基础，钢梁结构，4孔，主桥长83.6米、宽13.4米，东侧引桥长105米，西侧191米，桥面铺长宽厚均为10厘米的方石。

站在7米高的桥上，东西一眼望穿笔直的中山、共荣两条大街，南北则可居高临下，控制铁路、车站，也就凸现了它的交通要道和市内制高点的重要地位。

1942年，四平日本军政头目以支援"大东亚战争"为名，用天桥作抵押，向本书第2章写过一笔的四平巨富赵翰臣"借钱"。赵翰臣明白非"借"不可，即捐献伪币10万元（又说至少50万元）。能跟赵开得起玩笑的人说，这回你可以收过桥费了。赵翰臣外号"赵老汉"，就有人称之为"赵老汉桥"。

守军当然清楚这座隆起在东西半城间的天桥的价值。两侧各有一个坚固的桥头堡，桥下还修筑两个暗堡。引桥外挺宽阔的马路及两侧沟里，看不见的地雷，看得见的各种障碍物，自然是少不了的。

不过，让人意想不到、又对攻击部队危害非常之大，也最著名的，却是黑土地上盛产的大豆。

熊新民说，三战四平打响后，听说有个排长把大豆洒在柏油路上，比什么障碍物的效果都好。他不信，那个团的团长让他去看看。果然，圆滚滚的大豆洒在柏油路面上，就像铺上了一层滚珠，任何人在那上面一般跑不过3步就滑到了，而且很难爬起来。熊新民大喜，说他如获至宝，这宝贝又有的是。四平是著名的粮食集散地，其中最多的就是大豆。由于战争，昔日川流不息的列车都变成了僵尸，四平已成一座死城，火车站大豆堆积如山。

熊新民当即下令，撒豆成兵，阵地前凡有柏油路的都撒上，当然包括天桥。

邓纵3师从天桥两侧的铁路线上向东攻击，6纵18师在天桥上冲锋。

柏油路面被烈日烤软乎了，脚踏上去，大豆会被踩进去。可在这天桥上，一块块呈鱼鳞状铺排得很精美的10厘米见方的天然石材上，原本为人造福的金灿灿的大豆，就被摆布成了毫不含糊的无情杀手。52团1营官兵呐喊着冲上去，那工夫谁会留意到这些东西呀，哎呀一声滑倒了，后面的还以为是中弹了，继续往上冲。对面的桥头堡和大小据点里，轻重机枪、步枪、冲锋枪子弹，刮风样扫过来，炮弹也咣咣地朝桥上砸。

据说，淞沪抗战，有国民党军队曾撒豆成兵。日本鬼子的皮靴踩上去更滑，两侧伏兵齐出，大刀砍瓜般砍脑袋。

三战四平，有在天桥上清理卫生的老人说，那大豆被血浸泡得胀鼓鼓的。

道东攻坚5天，守军被驱赶、挤压至东北角的康德火磨、油化厂一带，兵力好像并不减少，火力反倒愈显炽盛。而攻击部队伤亡太大，已不占优势，难以分割守敌，进展缓慢。

26日，指挥部召集师以上干部会议，决定尽力集中兵力，再来一次决定性的突击。

就剩下巴掌大块地方了，换了谁能甘心，就这么功亏一篑呀？

战至28日，仅将共荣大街以南、三马路西部地区占领。54团对富盛泉烧锅强攻一夜，都被反击回来。

已竭尽全力，已精疲力竭。

28日18时，"林罗刘"致电6纵：

> 目前我军方针是消灭敌人有生力量，以佯攻四平诱敌前进，你们准备必要时以全力或主力脱离四平，参加以北或以南之运动战。⑭

"都打红眼了"

熊新民说，道西失守后，道东的东南角也被突破一块，他从守备北山制高点的261团抽调1个营，在天桥以北铁路沿线构筑阵地。由守备道东堡垒群的259团抽调1个加强营，以天桥北几个大工厂楼房为据点，向南至天桥、富盛泉烧锅一线，进行防守。"都是最后的防线，都要绝对死守，哪怕打到最后只有一官一兵没有后撤的第二道防线了，必须下最大的决心，要誓死与阵地共存亡。"⑮

熊新民说："争夺最激烈而且最危险的，就算设在烧锅的这个据点了。"⑯

富盛泉烧锅位于87师与54师防区的接合部，西隔铁路，对面就是四平火车站，守军为87师259团的1个加强排（又说是两个排），排长是刚由上士排副提升的少尉军官廖钧。据说，战前熊新民曾亲自接见这些人，为之鼓励，打气，并给这支小部队配备两挺重机枪。

18师54团的轻重机枪，架在四平火车站的2层楼和坡屋顶上还有小窗的楼窗里，以及周围任何比较合适的位置，朝对面射击，六〇炮弹也在烧锅的房子上、院子里爆炸。爆破手冲上去，把铁路上的车皮、铁丝网、拒马什么的炸开，部队就从攻击地域跃起冲锋。迎面的弹雨，把那车皮、钢轨和路基上的石子，打得火星乱飞。

不知道廖钧是怎样部署兵力、火器的，那一个加强排（或两个排）的士兵，又是怎样顽强死守的。只知道第4次、也是最后一次把攻击部队从烧锅里反击出去后，算他就剩4个人了。

战后，廖钧和陈明仁一样，被授予"青天白日"勋章。

熊新民说："一个少尉能够得到'青天白日'勋章是破天荒头一次。"⑰

有人说，三战四平，国民党打出名了两个人，一个陈明仁，一个廖钧。

附近有个据点，防守的是军部兽力营的200多马夫，有个50多岁的老营长率领。激战4昼夜，剩下30多人。

熊新民在回忆录中说：

> 所有被包围在四平东北角一隅的国民党军政人员，都一律缩在乌龟壳内，只凭守备这东北角的八十七师两个步兵团，拼死拼命，一直拼到6月30日夜晚，枪炮声才逐渐稀疏些，先是还有炮声，午夜后，炮声也不多了，枪声也稀少了。7月1日拂晓，守军从乌龟壳内伸出头来一看，才发觉解放军已完全撤走了。这时所有各处阵地里的官兵，几乎1个月没见面了，一旦相见，真有隔世之感。甚至有几个人相抱跳跃起来。四平这一仗，是我生平打街巷战中最残酷的一次。⑱

三战四平后，71军新任军长刘安琪到任不久，即命工兵营在道东天桥下修建一座"烈士纪念碑"，碑文为"镇守四平烈士永垂不朽"，落款"蒋中正"。两侧刻有对联，上联"荡敌安边卅余日危城苦战"，下联"捐躯报国亿万年浩气长流"，落款"七十一军军长刘安琪"。

9个月后四战四平，民主联军拿下四平，将碑拆除。

廖钧是个排长。建议、或者说发明了"撒豆成兵"的，是个排长。发明了"火龙"、"火圈"阵，把对手晾在明处，把自己隐到暗处的，也是个排长。这可不是随便什么人都能灵机一动，拍拍脑袋就能拍出来的。

四平能够守到最后一刻，国民党还应该给炮兵指挥官闻思和他的部下，授枚勋章什么的。

打击突击部队，拦阻后续部队，待前面攻击部队穿过轻武器的火网突破阵地，已经所剩不多，再一个反击就顶住了，或者顶回去了。

比之民主联军年轻的炮兵，国民党炮兵的技战术和步炮协同，要老练、娴熟得多，发挥的作用也大得多。

前面说过，在道东实施辅助攻击的1纵3师，总攻前炮兵打完300发炮弹该冲锋了，攻击部队还在1.5公里外呢。

所谓的东北角一隅，即长2000米左右、宽不足300米的地域。守军被挤压在这样一方天地里，多么好的发挥炮火威力的时候呀！可对道东发起攻击时，配属邓纵的炮兵，只有80多发山炮炮弹。

守军那炮弹却可以随便打。

据国民党方面统计，自6月1日至9日，出动运输机44架，为四平守军空投弹药88吨。6月17日至29日出动136架，空投305吨。其中除各种子弹、手榴弹外，迫击炮弹3万发，山炮弹6200发，榴弹炮弹1300发。飞机说来就来，从沈阳到四平也就吃顿饭的工夫。而民主联军全靠人扛马驮大车拉，漫长的后方补给线，常常打到关键时刻没炮弹了，连那"手中炮"也哑火了。所以，尽管发起总攻时，火炮数量为对方的5倍，对道东攻击时更是达到8：1，炮火的威力却始终不占上风。

熊新民说，71军有个榴弹炮营，12门美式一〇五榴弹炮，从美国运到印度，经驼峰运来中国，投入战场还未发威，日本投降了。于是，随军经桂林、长沙、汉口船运到上海，再海运到葫芦岛，千里万里来到东北，一炮未放，就在大黑林子如数"移交"给了对手。三战四平，他的87师司令部屡遭炮击，其中就有1发一〇五榴弹炮的弹痕。

无论民主联军的炮兵怎样缺乏准头，还有多少技战术需要学习、演练，就凭蒋介石这"运输大队长"当得这么称职、卖力气，这四平、这天下就已经注定是共产党的了。

但是，眼下还不行，还差那么一点点。

成功与失败，经常就取决于这个一点点。

许多四野老人说，四野南下，兵临长沙，国民党驻长沙第1兵团司令官是陈明仁。三战四平后，这小子就没影了，我们当个基层干部、战士，也不知道他跑哪儿去了，原来躲在这儿呀！妈个巴子，这回看你往哪儿跑！

四野有几多老兵没在四平打过仗呀，在四平扔下多少人哪？一提起陈明仁就咬牙切齿的，这回可到了报仇雪恨的时候了，没承想这小子起义了。一些人说，那也不能轻易饶了他，让他去四平给咱们那些战友焚香、磕头。这当然都是些气话了，党是有政策的。

而这一刻，在四平东北角的油化厂，有人说陈明仁坐在地下室，把卫兵都派出去打仗了，一把手枪放在桌上，就等着对手进来，就举枪自杀了。

有人说："这时陈明仁终日闷睡床头，一筹莫展（当时他的军部少校杨参谋和我讲的），与战前趾高气扬的态度完全不同了。"⑩

在大黑林子遭截击，陈明仁把部队扔给参谋长，他跑回四平。军部大楼被攻击前几小时，又把军部交给弟弟陈明信，自己跑去道东。陈明信是从地洞里被"抠"出来的，陈明仁是从地下室经盖沟逃离军部大楼的。这油化厂的地下室也连着盖沟，或者不经盖沟，也可逃离四平。出城后，南下北上都行，途中就会遇到援军。

见势不好逃跑，国民党将军的扮相挺有特点。杜聿明是换套军装，把自己从中将降至士兵。范汉杰、廖耀湘、熊新民等人更彻底，干脆把自己变成老百姓。由87师师长而71军军长，从东北到广西，熊新民换套广西人惯常的黑衣裤，被解放军盘问时，说自己是个生意人。一个在东北被俘后参加解放军的87师士兵，瞅他两眼，说这不是"熊大鼻子"吗？

或者东北败局已定，或者蒋介石已经跑去台湾，才有上述人等的各种扮相。而这一刻，守军打得那么顽强，是觉得这天下还是国民党的，陈明仁又怎么可能弃城而逃？"凡是守不住一个地方的将领，都是被杀了头的"，不过托词。临阵脱逃，那脑袋倒是有几分不保的。

熊新民因为鼻子大，得名"熊大鼻子"。有见过陈明仁的四平老人说，陈明仁的脑袋与赵翰臣"赵老汉"相似，都是酱块子脑袋。

而这一刻，"置之死地"的陈明仁，无论那张国字形脸上是何神色，那双眼睛都应该像兔子眼睛通红的。

沈阳援军已经快出发了。长春解围部队也快来了。53军马上就来应援。军部经常给师部打电话，各师再把这些话向下传达，传达到没传达到的，都是"坚持最后5分钟"。⑦

据说，富盛泉烧锅酿造的富盛泉烧酒，当年挺有名的，用今天的话讲，叫名牌产品。枪打炮轰，房倒屋塌，烟尘弥漫，血火飞腾，还有酒香四溢。不知道廖钧和他的部下中可有好酒者，即便从来滴酒不沾的，那工夫会不会也情不自禁豪饮一番？

除了大黑林子战斗后，可乘胜直下四平外，国民党方面还有人认为攻击部队违背了兵法中"围师必阙"的原则，断了守军的逃路，只有死守。其实，陈明仁从一开始就有退路的，待到民主联军从道西往道东一面平推时，那就更方便了。只是陈明仁根本没这个意思。这也是后来的东北"剿总"司令卫立煌的图存术。

如陈明仁所言，"如守到中途而要撤退，则绝对会被击溃、被消灭的"。⑦ 熊新民说是"必将如鸟兽散"。但是，这工夫在这里不会。掉头逃跑的早被督战队正法了。曾经尿了裤子的，天生晕血的，也早被战争的酒精刺激得醉醺醺的，浑身的热血都冲到脑门子上了。什么死呀活的，还有勇敢、怯懦呀，统统都没了，血红的眼睛里就剩下前面冲上来的对手，有你没我，有我没你了。

这工夫，坐在油化厂地下室里的陈明仁，果真到了那一刻，看到对手冲了进来，给自己一枪，是不是也挺容易的？

所以，战前无论陈明仁给没给自己准备口棺材，也应该认为那就是一口政治棺材。

发现对手已经撤走了，一些红着眼睛从死尸堆里爬出来的"勇士"、"英雄"，抢劫商铺，强奸妇女，射击任何敢于反抗和企图制止他们的人，从平民百姓到和他们一样的军人。就像狂奔疾驰的汽车，他们不可能一下子就收拢住脚步，他们还被那种惯性拖拽着，还在那个世界里宣泄、折腾着。

这红了眼睛的"勇士"、"英雄"，那屁股后面，是不是就拖了条毛茸茸的尾巴？

"英雄城"

马仁兴，1904年生于河北省平乡县后张范村，其父为村中教师。

16岁参加陕军，又投奔国民第3军，参加北伐战争。1926年考入3军办的政治军事军官学校，1929年调入冯玉祥的西北军骑兵第2师，先后任团政训处长、团参谋长、师参谋长、团长。1938年，马仁兴秘密加入共产党，担任任团长的28团地下党支部书记。1940年春，在河南省林县，率全团1640余人参加八路军，被编为八路军骑兵第2团，任团长。

抗战胜利后，晋绥军区第1军分区司令员马仁兴，随吕正操来到东北，任西满军区保安第1旅旅长。

一战四平，马仁兴任攻城副指挥。

二战四平，马仁兴是四平卫戍司令部司令。

三战四平，1纵突入城内两天了，邓纵还在外围激战。在那种有人说能急瞎眼睛的时刻，1师奉命从2师左侧加入战斗。作为邓纵主力师的师长，马仁兴深知责任重大。他带团干部到前沿，又爬上30米高的水塔，观察地形、敌情，组织指挥战斗。在一战、二战中有不俗表现的1团3营，9次冲锋，终于扫清外围之敌，攻入市内。

马仁兴跟着1团，靠前指挥，陆续拿下陆军医院、大白楼，大红楼等重要据点。

向道东发起攻击，因伤亡过重，23日，1师奉命撤出战斗。

二战四平失利，撤离四平前，林彪讲守城部队是百分之百地完成了任务，不得已撤出四平的责任，不在守城部队的身上。

两年间四战四平，两次不得不一步三回头地离去。五味杂陈。那是每个将军都最不想经历、面对的时刻。

当日黄昏，撤至道西北端铁路下面的涵洞时，1发流弹击中马仁兴左胸，当即牺牲。

四平四战，马仁兴是民主联军牺牲的最高指挥员。

辽吉省委追认马仁兴为"辽吉功臣"。

1948年6月，马仁兴将军纪念碑在白城市落成。陶铸题词："四平名将，辽吉功臣，建场纪念，无上光荣。"邓华题词："马仁兴同志，你的血流在辽吉的土地上，灌溉了人民幸福之花，辽吉人民将永远怀念着你。"

同年5月，经东北行政委员会、东北军区批准，将四平市最繁华的道西四道街，改名"仁兴街"。

1纵1师1团突破后，2团、3团从突破口进入市内，3个团各以1个营为箭头，并肩向北突击。率3团突击营的副团长黄才芳，给师长江拥辉打电话，报告已经准备好了，马上发起冲击。又一个电话打到师部，报告突击营已经发起冲击，黄副团长已经牺牲。

1团2营营长、副营长都负伤了。在前线采访的刘白羽，亲眼看到教导员曹纬跑出指挥所，高大的身影消失在烟尘中，一会儿前方报告教导员牺牲了。

曹纬，山西隰县人，1939年参加八路军，任指导员时被授予"模范政治工作者"和"模范党员"称号。抗战胜利后到东北，参加秀水河子战斗。二战四平后的北撤途中战斗，被评为一级战斗英雄。

纵深战斗中，曹纬率6连沿六道街突击，攻占一座大白楼。3辆装甲车打头阵，300多敌人冲上来，要夺回大白楼。曹纬在楼上看得真切，从容指挥，胸部中弹，血如泉涌，仍大呼顶住。

英雄城

二战四平，保1旅1团3连1排，在北山阵地坚守到第5天，打退4次进攻，只剩下3班长和士兵刘增荣了。刘增荣在战壕中机灵地跑动着，这儿打几枪，那儿投两颗手榴弹。有两个军官在后面比比画画的，刘增荣瞄准了，一枪将其击倒，再甩出两根爆破筒，终于将敌击退。

战后，刘增荣被评为特等战斗英雄。

三战四平，刘增荣已被提升为副排长。他所在的邓纵1师1团3连突入市内后，受命向中央大街以北攻击前进。刘增荣带领突击组炸毁铁丝网、地堡，在冲锋时中弹牺牲。

电业局的3层大楼，矗立在通往天桥的十字路口西北角，为道西守军最后一个据点，守军为71军特务团的一个营，掩护道西之敌撤退道东。十字路口当中一个大地堡，向外喷吐火舌，阻挡攻击部队接近大楼。

20日夜，"攻坚老虎"6纵17师某团某连攻到这里，某班班长杨洪森奉命爆破。不可思议地顺利。先是炸毁大地堡，又两次把炸药送到电业局大楼墙根下，将大楼炸开一个大豁口，杨洪森端起冲锋枪第一个冲入楼内。2楼楼口堆着麻袋包，守军躲在后面向下射击、投弹，硬攻伤亡必大。杨洪森把炸药放在楼梯下的墙角，一声闷响，烟尘弥漫，他手中的冲锋枪啸叫着，踏着废墟冲上楼去。

楼外连续爆破，在那应不少于10分钟的上去下来途中，每分钟都会死上几十次，杨洪森竟然皮毛未损。可在打扫战场时，战友们在烈士的遗体中，发现了杨洪森。

杨洪森被追认为共产党员、爆破英雄。

6月25日夜，接替邓纵1师、2师攻击道东的6纵16师，攻占二马路的1幢楼房时，48团4连5班士兵赵文才，第一个冲进楼内，和两个士兵俘虏了包括1名连长的7个敌人。第二天晚上，在三马路迎头又撞上1幢楼房，赵文才扛起炸药冲上去，将楼炸塌。黑灯瞎火中，旁边还有幢楼房喷吐火舌，赵文才又冲上去，将其炸毁。

天将破拂，前面十字路口，1个地堡拦住去路。赵文才从侧翼爬上去，安放好炸药包，拉燃导火索，没响。爆破手史春接着上，中弹倒地。赵文才两眼喷火，抱着炸药包再上，终于把地堡炸上天去。部队随即发起攻击，赵文才在冲锋时中弹牺牲。

这位杨洪森式的爆破英雄，被追认为特等战斗英雄，还像刘增荣一样，被追授一枚毛泽东奖章。

《四平市志》写道：

　　从6月14日晚至6月30日上午9时，双方血战16昼夜，战斗极为残酷，铁西城区一片焦土，一万多栋房屋全成废墟，所有楼房只剩断壁，民主联军遭受重大损失，国民党军队也死伤无数，成千上万的老百姓无家可归。⑫

上世纪50年代，刚从战火中诞生的年轻的共和国，盛传两座"英雄城"，一为江西南昌，一为吉林四平。南昌成为英雄城的因由，世人皆知，四平则因其血战、英雄众多而成名。

据不完全统计，四平四战，东北民主联军伤亡4万余人，亡约一半左右，约占东北3年内战牺牲烈士总数的2/3。其中师长1人，团级干部70余人。一战、二战伤亡多为关内来的老八路，三战、四战多为东北人。

又以三战伤亡最巨。

7月1日，"林罗"在给毛泽东的电报中说：

　　四平战斗，自十四日总攻开始，至二十六日经十三天激战（外围战时间除外），我军毙俘伤敌三万余人，我军伤亡一万三千人。*

后来比较准确的毙伤俘敌数字是1.6万人，民主联军的伤亡数字，也高于1.3万人。

7月27日至8月2日，各纵负责人到双城开会，向林彪、罗荣桓报告参加夏季攻势作战经过，也如实报告了自己的伤亡数字。其中参加四平攻坚的3个纵队，1纵伤亡9218人，6纵5208人，邓纵4549人，共计18975人。再算上逃亡掉队的，1纵2229人，6纵2461人，邓纵867人，总计损失24532人。

一次攻坚战，损失这等兵力，别说在东北，在全国也绝无仅有。

一座城市，两年四战，又打得如此惨烈，古今中外战史上又有几多？

1953年6月30日，即四平攻坚战结束6周年竣工的四平烈士纪念塔，陶铸题词："成仁有志花应碧，杀敌留红土亦香。"

一位叫刘秉忠的四平诗人，在一首《思英烈》中，开头一句即是："一寸城池一寸血。"㊏

四平变成佯攻

夏季攻势，共产党人在东北发起较大规模的反攻，第一阶段（即三战四平前）已歼敌5万余人，南北满部队胜利会师于四平以南，并将东西南北满根据地连成一片，战略上愈发主动。

在怀德和大黑林子，林彪是围点打援，什么都要，这四平似应有所不同。

4月14日，北满有的地方有时还会飘雪呢，即"决心发动夏季攻势作战"。㊔林彪的路数，第一阶段全面出击，歼灭分散守备之敌，收复小城镇和广大农村；第二阶段集中兵力作战，歼敌主力，相机夺取中等城市。无论四平在不在这些相机夺取的中等城市之列，林彪应该已把这座城市掂量过多少次了。而当5月18日，在大黑林子将71军88师、91师主力1.2万人歼灭后，21日"正备攻击四平之敌"的决心，也就顺理成章了。

围攻怀德，71军主力赶去救援。攻打四平这等战略要地，国民党岂能不倾力来援？那也不怕。守军是败军，且为新败，未等援军赶到，即可拿下。即便援军到了，管他南下的，还是北上的，歼其一部，甚至一路，应无问题。

辽沈战役，打下锦州，攻锦各纵奉命向城外抢运缴获物资。因为有国民党东西对进的两个兵团，锦州有失手的"万一"。而四平是一旦拿下，就不能放手的。同为战略要地，可二战四平，四平已成战争名城，非同凡响，得失影响巨大。共产党人已到了攻城略地的时候，拿下四平，名城效应可以摧毁敌人的守城信心、意志。而且，这又是刚爬上山头后的第一次反攻，双方正是较劲的当口，得而复失，或者放弃，岂不露怯，显得还是底气不足，长对手威风，灭自己志气？

毫无疑义，夏季攻势第二阶段的重心，就是攻取四平。

但是，6月24日的"决心与部署"，还是"包把四平打下"⑦，26日就变了：

> 目前，我军对四平采取佯攻方针，吸打增援。二十一时望得十六师抽出移叶赫站待机。邓纵休整之两个师应向昌图前进，准备绕到敌右侧牵制敌人。对四平每晚仍须进行有力佯攻，以便吸引敌之增援。⑦

北满、南满、冀察热辽，夏季攻势，民主联军全线出击，国民党手忙脚乱。

也是远征军的53军，原为张学良的东北军，本属东北保安司令部战斗序列，却一直被蒋介石置于华北。三下江南、四保临江，林彪的剜猪割耳朵战术，弄得杜聿明顾此失彼，曾派郑洞国去南京，要求给东北增加两个军，起码把53军调回来，蒋介石不准。这回夏季攻势，拉（法）吉（林）线上的重镇梅河口都丢了，杜聿明连电请求53军回东北，蒋介石还是不准。盼星星，盼月亮，5月30日把老蒋盼来沈阳视察，仍是不准。待到四平街被围，这下子终于触动了蒋介石那根敏感的神经，53军归还建制了。

人们常说压倒骆驼的最后一根稻草。正当两军厮杀之际，一个53军会在战争的天平上产生么作用？

前面说了，如果林彪手里还抓着1个纵队，对四平发起攻击时因为

203

轻敌，可能未用，那么在6纵全部投入战斗时放出去，这场攻坚战的历史是不是就改写了？

53军是6月1日前后陆续开进东北的，这时南满要地本溪已被民主联军占领，直接威胁到沈阳的安全。东北3年内战，凡从关内新调的部队，初来乍到，都有股不知深浅的狂劲。这个53军也确是支生力军，很快夺回本溪，然后掉头北上四平，路数与二战四平时的新6军差不多，而且仍是郑洞国坐镇铁岭，具体指挥。

杜聿明不知道林彪的打援部队在哪儿待机，一颗心七上八下，唯恐中了林彪的围点打援计。约在6月26日前后，无线电侦察，中长路以东山区频繁的电波忽然中止，杜聿明判断对手主力可能正在转移途中，即下达了攻击解围部署命令：

（一）新编第六军在开原以东威远堡门南北之线占领阵地，掩护主力沿中长路对四平街外围共军之攻击。该军随战斗的进展，逐步向四平街以东地区攻击前进。（二）第九十三军（附炮兵团及战车营）由昌图沿中长路向四平街攻击前进。（三）第五十二军之第一九五师为预备队，俟第五十三军到达开原后，该师即在第九十三军之左翼，向八面城攻击前进。（四）攻击开始时，空军须配合地面部队之作战，并注意随时侦察中长路以东共军的行动。（五）第五十三军为总预备队，随战斗之进展，准备由左翼迂回到四平街西北地区侧击包围四平之共军。⑦

又一副决战四平城下的架势。

很快，国民党就再也没了决战的胆气，只有被动挨打，等待关内增兵，甚至等待直到今天也没爆发的第三次世界大战了。

但是，这时还有——起码他们自己觉得还有。

南面，国民党4个军8个师，兵分三路齐头北上。北面，驻守长春、吉林的新1军新30师、50师和保安团一部，也在飞机、坦克支援下，南下向四平街攻击前进。

林彪选了个最硬的，依然沿着二战四平时的老路，企图从东北方向迂回四平的右路的新6军两个师。

《阵中日记》6月25日的"决心与部署"，开言即是：

> 新六军二个师开始北进，一纵应准备协同南满主力，以各个击破手段歼灭其全部。⑱

29日，新6军先头14师进至莲花街，新22师也到达貂皮屯、陈家大院一带，位置比较突出，"决心与部署"开头一个自然段，即是：

> 决集最大主力歼敌新六军之二个师。⑲

"吃菜要吃白菜心，打仗专打新6军"，林彪抓住每个机会，要把这首歌变成现实。倘能吃掉这个"白菜心"，对国民党军心士气的打击、震撼，在某种意义上也不亚于拿下四平。

29日当天，1纵主力、6纵16师和独1师，对14师发起攻击，因未切断退路，只歼其1个团，占领莲花街。

表面看，4个师打敌1个师，又有1师、16师这等绝对主力。实际上，这时1纵的2个师，也就1个师左右的兵力，而且是疲惫之师。16师也差不多。但这已是林彪所能调集的最大主力了。

在貂皮屯、头营子、威远堡一线发起反击的3纵、4纵，虽非如此，新22师这个"虎师"也确非等闲之辈。更糟糕的是，也未能断其退路，结果打成击溃战。

以为还能重演一遍二战四平的好戏的新6军，吃了这一烙铁，立即缩了回去。南线援军开始稳扎稳打，齐头并进，林彪也就没了运动战中歼敌的机会。

6月30日，攻城打援各部奉命撤出战斗，向指定地区转移。

当天凌晨，参加了全部四战四平的1纵3师，最后撤出四平。

夏季攻势最后阶段，林彪的两个战役企图都落空了。

在"决歼四平之敌"后，林彪在部署攻坚的同时，将包括6纵（欠17师）在内的17个师，置于四平以南、东南及以北地区，准备阻击从沈阳、长春出援之敌。

南线正面首先上来的，是53军。

守不住一个地方的都被杀了头，攻不下一个地方的却没人受过处分。陈明仁这话说得太过了。像新6军那样轻敌冒进，吃点亏，战后检讨一下就行了。但是，救兵如救火，如果因你误了大事，丢了四平这等要地，能轻饶吗？而这个53军如此奋勇，无论还有多少东北籍军人，自"九一八"事变已经16年了，重返黑土地想要抢个头功，心情也可以理解。——只是抢占了这片关东宝地的鬼子，早已见鬼去了。

6月21日，战斗在开原北面的大清河边打响。

24日，53军约两个半团兵力，在飞机、装甲车掩护下，向据守田家窝棚、鸭嘴子一线的2纵4师11团猛攻。11团2营击退11次冲锋，毙敌400余人。4连9班阵地被突破，副连长张克率1排反击，夺回阵地，在坚守阵地时中弹牺牲，战后被追记特等功。

28日，53军沿昌（图）（四）平公路北进，被5师13团、14团顽强阻击，未能得逞，仅坦克就被炸毁5辆——在东北3年内战的一次战斗中，这也应为一个纪录了。

在威远堡以东隐蔽待机的3纵，24日与敌接触后，连日激战。

27日晚，366高地失守，直接威胁到指挥机关安全。8师22团8连1排副排长陈树棠，率1排反复冲杀、肉搏，夺回高地。第二天中午，3架敌机飞来轰炸，陈树棠身负重伤。战至黄昏，8连奉命撤出战斗，1排只剩下7个人了。陈树棠命令他们撤退，他留下掩护。敌人冲上来后，他用一颗手榴弹，与几个敌人同归于尽。

据说，陈树棠拉响手榴弹时，曾大喊："卖国贼，狗强盗，你们来吧！"⑳

"8·15"后参军的陈树棠，牺牲前曾多次被评为"战斗模范"，两次荣立特等功。牺牲后被追授"独胆英雄"称号，366高地被命名为"树棠山"，1排被命名为"树棠排"。

打援没有攻坚英雄多，也为四平这座"英雄城"之一笔。

第八章　马后炮打得满堂彩

林彪和李天佑

守军全然不知道，6月26日即已是佯攻了。对手上来了，红着眼睛打，枪声炮声停息了，歪倒在那儿睡。活着干，死了算，被战争的酒精刺激得不省人事的军人，好像只被输入了这样一种程序的机器人，不知道、好也不会去想那"最后5分钟"终于到来的一刻的生死存亡。

如今，一场重大足球赛事后，那种举国、举城狂欢的场面，人们已见识得够多的了。

而在1947年的7月1日，当这些九死一生的军人走出工事，望着眼前这座已经面目全非的血城，尸臭冲天的死城、瓦砾之城，望着瓦砾堆上或哭天抢地、或目光呆滞得傻了似的老百姓，也望着和自己一样恍若梦中的军人，亲历者熊新民只用了前面已经引用过的寥寥数语。

接下来可就够狂欢的了。

报纸、电台成天"四平街大捷"，记者来没来采访，都能写出头条新闻、长篇通讯。最苦了的是南京政府、东北行辕的慰问团大员。"四平街的勇士们"已经无所谓嗅觉什么的了，可这些大员还都是正常人呀？又不能掩鼻，掩也没用，这个呕呀。倒也不耽误授勋什么的。青天白日勋章、云麾勋章，陈明仁成了大明星，然后是53军军长周福成。少尉排长与中将军长同等规格，廖钧还和陈明仁一道去沈阳，坐花车参加庆祝游行，吹吹打打，好不热闹。

然后就大江南北、长城内外，到处都是的"陈明仁防线"。

其宣传的热闹声势，甚至超过二战的"四平街大捷"。

以夏季攻势为发端、信号，国民党的有识之士，已经意识到共产党就要发起大反攻了。从来都是国民党铁打江山的城市，从来都视共产党为乡下土包子的国民党人，就开始人心惶惶，有种朝不保夕的感觉。四平这场血战，这座血城，来得正是时候，就像一针强心剂。有了这样一座攻不破的堡垒，"陈明仁防线"，国民党的江山好像就会"固若金汤"了。

7月2日，"林罗刘"在给各兵团的电报中说：

> 四平战斗及此次威远堡以北以东的作战均未打好。有的系因对能否胜利的具体条件，缺乏冷静的估计，轻浮急躁求战，仓促急躁攻击，表现有信心精神的轻敌的冲动性，而缺乏老练的思想和实事求是的精神。有的系因战斗组织的浮躁潦草，未等待兵力集结，未注意迂回切断，致形成击溃战，缴获不多。有的系因分散兵力同时进攻几处敌人，以致对欲攻击之目标，不能形成绝对的优势兵力，因而也就不能对该目标形成包围迂回和充分的重点突破，结果打成得不偿失的击溃仗，或成为相持不决消耗力量的不利的战斗。这些未打好的战斗除总部应进行检讨与吸取教训外，我前线的战场指挥机关，亦应深刻接受此次教训，进行思想上的理解与转变。只有这样，才能巩固我们过去的胜利与力量，才能在今后争取更多的胜利与力量的壮大，才能避免将主力兵团的力量虚耗与下降。㉚

夏季攻势后，是秋季攻势、冬季攻势，攻击攻击再攻击。

就差那么一点点了，陈明仁已经绝望了。那工夫，如果再有一支生力军，哪怕1个齐装满员的精锐师，甚至1个团，组织好了一冲，那层窗户纸或许就捅破了，国民党就只有哭丧的份了。这一刻，共产党人总结经验教训，会场气氛就不会这般压抑了。

没打下四平的共产党人，要把这场攻坚战失利的原因，一一找到，掰扯明白，坚决打掉！

惜时如金的共产党人，把这场战役一直打到辽沈战役拿下锦州，才算画上了一个比较圆满的（也不是最后的）句号。

7月27日至8月2日，民主联军各纵队领导人齐聚双城，参加总部召开的夏季攻势作战总结会议，特别是研讨四平攻坚战的教训。

有人说，林彪一直低着头听大家汇报，没有插话，也没有责备批评哪个指挥员。

有人说，林彪曾3次站起来检讨：这次四平没打下来，不要你们负责，主要是我情况了解得不够，决心下得太快。不马上攻，围城打援最好。先消灭援军再攻城，就能攻下来。这次攻城暴露了我们攻坚的技战术差，这也主要是我平时研究得不够。

夏季攻势战果丰硕，第二阶段却未打好，特别是再次败走四平，与会人员的情绪都不大高。林彪那张难有四季变化的脸上，倒似乎看不出什么。但是，这位被5月24日《人民日报》的新华社文章，称作"天才的战略家，名震中外的四平保卫战的组织者"⑩，这一刻其实已经有谱了。而且，到东北不久就独自带个轻便班子在前方指挥作战，二战四平后的东北局书记、民主联军总司令兼政委，现在也有更充裕的时间专注军事指挥了。

5月下旬，罗荣桓从苏联治病回到哈尔滨。林彪致电毛泽东，"主张他在前方同我一起工作，他也同意"。⑬这对红4军时期的老搭档，就又在黑土地上合作起来。

民主联军参谋长、当年红1军团1师师长、林彪的老部下刘亚楼，是5月初到双城前指的。《阵中日记》中，"林罗"签发的第一封电报，是四平攻坚战前的6月11日，"林罗刘"是6月23日。罗荣桓负责政治工作、训练、动员、装备、后勤保障和军工建设，频繁往来于哈尔滨、双城之间。刘亚楼自然是司令部那一摊子，林彪的高参。有人说，刘亚楼的意见，林彪几乎没有摇头的。

而在总结会议前，林彪给李天佑写了一封信：

天佑同志：

　　总部二日关于夏季攻势经验教训总结电，盼切勿草率看过，而应深切具体地研究，使今后思想有个标准：要把实事求是的原则，一切决定于条件的原则（这个原则我同你谈过），革命的效果主义的原则，实践是正确与否的标准的原则，加以很好的认识。你是有长处的，有前途的，但思想不够实际。夏季攻势中，特别是四平战斗直至现在，从你们的电报和你们的实际行动的结果上看，表现缺乏思想，缺乏见识。为了今后战胜敌人，盼多研究经验和学习毛主席的军事思想。凡一切主观主义的东西，无论他是美名勇敢或美名慎重，其结果都要造成损失，而得不到胜利的。正确的思想的标准，是包括实践在内的唯物主义，反对唯心主义，在军事上要发挥战斗的积极性，而同时必须从能否胜利的条件出发。凡能胜利的仗，则须很艺术地组织，坚决地打；凡不能胜的仗，则断然不打，不装好汉。如不能胜的仗也打，或能胜的仗如不很好讲究战术，则必然把部队越搞越垮，对革命是损失。以上原则，有益于进步，望深刻体会之。这些原则，同时也是我正在努力加深认识的东西。

林　彪
七月十三日㉔

在攻击道东时，李天佑的指挥所，竟设在了距陈明仁最后的据点油化厂仅200米的交通沟里。在东北3年内战中，这即便不是绝无仅有的，也是绝对罕见的。

210

毫无疑义，作为四平攻坚战前线主要指挥员之一，李天佑应该是最痛苦、也体验最深的人之一了。自然，林彪也是最了解这位老部下的人了。先是4个"原则"，然后，"你是有长处的，有前途的"，有的放矢地与之品嚼"这些原则，同时也是我正在努力加深认识的东西"。

在那样一场血战后的那样一个时刻，400余字的这封信，仅仅是总司令兼政委与部下进行军事学术研讨吗？

第二天，夏季攻势前不久任1纵司令员、被林彪寄予厚望的李天佑，给林彪写了一篇关于四平战斗的经验教训总结。8月中旬，在1纵军事工作会议上，又作了《四平攻坚战总结》的报告——任何听了、看过这个报告的人，都不能不为共产党人实事求是和批评与自我批评的作风、胸怀所感动。

有篇奇文，全文抄录，算是与读者同乐吧。

是4月21日，即林彪"决心发动夏季攻势作战"一星期后，刊登在《大公报》上的：

（**中央社4月20日沈阳电**）兹据确息：东北共军各首领于三月二十八日在哈市南岗喇嘛台总司令部开会时，林彪主张再行南犯，哈市市长李天佑竭力反对，并主张脱离毛泽东而与政府合作，各不相下，遂乃火并，时李之勤务员张学仁（前传李弟不确）奉命开枪，射中林彪右小腹，林亦当场将张学仁击毙。嗣经政委钟子云将李天佑扣押，林彪则以伤势险恶，由市医院转送五道街犹太病院救治，经院长勾娄背夫施行手术后，延一昼夜终告毙命，现仍停尸于该院地下室冰窖中。至林彪职务已由吕正操代理，李天佑亦被处死刑。政委聂鹤亭继任伪哈尔滨市长兼卫戍司令。⑥

时间、地点、人物（不到250字，竟写了6个人物，够精练的了）一应俱全，故事、情节活灵活现，有鼻子有眼。而且还煞有其事地更正"（前传李弟不确）"，不然怎么能叫"确息"呢？

211

就算那时有愚人节，中央社这等通讯社，就可以如此肆无忌惮地愚弄民众吗？

也算国民党注定失江山之一解了。

打造"攻坚老虎"

林彪的"六个战术原则"，是在夏季攻势后逐渐完备起来的。

首先是"四快一慢"：

第一，向敌前进要快：譬如打某个地方，怕敌人跑了，前进时要快。……（省略号为笔者略去）

第二，抓住敌人后进行准备工作要快：看地形，选突破口，构筑工事，捆炸药，动员，调动兵力，布置火力等等，忙个满头大汗才好，这要快。

第三，突破后扩张战果要快。

第四，敌人整个溃退了，离开了阵地，我们追击时要快，这时就不管三七二十一，也不管白天黑夜……追呀，这时应一面追击一面报告，如这时要准备呀、报告呀，敌人就会跑掉。

以上四种情况就慢不得，慢了敌人就跑了。

一慢是指什么时候慢，什么事情上慢呢？是指总攻发动时机这一下要慢（但总攻开始以后就要快）。在这一问题上要沉着气，上级催骂，派通讯员左催右催，这就要沉着，反正我要准备好才打。⊗

四平攻坚战非常重要的教训之一，就是该慢的快了，该快的也就快不起来了。

1纵2师师长贺东生说："今天拿不下新立屯，明天就不能突破。"⑰2师为什么最先突破？因为发起总攻时，2师已扫清了外围据点，1师还有个海丰屯没拿下来。而邓纵总攻当天才开始外围战斗，在外面足足纠缠、消耗了3天，这总攻也就难成其总攻了。

夏季攻势前，也是在双城，林彪给师以上干部讲"一点两面"、"三三制"，并首次提出"三种情况三种打法"。一种对有准备之敌不能打莽撞仗，须经必要的准备方可攻击；二种对退却之敌要打莽撞仗，不顾一切，猛打猛冲；三种是欲退未退之敌，既要莽撞，又不要莽撞，敢于以小部队将敌粘住，待主力赶到后经必要准备再行攻击。

这里面已包含了"四快一慢"的意思。

之前，林彪讲得最多的是"一点两面"。夏季攻势后，针对四平攻坚战提出并一再强调的，是"四快一慢"。

"如果不实现四快一慢，就不能实现一点两面战术，四快一慢是实施一点两面的关键，这个方法主要是为了实现一点两面，而一点两面是我们战术中最主要的东西，是达到此战术目的的方法。我们作战的目的是歼灭敌人，其方法是一点两面战术，但要达到一点两面作战的目的，就要实行四快一慢，这就是它们的关系。"

"由于打急了，一点两面就不能实现，由于打急了，一点就找不出来，因为侦察要时间，上上下下都要看地形，找弱点，找弱点不是凭脑子里空想，突出部，接合部，空想是找不出这种弱点来，要靠眼睛看，两腿走到，再加上脑子考虑判断，光自己看了还不行，还要靠连长排长班长小组长去看，如果没有时间，是找不出突破口的，选不出突破口，兵力集中就不知道集中在什么地方。这'一点'是弱点，还是有关要害的弱点，拿下来又有发展前途，如果没有发展前途，就是拿下来这个弱点，也无用处。集中兵力也要时间，前面部队到了，还

213

要等后面部队，一路到了，还要向左右联系，搞急了，兵力就不能集中，前面部队打进去，后面部队还未来，或者来了接不上气，这叫纵深的被敌人各个击破。你这一路到了先打上，其他一路还未来，这叫作横广的被敌各个击破。所以打急了，一点两面就取消了，刀尖子刺进去没有后续部队，打急了，两面也必然不能实现，如正面打急了，包围迂回的部队没有到，敌人就跑了。"⑧

林彪的这种讲话，就是讲话，不是念稿，顶多有个提纲，一字一句，绝少重复。

"四组一队"也适时地提了出来。前面说了，主要是根据"攻坚老虎"17师的经验总结的——林彪要把现在的6个步兵纵队，后来是12个，都变成"攻坚老虎"。

前些日子发的电报，也是要求每个营打一条街，但这一个营不是全部投入战斗，一个战斗一般的是一个连，也许是两个排、三个排或四个排，战斗单位就是这样大，这一个连里面还分为几个小单位，我们根据大家的经验，提出"四组一队"，四组即火力组、突击组、爆破组、支援组。火力组人数不等，但也有限制，火器多了没法摆，火力组除了连以上的火力外，还可配属以团或师的炮兵甚至配属坦克；突击组大概是一个排；爆破组是一个班或两个班；其余用不上的都是支援组，担任扩展战果。⑨

"三猛"是夏季攻势前提出来的。

对于所选定的主攻点上，应将各种机关枪各种炮秘密的尽量接近敌人，适当的配备起来，以便统能向主攻目标射击，并于同时猛然开火，这就是我们所谓"猛打"。这种火力用法，他是反对零零碎碎打的，反对把火力到处分散使用的。

在主攻点上，火力猛然射击后，我突击部队应乘此际敌人发呆、发慌时一时拿不出主意和来不及调兵时猛烈冲锋，跃然奋进，以刺刀、手榴弹向前冲去，以刺刀刺杀敌人，不敢以刺刀杀敌的不算最勇敢的部队与战士，我军必须建立刺刀血战的威风和随手榴弹的飞出爆炸而猛进的勇气，这就是我们所谓"猛冲"。

对于已被冲动和溃乱的敌人，应实行猛烈的追击，要一直压下去，这就是我们所谓"猛追"。这时要特别发扬冒险精神，如果不猛追下去，则敌人乘机集结发动反攻，则往往失掉胜利，此际各级应不待命令自动的猛追，此即落在后面的部队应迅速的向前去集结或迅速集结后迅速前进。切不可因胜而骄而懒散而怕疲劳而发洋财而休息，这样才免得追到前面去了的部队孤单无力。⑩

勇敢是军人的第一要素，没了这一条，什么战术都无从谈起。勇敢、勇猛可以减少伤亡，因为猛打猛冲意味着暴露在敌人火力下的时间就短。但是，不讲战术，瞎猛乱打，就完全是另一码事儿了。

1948年10月28日，毛泽东在给各野战军的一封电报中说：

兹将林彪、罗荣桓十月二十三日发给他们部队的一个指示电转发给你们作参考。关于作战在以迅速动作将敌分割包围之后，不要慌忙攻击，要待准备好了之后，然后举行攻击一项问题，请你们加以注意。电中所举沙后所、王道屯的不良战例，是在九月间他们两个独立师攻击兴城、绥中时候的事。这种情形，恐怕不但东北部队有，你们所属部队也会有的，不过你们在战术问题方面给我们反应太少，我们无从知道。这个问题确实值得注意，请你们在全军干部中进行教育，引证不良战例以为鉴戒。⑨

沙后所、王道屯战斗，是那种比较典型，但规模、影响并不大的不良战例。在东北影响较大的，应该是沙岭战斗、德惠战斗和三战四平，而以三战四平为鉴戒的规模、影响和收获，则是空前的——1947年夏天松辽平原上的那座血城，给人留下的印象和反思，实在是太刻骨铭心了。

王永财老人说：

我第一次听说"一点两面"、"三三制"，记得好像是在三下江南期间，说这是林总的战术原则，照这打仗就能打胜仗。那时一个连百多号人，没几个有文化的，这"点"呀"面"呀"制"的谁懂呀？有爱动脑筋的人就问，开头连长、指导员也讲不大明白。比较容易理解的是"三三制"。敌人是美式装备，火力强大，你集团冲锋往上拥，伤亡自然不就大吗？平时训练，前三角、后三角、左三角、右三角，队形铺排得挺疏散，枪一响又扎堆了。新兵胆小，往你身边靠。胆量这东西传染，别人也自觉不自觉地往一块凑，"群威群胆"嘛。战术这东西得反复演练、巩固，光靠实战提高，就得付出不必要的学费、代价。

"六个战术原则"真正比较深入人心，是在四平攻坚战后。那么多熟悉的战友一下子就没了，血的教训呀。都是打过仗的人，又是那样一场血战，多少都能体会出点味道。"攻坚老虎"17师打得有章法，战果也大，咱得向人家学习，也变成"攻坚老虎"，就得学战术。那时上级抓得也紧，平时连长、营长见到你，也会考你几句，"三三制"怎么回事呀，"四组一队"都是什么组、队呀，你在什么组，具体什么任务呀。一仗下来，不同连、营的干部碰一块了，这一仗你们怎么打的，那"点"怎么选的，"四快一慢"那"快"、"慢"又怎么用的，蹲在地上，用树枝连说带画的。打了胜仗，尝到甜头，兴致更高了。

开头，我们觉得战士明白个"三三制"就行了，有的干部也这么讲。不对。1个班，配属1挺机枪，有时还有小炮，攻占一处房子、院子，你怎么指挥？这些战术原则它是相通的，班长与连长、营长、团长的差异，就是那"组"、"队"和攻击目标的大小而已。就算什么长没有的士兵，一仗下来就可能当班长，三战四平有代理排长的，还有班长代理连长、指导员的。你只懂个"三三制"，那学费得多交多少？把自己都交待了。

夏克老将军，当时是3纵9师26团团长，夏季攻势后到双城集训队学习半年。

老将军说：

那时讲"打一仗提高一次"，"打明白仗，赢要赢个明白，输要输个明白"。最起码的，同样的学费不能交两次。那时的败仗也真不多，像四平攻坚战这样功亏一篑的仗，那学费就更得从敌人手里讨还回来了。

那时谁讲话念稿子，大家笑话你，说你这是念书，还是讲话呀？到集训队学习，战争年代我就这么一次，很难得，也是挺正规的学习、集训了，也跟我们在部队时的战评会差不多。教员讲课没教材，个别的有个提纲，教员也少，主要是我们这些学员在一起讲战例，讨论、争论。那时那人文化水平低，长篇大套讲道理、上大课，还真不行。林彪的"六个战术原则"，也是从实际出发，用通俗的语言总结归纳的，易懂好记。

100多学员来自各纵队、独立师，分3个区队，1区队团干，2区队营干，3区队是政工干部。每个人都讲，你指挥过什么战斗，选几个印象深刻的，不能光讲打得好的，还得讲失利的。已经到了攻城拔寨的时候了，林彪讲"攻城军"、"爆炸军"，攻坚战的战例特别受欢迎。各区队每周选个比较典型的战例，教员帮助画个战斗经过要图，让你到学员大会上去讲。

一次战斗，上级怎么指示的，下级有些什么建议，你怎么判断、决策、部署、指挥的。根据敌我企图、兵力、装备、士气、地形，1个区队40多人，会提出上百个"为什么"。"一点两面"，你这"点"为什么选在这里呀？"四快一慢"，你是不是慢过头了？"三种情况三种打法"，首先是判断情况，你这情况判断就不对头，还讲什么打法呀？打得好的，能不能打得更好？大家帮你出谋划策。打得不好，是那仗根本就不好打，没法打好，还是你的决心、指挥失误？主客观因素有多少，能不能及怎样才能转败为胜？有些话那才尖刻呢，弄得你汗流浃背，也就愈发刻骨铭心。

争论得不可开交时，教员帮助分析、点拨一下。觉得是这个理了，进行下一个。还有人不服气，就把问题提交上去，请集训队领导亲自讲解，那也允许学员提出不同意见。

生命只有一次，在战争这所大学校里，玩不得半点虚的。战争年代，跟着个能打仗的领导冲锋陷阵，是最大的幸事、快事了。战后战评会，上级脱裤子不怕丑，割尾巴不怕痛。下级呢？管你顶头上司，还是多高的领导，那人什么话都敢说，说完拉倒，听完了也拉到，就看谁有理，打了胜仗都高兴。我的命都在你手心里攥着，瞎指挥，打败仗，客气啥？

马后炮是个贬义词，可从战争中学习战争，就非得把这马后炮放个明白不可。这马后炮放不响，那马前炮就容易瞎火。

二战四平，四平失守，毛泽东、林彪急电南满，指示集中兵力，在中长路南端选择有战略意义的一两个大城市进行攻击，牵制向北满攻进的敌人。有人说，连沙岭那么个镇子都打不下来，还能打大中城市？有人说，派一两个团，去沈阳或是什么地方，放一阵枪就行了。

沙岭战斗，一个比较典型的不良战例的影响，是需要时间和实战才能打散的。

四平攻坚战也是一样。

战后总结，有人认为这场攻坚战不应该打。

1948年5月24日，在对长春进行一次试探性攻击后，"林罗刘"致电军委，认为攻取长春"尚无把握"。*下面纵队的首长，也有人认为"占领该城的把握不大"。*倒是没有参加四平攻坚、打援的黄永胜，没有负担、阴影，认为"胜利把握比较大"。*

最典型的是，辽沈战役已在北宁路上打响了，几个步兵纵队和炮纵主力已经进至锦州地区，得知新5军增兵葫芦岛，林彪又想掉回头去打长春。

南面大海，北面医巫闾山，中间一条狭窄的走廊。如果锦州一时半会儿拿不下来，国民党两个援锦兵团东西夹击，步兵拔脚就走，哪些重装备是不是就得扔那儿了？1949年10月1日天安门广场上的开国大典，是不是就得往后拖延了？

忽而锦州，忽而长春，林彪的思想像个钟摆，无论摆到哪头，那城市上都叠印着个血红的"四平"。

他被这座血城魇住了。

但这只能促使他和他的部下，把被他称作"攻城军"、"爆炸军"的民主联军，打造得更加纯熟、精锐，无坚不摧。

待到天津攻坚战，林彪干脆退居二线，让刘亚楼出任前线总指挥了。

"我军忠勇将士表现了无坚不摧的攻坚威力"

7月11日，《东北日报》发表东北局《致各纵队将士书》，开篇即是："在四平战役中，我军忠勇将士表现了无坚不摧的攻坚威力，在中国人民自卫战争史中又写下了新的光辉的一页"。[②]

这意思怎么让人觉得四平好像已经拿下来了呢？国民党不是还坚守在东北角，还差那么一点点吗？胜负之间就算隔层窗户纸，那不也是被胜利隔在了窗外吗？

四平四战中，打得最惨烈的具有决定性意义的二战、三战，民主联军守未守住，攻未攻下，不得不两次退走四平。而国民党则一而再地大肆宣传"四平街大捷"，看上去胜利者都是国民党。

但是，"我军忠勇将士表现了无坚不摧的攻坚威力"，绝非玩弄文字的廉价宣传。朝气蓬勃的共产党人，把那层窗户纸当成一堵城墙，一发发马后炮打得满堂彩，也就把马前炮打得满堂红。

辽沈战役中决定性的锦州攻坚战，31个小时拿下。

平津战役中同样举足轻重的天津攻坚战，只用29个小时。

正如三战四平的指挥员之一万毅老将军所言：

> 仗打好固然好，打不好只要能认真总结，正确对待，也同样有胜利因素在里面，这胜利因素不是在这次作战中表现出来，而是在下一次、两次甚至于有决定意义的作战中才能体现出来。⑨

拿当代中国足球比较这场内战中的国民党，好像风马牛不相及，还挺别扭，却不乏形象：国民党开头也赢了几场球，都无足轻重，而共产党在所有必须赢的决定性场次中，都是摧枯拉朽的大胜、狂胜。

四平攻坚战前，辽吉省委决定成立四平市委，从二地委所辖各县抽调160多名干部，由吴甄铎任市委书记兼市长、卫戍司令部政委，并任命了道西、道东两个区的区委书记、区长，任务自然是接管四平。

吴甄铎曾率一班人马进入道西，帮助部队救护、运送伤员，向城外转移、疏散部分居民，并清缴些敌人资财。当部队奉命撤出四平时，自然也随之撤离。

这等似乎不无讽刺意味的素材，若被中央社妙笔生花，"愚人节"不知又会添何笑料。

可共产党人就是这等气魄：这回不行，下回再来，这四平就是我的了！

注释：

①②④⑩⑱⑫㊄李桂萍、张振海编著《四平街战况——在旧书旧报中解密"四战四平"》，69、124、21、20、91、115、80、75、76页。

③沈阳军区政治部研究室编《沈阳军区历史资料选编》，23、24页，1985年。《陈云文选》（1926—1949年）中（234页），将"跑出城市"改为"走出城市"。

⑤⑥⑧㉓㉔㉖㉚㉛㊾㊿(51)(52)(59)(60)(61)(62)(65)(74)(75)(76)(78)(79)中共中央党史资料征集委员会、中国人民解放军档案馆编《东北人民解放军司令部阵中日记》（1946.11—1948.11）上册，249、205、273、277（林彪的6条指示为：“（1）须充分准备，务期必胜。（2）主攻方向须能发挥黄色炸药作用。（3）接受德惠之经验教训。（4）须防敌集中向我反击，须巩固立脚点。（5）须发扬高度攻坚精神、小部队硬打死打精神。（6）力求乘胜猛烈扩张战果，须准备数天解决战斗之精神。）、270、285、278、280、291、292、295、288、289、230、305、298、300、301、299、307页，中共党史资料出版社，1987年10月。

⑦㉙(53)(83)(84) 刘统著《东北解放战争纪实》，445、462、463、466、451、472、473页。

⑨《中国人民解放军第四野战军战史》，185、186页。

⑪㉒(80)陈守林、史岳、张庆峰、张艳华、季汉文著《四战四平史》，97、111、202页。

⑫⑬⑭⑮⑰⑱⑲⑳㉑㉗㉝㉞㊲㊴(55)(56)(57)(63)(64)(66)(67)(68)(69)(70)(71)(81)(90)(92)(93) 中共吉林省委党史工作委员会编印《四战四平》，351、354、349、350、446、153、143、443、361、355、266、263、160、358、357、359、354、371、372、56、57、150、139、192页。

⑯ 抄自四平战役纪念馆展览厅。

㉕ “四快一慢”，可见后面第8章的《打造“攻坚老虎”》一节正文。

㉘ 罗印文著《邓华将军传》，119页，中共中央党校出版社，1995年8月。

㉜(58) 张宇明编写《四平战役纪念馆陈列解说词》，24、32页，四平战役纪念馆编印，2007年9月。

㉟ 华山著《陈明信访问记》，1947年7月9日《东北日报》。

㊱㊳(72) 四平市地方志编纂委员会编纂《四平市志》，2606、2607页，吉林人民出版社，1993年5月。

㊵ 2011年1月9日《大连晚报》B10版转载《党史月刊》文章：《国民党陆军中将陈明仁后成为解放军上将毛主席说林彪打仗不如你》。

㊶㊷㊸㊹㊺㊻㊼中国人民解放军东北军区司令部《东北三年解放战争军事资料》53、35、39、42、46、52页，1949年10月。

�554㊅㊇㊈㊉⑨⑩《林彪元帅军事论文选集》，25、167、168、171、169、170、203、128、129页。

㋝尹相新主编，刘德会、张艳华副主编《战地黄花分外香——四战四平诗笺》13页（全诗为：一寸城池一寸血/桃花千树祭英杰/美轮六秩空中月/笑沐春风照南河），吉林教育音像出版社，2009年12月。

㋗《辽沈战役亲历记》，581页。

⑨①《毛泽东军事文选》，322页。

英雄城

四
这回平了

四平四平，四战四平，
不战四次，不能太平。

————歌谣

第九章 四战四平

"现在四平就是一个没有盖上盖的棺材"

三战四平，一场攻坚战，把座城市堡垒打得七零八落，一片瓦砾废墟。战后，国民党大兴土木，重建堡垒城。

这回如何重建的？战后缴获的一份71军88师师部拟定的防守计划，有这样一些数字：碉堡1151个，掩蔽部245个，炮掩体44个，城墙9617米，需木料30153根、民工202969个、兵工20037500个。

在城外的新立屯、西南砖窑、六家子、三道林子等地，修筑许多碉堡群；在市内转盘街、红卍字会、油化厂、晓东中学、康德火磨等地，则依托这些高大建筑，构筑"集团工事"、"核心工事"，实施所谓的"扇形战术"。这个战术，要求守军在"便衣斥候"（"斥候"即侦察，亦指进行侦察的士兵）活动地带、前进基地和警戒地域，以小部队灵巧出击，阻击敌人。第一道防线要争取守3天，第二道防线守7天，第三道守10天，最后扇形的"核心工事"，那就是"沉着固守，视死如归，死里求全，绝处逢生。以数十年必死之生命，立国家亿万年不朽之根基。"①

225

　　曾受到88师师长彭锷传令嘉奖的该师参谋长张桂斌，在他绘制的"扇形战术"图解上写道："记住！四平名城是东北中心的战略要地。"并标明："与阵地共存亡！"②

　　待到冬季攻势前后，已呈全面颓势的国民党阵营，最时髦的就是所谓的"陈明仁防线"了。而在大江南北到处都是的"陈明仁防线"中，最正宗的自然就是这原装的四平街了。

　　夏季攻势，秋季攻势，冬季攻势，从三伏攻击到三九，共产党人把黑土地上的每个季节，都化作了金灿灿的收获季。

　　从9月14开始的秋季攻势，先是刚组建不久的8纵、9纵，在辽西三战三捷，接着1纵、2纵、3纵、4纵、6纵，向中长路长春至铁岭间全面出击，然后南线部队出击北宁路，北线部队转战吉林、长春地区。历时50余天的秋季攻势，歼敌6.9万余人，使国民党军队不得不收缩于中长路和北宁路沿线的34座大小城市及其附近地区。

　　40天后开始的冬季攻势，战果更丰，歼敌15.6万人，将东北国民党军队压缩在长春、沈阳、锦州、承德等几坨互不相连的陆上孤岛。

　　像夏季攻势一样，冬季攻势的最后一个目标是四平——这就是四战四平。

　　既是被三战四平的胜利冲昏了头脑，更是兵力不敷分配。秋季攻势开始后，国民党将驻守四平的71军军部、87师、91师，调去新民地区，应对辽南战事。国民党估计，民主联军三战四平伤亡在5万人以上，不会轻易攻击这座坚固设防的城市。

　　临行前，军长刘安祺在召集团以上军官讲话时，说："现在四平就是一个没有盖上盖的棺材，在这里的部队要特别提高警惕，加强防卫，否则就要被共军吃掉……"③

　　能说出这样一番与当时气氛、上峰精神两拧着的大实话，这个刘安祺也算头脑清晰的有识之士了。

　　却也等于把彭锷和几位团长的气泄了。

　　1948年3月11日15时，即对四平发起总攻前15个小时，"东北人民解放军四平前线指挥部"给彭锷发出一封《通牒》。

《通牒》首先分析全国形势，"人民奋起自卫，主客之势扭转，举国反攻，所向披靡，蒋家天下败局已定"。④第二个自然段，细述"东北我军反攻以来，胜利愈巨迭传，打击所及，蒋贼三易主帅"，"四平孤城危如累卵，足下不乏理智，当能自知"。⑤

　　本军体念四平守敌，大部系受骗被逼，自救无术，其所以尚开枪抗拒我军者，只以法重心骇威尊命贱耳！为此特命令你：

　　（一）立即下令四平全部守军，停止一切抵抗行为，无条件放下武器。

　　（二）限接到此通牒后，十二小时内（最迟不得超过十二日早六时前）派一名负责代表，持白旗带证明文件到索家窝棚报告现有人员武器、军用资材数目，并负责保护，听候处理！

　　（三）放下武器人员，应按我军命令，向指定地点集合！如依此命令执行则悬崖勒马，回头是岸，犹不失为人民之友，本军亦当本我党政策，保证你及所放下武器官兵生命财产安全。倘舍此不由，妄图负隅顽抗，则我军应人民之请，自当下令总攻，炮火无情，顿呈灰烬！足下虽城没身殉，但为独夫民贼四大家族而死，终遭千古唾弃，何去何从，时不间发，生死顺逆系于顷刻抉择！⑥

三战四平，彭锷这位88师师长、第四守备区指挥官，负了重伤，未与阵地共存亡，跑去道东，险些被执行战场纪律。这回他自己成了陈明仁那样的角色，城防司令，守军最高指挥官，又能对谁执行战场纪律？

看着这封《通牒》，不知彭锷作何感想。已知的是，置身在四平这口没盖上盖的棺材里的这位将军，还想竭力将那就要落下来的棺材盖擎起来。

李天佑精心部署

《阵中日记》2月27日的"部署"是：

> 开原战斗结束后继续围歼四平之敌。⑦

28日的"行动"是：

> 一、三、七纵、独五师、炮司向四平前进。二、六、八纵向开原一带移动，准备打援。⑧

3月6日的"部署"：

> 四平作战总攻时，炮兵可协助，一纵进行突破，三纵进行逼迫作战与佯攻，待一纵突破成功后，再分出一部炮兵转到三纵方面，协助三纵攻东部地区，如估计战斗较易解决，或则三纵同时总攻，由李（天佑）万（毅）李（作鹏）根据具体情况决定，如还未准备好，可推迟一天。⑨

2月27日"部署"的"继续围歼四平之敌"，这个"继续"挺有意思——国民党觉得经过那场血战，共产党一时半会儿轻易不敢再碰这座血城了，"林罗刘"却好像不经心、不在意的两个字"继续"——接着打呗！而且，上回是"决歼四平之敌"，这回连个"决"字都省略了，淡然得很。上回总结经验教训，从纵队到总部都少不了"轻敌"2字，这回又来了句"如估计战斗较易解决"，几乎就是绝对的胸有成竹了。

真的很容易，23个小时就拿下来了。

去年总攻前一天，哗哗啦啦一场豪雨，把城里城外灌得沟满壕平。这回纷纷扬扬一场大雪，把世界染个洁白晶莹。

站到三道林子北山，居高临下，望远镜里，城里城外，一切尽收眼底。

鹿砦、拒马、铁丝网、工事，高高低低的楼房、平房，可谓"大"不同、小一样。那些高大建筑，特别是道西，被打塌的有的就扔那儿了，有的在原地建起碉堡，还矗立着的自然要修整一番，门口堆着沙袋，周围地堡有的比原来还多了。

这正宗的"陈明仁防线"，好像比去年还"固若金汤"了。

只是表象，内质大不同了。

首先当然是人了，当然不只是比上次增加了一个纵队，而城内守军只有一个师加些地方部队了。

此时，东北共产党的武装力量中，已有9个纵队和10个独立师，共42万余人，国民党正规军为40万人。人数差不多，装备当然还是国民党的好，关键在于军心士气。秋季攻势连战连捷，冬季攻势先在彰武歼灭79师，又在公主屯地区全歼精锐的新5军两个师。打胜仗才是硬道理。秋冬季攻势已经拿下20余座城市，上上下下都有足够的底气。而且，想到在四平街倒下的那些战友，就不由得怒从心头起，恨不能即刻打进城去。

三战四平，发起总攻后，西南海丰屯外围据点尚未完全肃清，以致影响突破。北面三道林子则始终未能拿下，不但威胁民主联军侧后，那一枪一炮还在给城内敌人打气加油、声援助威，还成了敌人的观察所，城里那炮弹就像长了眼睛似的。

这回，这个眼中钉、祸害，一开始就被拔除了。现在，强大的炮兵就摆在这里，城里城外，道东道西，指哪儿打哪儿。

上回，总攻准备时间只有3天半，已经打响了，还有火炮没进入阵地。1纵一点突破3天了，邓纵还在外围纠缠，因为总攻当天才开始外围战斗。

　　　在突破方向之外围据点尚未拿下以前，绝不能发起总攻击，否则就会造成整个突破战斗计划的破产。⑩

　　这是7个月前，李天佑在《四平攻坚战总结》中说的。

　　三战四平，外围战斗3天半，重要据点未拔除；城市攻坚16天，也未拿下。

　　四战四平，外围战斗8天，拿下城市未用1天。

　　"慢"与"快"的哲学。

　　《四平攻坚战总结》中说："路东战斗八团一、二连，九团四、五连干部带起队伍就冲，除伤亡二百余外，没有解决任何问题，基本的原因是营连干部根本没有侦察地形，布置火力，区分梯队，更谈不上规定具体的攻击目标。""开始我们对纵深工事的构筑情况了解不够确切，纵深战斗发现市街地堡林立。"⑪

　　这回组织各级干部正面看，侧面看，恨不能跑过去再倒着看几遍。不可能，那就派侦察员进去看，抓舌头让他谈。上回拿下大半座城市，一些部队对自己的攻击路线上的地形地物，已经比较熟悉了，这回还要精益求精。

　　上回兵力原本不足，又轻敌，对自己和对手的斤两都没掂量明白，现买现卖，冲上去再说。"面"迟迟没有突破，那打进去的"点"，就成了对手倾泻兵力、火力进行反击的"点"。待到拿下道西后，也无所谓"点"呀"面"了，一面平推了。

　　这回比上回多了1个纵队，是"一点四面"，决定性的还是知己知彼。外围、城内据点，从工事构造到兵力、火力情况，各团营连对自己那一亩三分地上大大小小的攻击目标，都了然于心。结果，"一点四面"全部突破。别说彭锷这点家当了，就算还是陈明仁的原班人马，又如何受得了这五把尖刀同时地挥杀、搅动呀！

　　这"点"和"面"，可不是把人马这儿那儿一摆就成了，学问大着了。上回打着打着，炮弹、炸药没了，这回准备得足足的。上回"飞机对守备之敌起了相当的助战作用，各部队在四平作战中完全采取消极防空"⑫，就是躲、藏。这回不但有了高射炮，还组织轻武器对空射击。

"在纵深战斗中白天攻击比较夜间攻击更方便"⑬，上回还是多少年来的老习惯，选择夜间攻击，这回破例，就光天化日之下跟你干。给彭锷的《通牒》，限令他"最迟不得超过十二日早六时前"答复、动作，等于明明白白告诉对手：过了这一刻，天亮了，我就要发起总攻了。

没想到城内敌人会那么多。没想到那些叫兵不叫兵的乌合之众，躲在工事里朝外放枪，也有相当的战斗力。没想到敌人会那么凶狂地反击。也没想到城内外碉堡、工事那么密集，障碍物花样会那么多，等等。上回没想到的，这回都想得明明白白。

得益于三战的教训，李天佑精心组织部署、指挥，就这么一点点地把胜利在四战的每个环节上接续起来。还未开打，那个功亏一篑的"就差那么一点点"，早无影无踪了。

"继续围歼四平之敌"，2月27日"部署"中轻松平常的8个字，其实早已不知在林彪、李天佑心头掂量多少遍了。

就像个出色的足球队主教练（必然是个出色的心理大师），在休息室不动声色地迎来上半场输球的队员，好像不经意的一个恰如其分的笑话，使大家身心放松，然后教导他们如何把自己的软肋筑成长城，将对手的破绽、死穴击打得稀烂，信心百倍地在下半场反败为胜。

共产党人用行动下定决心。

冬日夜长，6点来钟也难说大亮。

这是3月12日清晨。昨日大雪，雪后大风，风雪中10万大军，已将四平围定。

北面1纵，西北独二师，西南7纵，东南和东面3纵，另有总部炮兵8个营，主要配置于北面和东南两个主要突击方向，只待一声令下。

三道林子指挥所，挂在墙上的闹钟滴答滴答，李天佑擎着望远镜站在瞭望孔前。

白天雪化了，晚上又冻结了，山野大地白茫茫一片。距敌前沿也就千把米距离，鹿砦、铁丝网后面的地堡，顶着个雪帽子，坟包似的。目光越过城墙，黑白两色的四平街，康德火磨、晓东中学、油化厂等高大建筑历历在目，好像在风雪中冻僵了。要在平时，该是炊烟袅袅的时候了，这一刻，未等升腾就被干冷的北风吹散了。

城市好像还未醒来，敌人似乎还在翻着老皇历，等待与对手进行习以为常了的夜战。

有人进出指挥所，就传来嘎吱嘎吱的踏雪声。

李天佑看看表，6时30分，轻声道：开始。

顿时，天地间好像被撕裂了似的巨响，脚下猛烈抖颤起来。

城内的重要据点，机车库、康德火磨、晓东中学、油化厂、88师师部、红卍字会等等，很快升腾起烟火，被银白的背景映衬得格外令人瞩目。铁路桥头堡被完全摧毁，道西装甲车队也被击中，当然也少不了炮阵地，城墙上陆续现出缺口。

7时50分，李天佑下令：发信号弹。

9时后，全线突破。

"为人民立功就在这时候"

震耳欲聋中，各级指挥员都在看表。未等炮击结束，有的部队就冲出去了，炮兵不得不提前延伸射击。

谁不想争个第一呀？

雪地上，黄军装的冲锋的人流，尖刀连、尖刀排的小红旗格外醒目，一会儿就隐没在烟尘中了。

7时55分，主攻方向上的1纵2师4团2连1班，班长金同元率领全班最先爬上城墙，把红旗插上城头。连长周保江率全连迅速跟进，撕开突破口，突入城内。

不到半小时，2师已进去两个团。

师长贺东生，湖南红军，绰号"毛猴子"，却是胆大心细，指挥有方。三战四平，第二天就要总攻了，还有外围据点没拿下来。有人觉得无所谓，说跳蚤拱不起被窝，明天照样攻城。贺东生说部队冲上去了，还有人冲咱屁股开枪，这怎么行？今晚不拔掉这根刺，谁也别给我睡觉。结果，2师是唯一扫清了外围敌人的部队，也就第一个冲进城里。

8时3分，1师1团7连、8连，从铁路东侧并肩杀入城内。

独2师也不示弱。8时50分，1团由西北角师道学校突破城防，3团跟进加入战斗。

2师4团4连1班长白志贵，冲过铁路时摔了一跤。他觉得不对劲，一试，冲锋枪果然打不响了，摔坏了。

前面不远处的地堡，机枪喷吐火舌，打得路面积雪飞溅。回头看，一个人也没跟上来。

妈个巴子！白志贵趴在一堵矮墙下，大口喘着粗气。战前誓师大会上，大家都说"为牺牲的战友报仇"，"为人民立功就在这时候"，这节骨眼上却把枪摔哑巴了。

枪哑巴了人没哑。趁着敌人换弹匣的工夫，白志贵站起来，大喊："缴枪不杀，解放军优待俘虏。"话音刚落，那人向后趔趄了一下，肩膀就像被抡了一棒子，中弹了。他一咬牙，端着哑巴枪就冲上去。地堡门开着，敌人跑了，一个空堡，仔细搜寻，什么武器也没有。就在这时，班里两个负重伤的士兵爬上来，给他4颗手榴弹。

南北两面还有两个地堡，一大一小，白志贵先奔北面那个小的。两颗手榴弹甩过去，借着烟尘的掩护冲上去，又是一个空堡。敌人已经打出经验了，看到有人冲上来，就以为是爆破手，害怕坐土飞机，赶紧就跑。这回有收获，在堡顶盖里搜出8颗瓜式手榴弹。

南面地堡口，一个军官正向北张望。白志贵从侧后爬过去，又是两颗手榴弹投过去，人就冲了进去，高举手榴弹，大吼："缴枪不杀！"

一人拿下3个地堡，俘虏34个敌人。

2连攻至机车库一带守军第二道防线时，被一个地堡阻住，机枪扫得雪地冒烟，好多人牺牲了。又是金同元第一个冲了上去，朝地堡孔里投进一颗手榴弹，竟然没有爆炸。他急了，不顾一切冲进去，硬是把那挺机枪抢了过来，迫使堡内敌人投降。

金同元率先登城，团党委给他记大功一次。又勇夺机枪、地堡，团党委再给他记大功一次。

顺着铁路追击，追得10多个敌人连举手投降的劲都没有了。前面就是天桥，这时金同元身边只有3个士兵，4支枪齐射，冲上去夺下西北侧一个大地堡。这下子不得了了，敌人从桥东冲过来，拼命反击。激战20多分钟，4个人全部负伤，金同元重伤后牺牲。眼看地堡失守，3连从道西沿着大街攻上来了。

时隔9个月再战天桥，这个城中心的重要制高点和咽喉要道，工事和守军与上次大同小异。好似无形中的大不同，是守军竟然不再撒豆成兵，还有士气。上次用了一个多星期才攻到这里，这回才半天多点。无论战前牛皮吹得多响，这回是真的不堪一击了。

2排副排长王家元，早已把西侧引桥的敌情看明白了。他说第一个地堡是我的了。16岁的士兵王荣会，说第二个是我的。士兵任升，说我也包打一个。王家元脱掉棉衣，把几颗手榴弹插进腰里，紧了紧皮带，抱起炸药包就上去了。

王家元选了一片敌人不大注意的开阔地。机枪连和兄弟部队火力掩护，他上去炸毁了第一道铁丝网。又一道屋脊形铁丝网，他从缝隙钻了过去，炸塌了南面的地堡。烟尘弥漫中冲上去，又超额完成了一个。

王荣会和任升上来了。任升奔去北面的地堡，轰隆一声将其炸塌。也巧了，王荣会的手榴弹竟投进了射击孔里，6个敌人从地堡里跑出来，忙不迭地举手投降。

四平战役纪念馆陈列的文物中，有个尺把长的牛角状的小喇叭，是1963年在原1纵3师征集的。小喇叭铜质，以炮弹壳碾成牛角状喇叭，用锡焊接子弹壳做喇叭口，口下几寸处焊个小铁环，以便随身携带。

这是东北解放军独具的一种装备，从连长、指导员以下，排长、副排长、班长、副班长、战斗小组长，人手一个，主要用于巷战、夜战和短兵相接的近战中互相联络、指挥。

　　笔者采访到的许多老人，都谈到这种小喇叭，没人知道是谁发明的。有人说三下江南期间就有了，是北满部队首先发明的。更多的人说是源自三战四平那场血战。小喇叭吹起来，老人都说比较接近于"嘟嘟"声，但又都说不准确，没有一种声音能够与之类比，特别独特，也就特别有穿透力。枪炮声中，这院那院，隔几条街也能听得见。"冲锋"，"撤退"，"穿插迂回，"请求火力支援"，"1排出击，2排掩护"，"连续爆破"，"三班在哪儿"，"4班到达位置"，"第2战斗小组有人负伤，请求救援"，等等，一个连在战场上的各种命令、信号，都可以通过嘟嘟声的数量及长短变化进行下达、传递。

　　小喇叭真正普及并熟练用于实战，是锦州攻坚战和天津攻坚战。小喇叭声从东北响到华北，再嘟嘟到两湖两广海南岛，最后是朝鲜半岛。李奇微在回忆录中，曾专门写到这种小喇叭。美国人一听到小喇叭声，就腿肚子转筋。因为那嘟嘟声一响，就意味着要短兵相接、刺刀见红了，人高马大的美国兵最恐惧的就是这个了。

又是3月

　　1948年1月1日，正是冬季攻势炮火连天之际，东北民主联军改称东北人民解放军，原东北民主联军各总部分别改称东北军区兼东北野战军司令部、政治部、后勤部，领导人未变。

　　而在三战四平后期，《阵中日记》中已称邓纵为"七纵"，可7纵正式成立毕竟还是在夏季攻势之后。简称"邓纵"的"邓华纵队"，后面两个字让人想到1纵、2纵、3纵这样的主力纵队，前面两个字告知人们的，又分明与这一刻在西北方向助攻的独2师差不多。

7纵19师（即原保1旅、邓纵1师）和1纵3师（即原万毅纵队），是仅有的全部参加了四平四战的两支部队，而19师官兵还在三战中失去了他们的师长。

听说又要攻打四平，官兵纷纷请战，要求参加突击队。一个连也不能都是突击队呀！就比武选拔，特别是选爆破手。"四组一队"，7纵管重中之重的爆破手叫"老帅"，选出老帅，再由老帅点将。点军事技术好的，苦大仇深的，个大有劲的，组成爆破组，再分成战斗小组，互相比赛，签订立功合同。

三战四平，外围据点三道林子一直未能拿下。敌人尝到甜头，认为这里是攻不破的要塞，苦心经营，又在周边地域构筑了7个地堡群，并以战斗力最强的特务营驻守，期望能像上次那样，使对手腹背受敌。

3月7日，19师开始拔除三道林子据点，56团当天即拿下两个地堡群，之后连续攻击，将其一一摧毁。彭锷美梦成噩梦，这正宗的"陈明仁防线"的厄运也就临头了。

扫荡了三道林子，7纵奉命从城西南发起总攻，首先还是外围战斗。11日黄昏，大雪纷飞，19师55团6连攻击海丰屯2号地堡，12个爆破手只剩下5班长张凤桐。这个17岁的"老帅"，越过开阔地，跳进壕沟，趁敌人换子弹的工夫，一包炸药将2号地堡揭了盖。一发炮弹爆炸，是凝固汽油弹，快没脚脖子的雪都打着了，白雪红焰，立刻成了火人。他边跑边脱衣服，最后只剩条短裤，仍被烧成重伤。

"攻城军"、"爆炸军"，这"手中炮"始终是攻城略地的利器，却也与以往有所不同。

攻打城西南砖窑，总部炮兵某连，1炮打碉堡，1100米距离首发命中，2炮打个大地堡，炮弹直接从射击孔中钻了进去。打第二个目标，1炮15发全中，2炮20发全中。3炮21发命中16发，摧毁一大一小两个地堡。前面楼顶有机枪拦阻步兵，2炮瞄准了，9发7中。

三战四平，看着大骡子大马，拉来那么多大炮，步兵高兴、来劲呀。那从头上飞去城里的炮弹的爆炸声，自然更加振奋人心。可就像陈明仁说的，对守军危害并不大，因为从战术到技术都还欠火候。

三战四平突破后，两个兵种就脱节了，炮兵好像没事干了。下边干着急，请示上级，我们干什么呀？战前没有沟通、计划、部署，步兵指挥员觉得炮兵好像就是总攻前的那一锤子买卖，打进城去后就是步兵的事了，炮兵指挥员也缺乏巷战中的协同经验。放下锄头拿起枪，许多人是在战场上学会放枪的，这炮或多或少也免不了。步兵想不到请求炮火支援，炮兵也找不到目标，对自己没信心，怕伤了自己人，就说向敌防御地段摇摆射吧，步炮之间无联系，那炮弹说不定还真就"摇摆"到自己人头上了。南满不是没有这样的例子。待到真的不需要"摇摆"时，往往又没炮弹了。

这回，炮兵在几个方向派出前进观察所，随时为炮兵指点目标。有的把山炮推进城里，伴随、配合步兵攻坚。

晓东中学东面，隔条马路就是居民区。战后老百姓说：解放军5炮就把晓东中学一面楼打塌了，我们这边什么事没有。

设在红卍字会的88师师部，也是一样。附近老百姓说：那炮打得准呀，不然我们可就遭殃了。

而四战四平的一些亲历者说：炮火急袭后，我们冲上去找不到承包的目标了，已经被摧毁了。

两年四战，首尾两战，都是3月。

一战四平，东西南北5个团，也无所谓明确的"点"、"面"概念，对手就是乌合之众，10多个小时结束战斗。

二战不同了，对手开头是国民党五大主力之一的新1军，还有同为远征军的71军，一场猝然到来的十分陌生的正规的城市防御战。连对手都未料到对手会等在这里，拉开架势打这样一场消耗战。这时的共产党人，军事力量还是弱者，国民党则认定这黑土地就是他们的了。

三战四平前，长春、哈尔滨、齐齐哈尔等等，之前无论民主联军曾拿下多少大中城市，这场真正意义上的城市攻坚战，也同样是猝然到来的。没人想到会打成这样一座血城。在中国共产党的武装斗争史上，没有经验、战例可循。而当他们把这一切都掂量明白后，这支队伍就无坚不摧了。

二战四平，战场上出现了民主联军的炮兵。对于一直在敌人炮火打压下攻击前进的这支军队，实在令人欣喜、振奋，堪称里程碑了。但是，即便比之三战时更具规模的炮兵，三战中各纵师大量出现的"手中炮"，才是更加得心应手的攻坚利器。

四战四平，没调"攻坚老虎"17师——杀鸡还用牛刀吗？

又是3月，一切都不可同日而语了。

"旋风部队"

前面说了半截。二战四平失利后，毛泽东、林彪电示南满部队，在中长路南端选择有战略意义的一两个大城市进行攻击，牵制向北满疯狂进攻的敌人。刚经历了沙岭战斗那样一场伤亡惨重的败仗，在由辽东军区首长主持的会议上，几乎没人认为这个指示是可行的。连个镇子都打不下来，还能打大城市？

4纵副司令员韩先楚，认为这仗非打不可。他说，有些仗即便连战连捷也不能打，因为局部的胜利可能造成全局的被动，有的仗就是付出多大代价，为了全局的利益都得打。东北党和军队的首脑机关都在北满，敌人倾其全力北进，我们不但要打，而且必须把敌人打疼，才能把敌人拉回南满，减轻北满的压力。即便是把自己打残了，也要打。

鞍山、海城、大石桥，60军184师3个团，沿中长路三点一线摆开。得知4纵主力出动，师长潘朔端判断是攻取大石桥，就把注意力投向那里。韩先楚将计就计，将辽南独立团留在那里，自己率主力直扑鞍山。很快拿下外围制高点神社山，尾随逃敌冲入市内，攻占敌团部所在的市公署大楼，将残敌压缩在女子中学大楼内。韩先楚派人进去谈判，一个营长率部放下武器，带着韩先楚的一封信，去海城送给潘朔端。

正是北撤的民主联军溃不成军之际，连王继芳这样经过长征考验的红军都叛变投敌了，还想让184师阵前起义，这不是痴人说梦吗？

韩先楚盘算得明白。或者投降，或者起义，否则就是鞍山的下场。60军是滇军，与中央嫡系素有矛盾，不久前蒋介石又抓了云南王龙云，他们不愿为老蒋殉葬。

当杜聿明调集4个师急火火赶来南满时，潘朔端带着184师师部和552团2700余人，早随4纵转移了。

杜聿明先南后北，三次进犯临江失利，1947年3月下旬又调集11个师的兵力，分左中右三路再次进犯临江。辽东军区组织指挥部，以3纵司令员任总指挥，4纵副司令员韩先楚为副总指挥，统一指挥3纵和4纵10师，迎击来犯之敌。

具体怎么打呀？总指挥、副总指挥都盯住了中路来敌，前者看中的是93军暂20师，后者看中的是13军89师。暂20师也是滇军，装备、战力一般，89师则是全美械的中央嫡系。可暂20师屡遭打击，行动中非常警觉，也就变得不好打了。而这个89师刚从热河调来，还未吃过苦头，轻敌冒进，正可利用，诱其深入将其全歼。

韩先楚认为，如果先歼灭战力较强的89师，可以震撼其他进攻部队，从而达到保卫临江的战略目的；如果先歼灭暂20师，则不一定能够阻滞敌人的进攻。

两种意见相持不下，两个方案同时上报。辽东军区批准了韩先楚的方案，并决定由韩先楚统一指挥3纵、4纵作战。

89师被全歼，俘89师少将代理师长张孝堂以下7500余人。

前面写过一笔的53军，也跟这个89师差不多，初来乍到，还不晓得辣椒不是巧克力，用东北话讲"二虎吧唧的"。三战四平也算出了把风头，军长周福成还得枚云麾勋章，可接下来就厄运临头了。

秋季攻势，3纵的任务是歼灭53军116师。

53军军部和暂30师驻新开原，130师置于尚阳堡、八棵树、貂皮屯、昌图地区。其主力116师成一线配置，师部带347团1营及特务营驻威远堡，347团团部带3营及炮兵一部在二道河子，2营在鄱家店，师工兵营在庙岭屯；346团团部带2营、3营驻西丰，1营在拐磨子；348团在莲花街、孤榆树地区，实施机动防御，维护中长路交通。

战前的纵队师以上干部会上，有人认为53军3个师成犄角之势，116师自西而东一字长蛇阵，而西丰的346团比较突出、孤立，应集中兵力将其歼灭，再由东向西发展战果。

刚到任不久的3纵司令员韩先楚说，这样打，或者打成对峙，或者把敌人打跑了。他主张来个"掏心"战术，以主力长途奔袭威远堡，首先打乱敌人的指挥中枢，同时分割包围鄱家店、西丰之敌，诱敌出援，或迫敌突围，在运动战中歼敌。

又一番争论，赞同韩先楚的意见的，只有一位副师长、一位师政委。

又是两个作战方案同时上报，总部批准了韩先楚的方案。

中国最高军事学府国防大学，多少年来讲到的奔袭战例，据说只有一个全歼116师的奇袭威远堡。

116师师长刘润川被俘后说："从战术眼光看，你们可能打西丰，最厉害可能打头营子（鄱家店），没想到你们竟打到威远堡来了。"⑭此战后，一些国民党军队敬畏地称3纵为"旋风部队"。

旋风者，旋转之疾风也。它迅疾、猛烈，又难以捉摸会生于何时，旋向何处，一旦着身，就让你晕头转向，魂飞魄散。像这个116师，明明知道对手在100公里外的小四平，却骤然而至，已经举起双手了，还以为是白日做梦。而那个轻狂的89师，则根本不知道对手在哪里，平地一声雷般拔地而起，立刻就找不着北了。

现在，"旋风部队"旋到了四平城下。

3月7日，3纵7师歼灭芝麻坝南义地守敌，第二天攻占东门外地堡群。

当天上午，8师向北山各据点发起攻击，23团2连很快夺占第一堡群。1连攻击第二堡群时，约两个排的守军出来反击，这下反倒帮忙了。1连的美式冲锋枪大显威风，师山炮营又加上去5发炮弹，乘敌混乱冲上去，"手中炮"轰轰隆隆，将几个地堡炸毁。

第三堡群是北山据点最大的堡群，一个母堡，近20个子堡。8日上午先是炮击，借炮火烟幕掩护，用炸药包、爆破筒在鹿砦、铁丝网中开辟通道，9连2排炸毁5个地堡。在下雨般的水泥块子中，1排迂回到右侧发起攻击，又拿下几个。战至中午时分，母堡周围的9个地堡也全部拿下。班长马振海只身跃上母堡，俯身朝射击孔里面投手榴弹，投一个喊一声"投不投降"，再投再喊，最后从里面举手走出来55个人。

12日晨发起总攻时，碰上了麻烦。

守军在城墙外墙根附近，修筑一些地堡，堡内有地道直通城内。这些地堡低矮，加上前面500米的开阔地，有个向里倾斜的坡度，战前未能发现。待到攻击部队强行通过开阔地，架起或未架起梯子准备爬城时，这些火力点从后侧突然开火，伤亡惨重。

有亲历者告诉笔者，在那种开阔地上，轻重机枪，特别是重机枪，威力特别大，咕咕咕成扇面扫射，就像刮起风暴，冲击部队被压在雪地上抬不起头。这时候的指挥员，应该沉着、冷静，组织部队从侧翼攻击，掩护爆破手，最好是火箭筒手，尽快把火力点打掉。有人却在师指挥所打电话骂人。战场上骂人挺平常，急眼了谁都难免来几句脏话，可千万千万不能有"怕死鬼"3个字。咱们的干部战士太可爱了，也太伟大了，那种节骨眼上哪来的怕死鬼呀！21团3营教导员薛新文，听到这3个字，没等让人骂完，提着驳壳枪就冲了出去。小通信员也紧紧跟上，出去不远，都被打倒了。

许多老人谈到薛新文，中上个头，魁梧健壮，一表人才，右腮负伤一个大疤，有些破相，人称"半边没人"。他精明干练，军政双全，行事稳重，打仗稳当（笔者20多年前的一本书中，曾说他"火爆脾气"）。

教导员牺牲了，副教导员吕效荣上，也被打那儿了。前面趴着带突击连的副营长，也负了重伤。雪地上横躺竖卧的，黄军装掩不住一摊摊红雪。

爬，滚，射击，投弹，送炸药包，冲在前面的8连，幸存者无论怎样被压得难以抬头，仍在奋力攻击，到底把几个火力点炸掉了。4班长

英雄城

王和高第一个冲进突破口,士兵王贵迅速登上城垣,战后两人分别被授予"战斗英雄"和"爬城英雄"称号。

二梯队前仆后继。20团1连排长张勉环和贾芳等5名勇士,在弹雨中闯过开阔地,攀上城墙,炸毁几个地堡,控制了突破口。

7师突破,8师突破,9师突破,一个营打一条街,"四组一队"向纵深攻进。

7师先与8师拿下女子中学,然后相继攻占天主教堂、耶稣教堂、玉皇庙等据点。

8师沿北一纬路向西推进,直奔守军要害88师师部所在地红卍字会。22团2营进至满铁医院附近时,敌人投掷催泪弹,鼻涕眼泪好一阵折腾。这是什么东西呀?有人说是毒气弹。营长火了,集中全营六〇炮、掷弹筒,一顿猛砸。

战至中午,3个纵队加独二师,已将整个四平防御体系打得支离破碎。

当天晚上,守军只剩下晓东中学和红卍字会两处据点。

第二天拂晓,1纵1师2团3营和3纵8师22团2营,对守军的最后一个据点、设在红卍字会的88师指挥所发起攻击

这是一幢大白楼,周围铁丝网,楼下许多暗堡,其中一个大地堡封锁前面广场,"手中炮"炮手很难接近,3营长调上一门炮。炮班长看看周边街巷,或者角度不行,或者敌人火力太猛,无法占领发射阵地。炮班长指挥大家把墙掏个窟窿,将炮口伸出去,不到200米距离,几炮将大地堡摧毁,又把两发炮弹从窗口送进大白楼里。3营随即发起攻击,2营也冲进大院,楼窗里伸出白旗摇晃着:"别打了!投降!投降!"

"创我军攻占现代化永久筑城地带之先声"

3月14日，即拿下四平第二天，"林罗刘"致电军委：

> 四平守敌八十八师及三个保安团，一个骑兵团共一万三千余人。我军于五日完成对四平包围，旋即进行攻城准备，并进行逐一肃清包围。于十二日八时开始总攻，十三日八时结束战斗，守敌无一漏网，战果正清检中。⑮

第二天，中央致电"林彪、罗荣桓、高岗、陈云诸同志及东北人民解放军全体指挥员战斗员同志们"：

> 庆祝你们收复四平街及在冬季攻势中歼敌八个整师并争取一个整师起义的伟大胜利，尚望继续努力，为完全解放东北而战。⑯

3月16日，"陈（毅）粟（裕）率全体指战员""请中工委转林司令员罗政委"，电贺四平街大捷：

> 在连战连捷东北战场中，又悉四平街之大捷，创我军攻占现代化永久筑城地带之先声，使反动派胆寒，而民主人士欣慰，自此东北全部光复指日可下。除继候捷音外，得与你们并肩作战，为光复全中国而努力。并学习你们攻坚技术，彻底粉

碎匪乌龟政策。谨驰贺，并向东北解放军全体同志致亲切的敬意。⑰

"创我军攻占现代化永久筑城地带之先声"——攻占四平的意义和影响，委实是太大了。

二战四平，毛泽东说"东北战争，中外瞩目"。第二次世界大战结束了，人类打得筋疲力尽，真的需要休养生息了。东方大国，也是世界大国中国，却有些异类，重燃战火，中国人和中国人扭抱厮打，怎么能不"中外瞩目"呀？世界各大通讯社争相报道，中国的媒体更是盯上了四平。四平！四平！松辽平原上原本默默无名的四平街，枪打炮轰成了战争名城！

三战四平，乘兴而来，败兴而去，战争名城愈发声名大噪。之后民主联军南征北战，远远地见到四平，一些官兵人就说："这个家伙不好对付。"⑱

四战四平前，已先后攻占辽阳、鞍山、营口等地。就城市规模而言，辽阳、鞍山都不比四平小，守军兵力也差不多，52军的战斗力也不在71军之下。攻四平是3个纵队加个独2师，攻辽阳只用了两个纵队——4纵、6纵，所用炮兵也没四平多。而攻鞍山仅是4纵、6纵主力，又是连续作战，全歼守敌均未用一天。

被血与火烧浸成战争名城的四平，在国共两党军心士气的天平上，是非同小可的。在这个已经或即将攻守无换的历史时刻，四平街这个"陈明仁防线"的发源地，只要还飘摇着"青天白日"的旗帜，国民党好像就有了底气、希望，象征着党国江山不倒了。

这回，实际不到一天时间，就把这个"没有盖上盖的棺材"盖上盖了，也就等于把"陈明仁防线"的祖坟掘了。

辽沈战役序幕，随之徐徐拉开。

除彭锷等极少数人外，在88师指挥所作困兽斗的绝大多数人，在3月2日那个漫长的冬夜，应该还在做三战四平的美梦，等待援军到来。

3月8日，外围战斗已经4天，彭锷在给蒋介石的电报中说："兵少不能全面防御，恶战更将展开。"⑲蒋介石回电称："已饬卫总司令火速派部队驰援。"⑳

夏季攻势后，蒋介石为挽救东北颓势，走马换将，派参谋总长陈诚接替熊式辉、杜聿明，出任东北最高指挥官。秋季攻势让他尝到了"东北风"的劲道，冬季攻势又继续损兵折将，丢城失地。1月17日，蒋介石又以卫立煌替换陈诚，任命卫为东北"剿匪"总司令部总司令。一是兵力不足，二是接受了前任屡被围点打援的教训，卫立煌力主一个"守"字，老虎不出洞战术，等待关内援军和第三次世界大战。辽阳、鞍山距沈阳那么近，被围打尚且不管不顾，眼睁睁地看着丧师失地。轮到四平，这座战争名城毕竟非同小可，可面对林彪强大的打援部队，13日才象征性地出动3个师，得知四平已失，立即缩了回去。

彭锷又向1军、新6军求援："如四平被陷，则再赶调五个军亦难挽回。"㉑请廖耀湘向卫立煌"从旁进言，早定大计"。㉒廖耀湘回电："空投三千五百包香烟，以资慰劳。"㉓

据说，11日，外围战已接近尾声，彭锷曾声泪俱下地电请卫立煌："敌突以雷霆之势，步炮紧密配合，企图中央突破，势在必得，周内如有援军北上，必能鼓励职部官兵殉国之精神，否则请总司令裁夺。"㉔

不知卫立煌接到辽阳、鞍山、营口等地守军此类电报，作何答复，这回给彭锷的复电中说："已核准发给多种维他命十万粒，即日空投，妥为分配官兵服用，以资调剂。"㉕

12日总攻当天，卫立煌在给彭锷的电报中，要他"争取余裕时间，创造历史未有伟大胜利"。㉖

根据三战经验，彭锷认为坚守一周没有问题，故有"周内如有援军北上"。而他当天就绝望了，自我"裁夺"，弃师弃城而逃。

那些被灌了满脑子迷魂汤，坚信南京、沈阳不会放弃四平这等战略要地、战争名城，也就是不会将他们丢弃不管，仍在"坚持最后5分钟"、"与阵地共存亡"的官兵呢？

没有比这种炮灰更悲哀的了。

第十章 "天佑中华，永不内战"

兵败源自党败

从山东闯到关东的1师2团财会股会计刘淑，是团长江拥辉的妻子。1987年采访时，老人告诉笔者，四平保卫战后北撤，一路上没白没黑地走，那脚上泡走的呀，敌人就在后面追呀。他睡觉，你也睡觉，人家有汽车，你能跑过他吗？远远地见座城市，有人说是吉林。大街上空荡荡的，敲商铺的门，寻思买点吃的，怎么敲也没人应。那嗓子都冒烟了，想去老百姓家喝点水，也一样。那门外边没锁，都在里边插着，分明有人呀？一条松花江把吉林市划作两半，过了江桥，后面轰隆一声，咱们把江桥炸了，这回可以喘口气了，大家到江边喝口水工夫，国民党军队进城了。汽车、摩托车鸣鸣叫，老百姓一下子涌到街上，有人还挥动小旗，呼喊口号。松花江500来米宽，我们在这边看得清清楚楚，那情景就像八路军在山东端了鬼子炮楼回来，老百姓热烈欢迎子弟兵。我们看得这个气呀，说老百姓怎这样子。

1945年12月17日，黄克诚在给军委的电报中说过：

> 三师出发到东北已一月，仅领到满洲伪币二百万元，够伙食十六天用，一切经费都停发，对人民强迫使用五百元，一百元之大边币，造成物价飞涨，商店关门，粮食除一部分吃日本存粮外，其余到一处吃一处，吃空烧尽，有如蝗虫，人民怨声载道。*

东北人管土匪叫"胡子"，东北历史上盛产胡子，受胡子祸害久了，自然而生一种正统观念。他们盼望有支正统、正牌的军队，以为这样就能安定地方，过上安稳日子。国军是政府军，正牌，八路不是，好像就有点胡子味道。苏联红军在东北半年多，实在没给老百姓留下多少好印象。而同为共产党的八路军，又"到一处吃一处，吃空烧尽，有如蝗虫"，也就印证了国民党的那些宣传，也就愈发怕八路、躲八路。

可是，人们马上就要看到被他们视为正宗的解放者的这些人的丑行了。

在到处都有的"想中央，盼中央"的民谣中，流行于四平地区的版本是这样的：

> 打八路，骂八路，
> 八路走了想八路。
> 想老蒋，盼老蒋，
> 老蒋来了更遭殃。㉗

第一批列入东北保安司令长官部序列的94军，"8·15"后由柳州空运到上海、苏州，接受日军投降，又空运北平，未到东北，军长牟廷芳已"五子登科"（五子即票子、条子、房子、车子、婊子）。票子、条子捞了多少，天知地知他知，人们能看到的是2幢洋房、4辆轿车、3个女人。

著名作家刘白羽，当年作为随军记者，写了许多关于东北、四平战事的文章，下面是写于1946年的《环行东北》中的文字：

　　一批中央接收大员，用贪污、腐化把哈尔滨变成一片民
主阳光中的黑点子。在中央大街口上，有一家门口常常站着日
本女人的装扮得花花绿绿的舞厅，一个马车夫指给我："这就
是那个中央派来的市长每天去的地方。"㉘

接收变成劫收，是国民党全党全国性的。只是东北这时还在苏军治
下，毕竟受到约束，像这位哈尔滨市长，暂时还只能跳跳小舞什么的。
而一旦可以放手了，这些接收大虫也就愈发贪婪，肆无忌惮。

1948年7月27日，即解放战争中著名的三大战役的第一个辽沈战役
即将打响时，蒋介石在南京国防部会议上说：

　　我们在军事力量上本来大过共匪数十倍，制空权、制海
权完全掌握在政府手中，论形势较过去在江西围剿时还要有
利。但由于在接收时许多高级军官大发接收财，奢侈荒淫，沉
溺于酒色之中，弄得将骄兵逸，纪律败坏，军无斗志。可以
说，我们的失败，就是失败于接收。㉙

内战还未打响，国民党先自败了，而且是从根上烂了。
共产党当然也要面对许多诱惑。
打土豪，或是打仗缴获的战利品，特别是大洋、金条、金银首饰
之类，经常放到首长那儿保管，有时那住处就像个银行，或首饰店。一
是首长觉悟高，二是那儿警戒严，比较安全。红军时期当过团长、师长
的，大都有这种经历。打下江山，唠起这事，有人感慨，从小穷得叮当
响，这下子金光闪闪、银花闪闪，就像掉进了那个阿里巴巴山洞似的，
现在想来，也是一种特殊的考验哪。当年却觉不出什么，未觉得这些闪
着金光银光的东西，会与个人有什么关系。他们也高兴，那眼睛也放出
光来，因为作为这支部队的当家人，起码一段时间内不用为经费着急上
火了。
夏季攻势后，3纵7师检查战场纪律，20团政委胡寅举着一支派克
笔，第一个发言。他的钢笔丢了，正好上交的战利品中有支派克笔，寻

思写完总结再上缴。他说，我读书时就听人讲"派克笔"，从未见过，这几天一想到上缴，就有点舍不得。现在我正式上缴，承认错误，检讨交代，希望大家批评、教育，监督我不再犯错误。

这事要是换到国民党那边，不就是个天大的笑话吗？

无论师、团，还是兵团、纵队，谁调走了，谁上任了，弄斤酒，加俩菜。若能有只鸡，那豪华、奢侈就顶天了。甚至根本就用不着这一套，讲几句话，大家拍阵手欢迎就行了。国民党呢？就算吃遍山珍海味，也是小菜一碟，关键是发财的机会来了。谁不送礼，那今后的日子怎么过？送的比别人少了，那又比不送差多少？权力就是印钞机。在那个乌烟瘴气的世界里，谁都明白"当官"2字后面，肯定是"发财"，不发财当官干什么？

穷了国人，富了党人，这个党能不垮台吗？

三战四平后的陈明仁，实在哭笑不得。用老部下熊新民的话讲："陈明仁左手刚接到青天白日勋章，而右手又接这样一纸撤查令。"③

天桥撒豆成兵，那大豆据说是救济总署的，还有说是宋子文的私产。不管谁的，陈诚不干了，陈明仁去南京述战，陈诚把他撤了，并电告他不必回来了，已任命刘安琪为71军军长了。不光撤职，还要查办，罪名是治军不严，抢了救济总署的大豆。于是"陈明仁防线"的缔造者，鼎鼎大名的四平街头等功臣、英雄，就成了纵容部下抢劫的罪人，趁机"贪污粮食"的腐败分子。

东北行辕主任陈诚，集东北军政大权于一身，上任后一是大力整顿、扩编军队，二是以铁腕手段整治军纪和官场腐败。他说："与其说向共匪拼命，不如先从自己拼命做起！"③71军军长陈明仁、52军军长梁恺和副军长兼12师师长刘玉章等高级将领，被他撤换。中将田湘藩暗设赌场，汽车兵团团长冯凯倒卖军车汽油，日俘管理处少将处长李修业在办理日本人归国手续时，大肆勒索钱财，少将参议刘介辉借收编伪军吃空额，干脆逮捕法办。

"与其说向共匪拼命，不如先从自己拼命做起！"陈诚也算看准了国民党的7寸，只是国民党正当用人之际，对陈明仁等人能下这等重手吗？国民党还剩几个好人了呀？你把这些人都撤职查办了，这党国江山靠谁来保呀？况且熊新民说的也不无道理："本来大豆是我下令搬运来的，铺马路、修补工事用了点，与陈明仁毫不相干，说糟蹋了大豆的话，责任在我熊新民身上。实则我那时只顾打仗，能保住性命就行，哪还能顾得上是谁的大豆呢。后来派来大员了解，我对大员们把这话说了。我还说了，就是国家的大豆，我理所当然也要搬。"②

谈起这段历史，包括郑洞国在内，众口一词，说陈诚是排斥异己。这倒也不奇怪。历朝历代，纯因腐败被整肃的高官，有几多？

陈诚反腐肃贪的战果之一，是四战四平那天桥上，果然就不见了大豆。

最大的战果，自然是在国民党阵营中算得清廉之人的这位行辕主任，把人得罪光了，成了孤家寡人，战场上又连吃败仗，在东北也就待不下去了。待到辽沈战役期间，蒋经国在上海大张旗鼓"打虎"，这回陈诚应该看到党国起死回生的希望了吧？

"只打老虎，不打苍蝇！""打祸国的败类，救最苦的同胞！""一路哭不如一家哭！"蒋经国率领他一手组建的"戡建大队"，杀气腾腾开进中国最大的金融中心。第一个丧命的是官商勾结的财政部秘书，然后是警备部科长、稽查大队长等等，被捕入狱的巨商大户达64人。而真正让国人看到国民党反腐倡廉决心的，还是查封孔祥熙的大公子、蒋经国的表兄弟孔令侃的杨子公司。

党国存亡之秋，老子委儿子重任，看来蒋介石这回是咬牙横心了。

结果，却是正在北平紧张部署"东西对进，会战锦州"的蒋介石，匆忙飞去上海，和宋美龄一道，将孔令侃带回南京。

这个杨子公司的水究竟有多深？"杨子公司案"倘能水落石出，搁浅的将是什么样的大鱼，曝光的会是何等惊世骇俗的龌龊！其实，这等案不案的，在中国注定只能永远是谜。国人心知肚明的是，如果像蒋经国这样"打虎"，那国民党的天下还用共产党去打吗？从杜聿明到普通士兵，出关时的感觉都是名正言顺，文打武斗，怎么干怎么有理。没错，他们是政府军，连共产党的苏联，也只能同这个政府打交道。可这样一个腐败透顶的执政党和政府，还有其存在的合法性和道义基础吗？

而"以数十年必死之生命，立国家亿万年不朽之根基"，那又是谁的国家？纵使填埋多少生命，能立得住这个贪官污吏的国家的根基？

耿飚和陈明仁同乡，都是湖南醴陵人，两家相距不到10公里。二战四平后，停战小组随71军进入四平，陈明仁举行宴会欢迎停战小组，又以聊天为名，非拉耿飚同睡一床不可。

陈明仁说：你看我们生活多好，吃的美国白面，穿的美国咔叽。

耿飚说：你是不是觉得全用外国货光荣啊？我们是中国人，为什么不搞自己的，爱吹外国的？

陈说：两年以后，不到3年，国民党一定消灭共产党。

耿说：我敢保证，不出两年，国民党一定失败。

陈说：你敢同我打赌吗？

耿说：行。

于是，一对同乡，两位敌对阵营的高级将领，就像少年儿童似的伸出食指"拉钩"了。

1950年，耿飚被调去外交部，要出国当大使，临行前回家乡看看。陈明仁率领的部队，正好驻在醴陵。一见面，陈明仁即道：四平打赌，你赢了，我输了。

连你陈明仁都成了共产党的湖南省军区副司令员、21兵团司令员、55军军长，还用得着说这个吗？

两次好像都未谈及国民党的腐败，其实也是不用谈的。这位可以称蒋介石校长的人，在跟耿飚打赌时，决然想不到3年后，他会"跳槽"到这位同乡的战壕里。而他如此这般，仅仅是由于战场上的失败吗？从那个阵营中来，对国民党的那一套，体验得是不是更深？

连不得不断把消灭对手的计划提前的共产党人都感到吃惊：3年前还那么猖狂，怎么这么快就稀里哗啦了？

一个已从根上烂了的政党，是必须把"反腐倡廉"挂在嘴上的。反吧，已经没救了，就像个经不起折腾的病人，连手术台都下不来。不反，假装反反，打点苍蝇、老鼠什么的装装门面，那棺材盖盖上得倒能慢点。而无论如何，如果再有个政党一比，有支武装力量一打，自然很快就千疮百孔了——更不用说后来连陈明仁也反戈一击帮着打了。

"谁愿八年抗战后再与自己的同胞战场相见呢"

　　这种战争太残酷了，到底是谁打谁呢？打得死尸遍地到底是为了什么？共产党说是为了农民翻身，蒋介石说是为了统一中国，那我们为了什么？就那么玩命？日本投降了，我们胜利了，我们应该建设祖国，应该得到一个安居乐业的环境，这是拿我们当炮灰，不干。㉝

　　这是新6军新22师教导营战防排中士火箭筒手黄耀武的回忆录《1944—1948我的战争》中的文字。

　　1946年2月中旬的辽南沙岭战斗，是黄耀武抗战胜利后经历的第一次战斗。之前抗战，出现在他眼前的敌人，消灭一个，这个世界就少了一个魔鬼，多一份安宁、祥和。可现在，枪打炮轰，雪白血红，两边倒下的都是和自己一样的中国人，这究竟是为了什么啊？

　　不久，黄耀武就擅自离队，去鞍山中学当了一名体育教师。

　　黄老先生说，像他这样主动脱离内战战场的，他不是第一个，当然也不是最后一个。

　　"虎师"尚且如此，其他可想而知。

　　陈明信说"我庆幸自己退出了内战"，又与黄耀武不可同日而语：

　　当我在猛烈的炮火和浓密的烟云中，从四平中央核心阵地被解放出来的当时，愤然、悲哀和一种无可奈何的感觉，交织在烦乱的心中，思绪里是一片愁云。㉞

一位上校团长，而且是陈明仁的弟弟，他所受到的宣传、教育，那头脑中盛装的东西，与一位18岁的中士火箭筒手，显然不可能一样。所以，他只能从那座血城的中央核心阵地举着双手，以这种方式退出这场内战，心烦意乱，不知前途所终。而在"一寸山河一寸血，十万青年十万军"的1944年，一腔热血投军，只想在抗战中耀武的学生兵黄耀武，则颇似一种心静如水的感觉：对这场自相残杀的内战，我实在看不下眼，又无能为力，那我不干了，寻一方天地过自己的日子，还不行吗？

而在夏季攻势中，曾进出血城四平的3个纵队，逃亡掉队竟占伤亡人数的1/3强，又昭示了什么？

> 当时部队的士气就是一条，死不怕。当然不像轻于鸿毛重于泰山这么好听，就是把鬼子干掉，我死了也认，否则就是死也不瞑目。⑤

这是黄耀武老人回忆录中的文字，自然也应该是曾为抗战军人的陈明信的心里话。而那些在四平战役中牺牲的、同样经历了抗战洗礼的民主联军官兵，不也是一样的吗？

辽沈战役刚结束，林彪、罗荣桓、刘亚楼在沈阳看望2纵5师。罗荣桓问伤亡情况，师政委石碤说：团以上干部伤亡11个，连排干部伤亡比编制还多，全师伤亡7800多人。罗荣桓问还有多少人，石碤说南下北宁线时16000人，现在17000人。刘亚楼道：这不都是俘虏吗？

黑土地上最能打的王牌师，一场大战下来几近个"解放师"了。

战场上被俘的国民党士兵，经教育后成了解放军士兵，被称作"解放战士"。有时即俘即补，撕下帽徽领章，即掉转枪口打国民党，有的首战立功。四战四平，仅最后一次即俘敌万余人。这些曾在三战中打红了眼睛的军人，在成为"解放战士"后，又是怎样把眼睛打红了的？

锦州城北1公里处的82.61高地上，有座配水池，5间房子大小，是伪满时期的钢筋水泥建筑。灰色墙体上，用白灰写着"守配水池的都是铁打的汉"，"配水池是第二个凡尔登"。

锦州攻坚战前的外围战斗，3纵7师20团打垮这些"铁打的汉"，拿下这个"凡尔登"，一个600人的1营（当时叫"大营"），算上炊事员，只剩下22人。

凡尔登是法国东北默兹省的城市和交通枢纽。第一次世界大战期间，法德两军在此激战，法军损失35.8万人，德军损失近60万，故有"凡尔登绞肉机"之称。

配水池是凡尔登。

锦州是凡尔登。

塔山是凡尔登。

黑山是凡尔登。

沙岭是凡尔登。

小战，大战，东北，中国，蒋介石发动的这场内战，战场无处不是凡尔登。

但是，哪儿也没有四平更凡尔登。

四平四战，总计作战63天，双方投入兵力达94万余人次，伤亡10万余人。其中，解放军牺牲近2万人，约占东北3年内战烈士总数的2/5。三战、四战伤亡的多为东北人，之前大都是抗战军人。

东北抗战14年，全面抗战8年，"一寸山河一寸血"，中国军民伤亡3500万人，其中血染疆场的军人，据不完全统计，超过150万人。全面抗战8年间，歼灭日军154万余人。按1937年的比值计算，8年间日本给中国造成的直接经济损失超过1000亿美元，间接损失5000亿美元。

时间为全面抗战的一半的这场内战，"一寸城池一寸血"，不知平民伤亡多少，直接、间接经济损失又几何。仅就国共双方兵力损失，前者被歼800多万，后者损失152万人，是不是比抗战更残酷、血腥？

第二次世界大战中，中国伤亡最大，损失最巨，也就最需要和平，休生养息，最没有理由重燃战火，更不用说还是内战了。结果却是人类有着共同历史、文化的最大的一群人，打得比谁都凶。

二战四平，凭着威远堡那次并不起眼的战斗，廖耀湘即能窥透本质，迅速把握战局主动。三战四平，提出撒豆成兵的是位排长，发明

英雄城

"火圈阵"、"火龙阵"的是位排长，在富盛泉烧锅率队血战到底的，也是位排长。有抗战老兵拿排长薪金，这三位排长是抗战军人无疑。1944年龙陵会战，71军87师、88师，两个两万多人的主力师，打成两千多人的两个团。不知道这些九死一生的热血男儿，曾经怎样为国家、民族挥洒一腔热血。这回明白无误的，是把勇敢和聪明才智，都用来打杀自己的同胞了。

他们都应该结婚了。71军的新郎官，基本都是"四平姑爷"。三战四平，他们在工事、堡垒中死战，他们的妻子也在承受炮火。辽沈战役，71军全军覆没，包括那位得枚青天白日勋章的少尉排长廖均，除了战死、被俘，还有别的选择吗？

军人就是用鲜血和生命报效国家的，可以马革裹尸还葬，可以抛尸荒野，被狼撕狗掳。唯独不可以的，是被上级乃至统帅抛弃。可四战四平的88师呢？从四季如春的南国，来到冰天雪地的东北，才两年出点头，就被丢在四平，没有一兵一卒的援军，呼天不应，叫地不灵，任由对手攻击、打灭，只逃脱个临阵脱逃的师长彭锷。

要么杀人，要么被杀，别无选择。督战队的枪口逼着，那"数十年必死之生命"，正活到人生的好时候，眼下的活路只有一条，就是能够活着冲上去。冲不上去被对手杀，退下来被自己人杀。在这个世界上，他们还有自己人吗？只有远在家乡的父母和妻子、儿女，就在这四平街和周边城镇那些为人母、还未为人母的"光复新娘"，在日夜牵挂着他们，为他们祈祷、祝福，望眼欲穿盼归去。而在这片黑土地上陪伴他们的，是冰天雪地中的"大烟泡"，是吃红了眼的狼、狗和猪（许多老人说猪也吃人），是兴奋的聒噪着的肥硕的乌鸦、秃鹰。

> 打仗，总是要死人的。特别是在不是与外国侵略者作战，而是与国民党军队作战时，死伤的双方，都是中国老百姓家的后生，他的一家都要悲伤，那背后是一家哭啊！㉟

这是刘伯承元帅说的。

二战四平，毛泽东说："必须准备数万人伤亡。"

三战四平，林彪说："准备以一万五千伤亡获取胜利。"

1945年12月11日，林彪在给东北局和中央的电报中说：

> 老百姓说：八路军与中央军都是为老百姓的，彼此不打好了，并认为国民党是中央。*

毛泽东没有办法，林彪也没有办法，这场内战打不打，他们说了不算，又不能引颈受戮，只有应战。迄今为止，笔者所能听到看到的，都证明这场内战是蒋介石发动的。老百姓这话应该跟蒋介石说去。只是中国的老百姓有这种权利吗？正如刘白羽的文章所言，哈尔滨人每天眼睁睁看着那个市长花天酒地，顶多不也只能像那个马车夫那样，背地里发发牢骚吗？一战四平后的4月6日，四平各界两万人聚会并签名，呼吁和平民主，停止内战。不久后大洼战斗被俘的71军士兵，在《东北日报》上发表的《告顽军士兵书》中，说："谁愿在八年抗战后再与自己的同胞在战场上相见呢？"⑰在国民党眼里，这都是共产党搞的宣传，却又谁能说这不是人民的心声？

三战四平，血肉横飞，天降圣旨。蒋介石在给陈明仁等军师长们的亲笔信中，称兄道弟，并一一为之祷告上帝。他祈求上帝保佑这些"吾弟"的生命安全，可归根结底，不还是保佑他的江山吗？

根据《波茨坦公告》第八条补充规定，别说钓鱼岛，连硫球群岛（日本称"冲绳群岛"）战后也必须归还中国。当年美国还曾邀请中国占领硫球群岛。可老蒋忙于打内战，哪里还能顾得上这些呀！

据说，蒋介石从1915年28岁开始，一天不辍地写了57年的日记，将分期分批陆续公开。有看过的人说，为了战乱中的黎民和国家的苦难，蒋介石经常跪祷神灵，每做一件坏事都要自省。关于抗战，日记里有一句，说胜而不武的人才是真正的得胜。这话没错。让人难解的是这样一个心结：对不可能胜而不武的侵略者，怀有这样的念头，对可能这样的持不同政见的中国人，为什么却没有理解对方的愿望和尝试，一定要诉诸武力，打个你死我活，在抗战的废墟上继续制造废墟？中国人之间，果真找不到共同点吗？

就特别期待着看到蒋介石的日记的那一天，看看他到底是怎样自省这场内战的。

据说，张嘉璈的日记中记载，重庆谈判中共代表王若飞曾说，我们应该一致对外，促使苏联撤军，再谈国共问题。

日俄战争，大清帝国在东北划出块地方，你们随便打去吧，好像与己无关似的。斯大林则对中华民国外交特使蒋经国说：你没有这个力量，还要讲这些话，就等于废话！自1840年鸦片战争后，且不说普通国人的苦难，历届当家人，包括蒋介石在内，受了多少忍无可忍的窝囊气？而在经历了百余年的挨打受辱后，曾经光耀人类文明的中华民族的光荣与梦想，不就应该从"8·15"光复日起步吗？

抗战胜利后，如果搞一次全民公投，选举中国的当家人，毫无疑义，蒋介石会立马胜出。

在一个有着几千年封建专制传统的国度，没人指望会变戏法般出现民主政治。但是，千里之行，始于足下，总得往前走呀？而能推动这种历史进程的，非蒋介石莫属。

"8·15"光复后，蒋介石的威望达到顶峰。国际上大国小国都与他的政府打交道，国内老百姓"想中央，盼中央"，把希望寄托在国民党身上。天时地利人和，蒋介石简直拥有一切。国民党的腐败，当然不止接收始。但是，站在那样的制高点上，顺应时代潮流，推行民主政治，成立联合政府，像周恩来说的"要互相竞赛，不要相互抵销"，⊗兴利除弊，和平建国，蒋介石将功垂千古。

一个"和平"，一个"民主"，"8·15"后的中国，还有别的主题词吗？

上下几千年，并不是每个当家人都有这样的机会的。

前面写了，在辞旧迎新的1945年12月31日，驻四平苏军司令员贝洛夫中将，邀请辽北省代主席毕赞华参加元旦联欢晚会时，两个人各说了句祝福1946年的吉利话。毕赞华说：1946年国共合作，联合政府组成！贝洛夫说：1946年不打仗了！

1946年苏联没打仗。1950年爆发了朝鲜战争，作为社会主义阵营的首领，苏联也不肯出动地面部队。而人类中有着共同历史、文化的最大的一群人，在经历了那样一场惨烈的抗战后，却又开始了一场打得比谁都凶的自相残杀的内战！

结果，国民党就丢了江山。

兵是精兵，将是名将，都成了蒋介石的殉葬品。

熊新民说得明白：

> 我以为不从根本上寻找原因，光凭军队作战，这是无法取胜的。㉟

腐败不得人心，内战失尽民心。二者相加，国民党就以共产党都感到吃惊的速度崩溃垮台了。

就又想起我们的老祖宗创造的方块字中从未有过的一个词"弱大"：在日本侵略者留下的废墟上继续制造废墟，把弱大的中国弄得愈发弱大后，蒋介石若不是龙王爷庇佑，是不是只有跑去外国当寓公了？

"快点打吧打吧打完算啦"

> 当四平一片火海的时候，我曾经想:人们是怎么活过来的啊？㊵

这是三战四平期间，曾在四平前线采访的著名记者华山，写于"一九四七年五月—十二月"的长篇通讯《战线纵横》中的文字。

"我住的这个屯子，成了疏散居民的接待站。"

"我住在西南突破口附近，每天都可以看到一群群刚刚逃出火海的人，一家家的，一个院子的。"

"寄居在栈房窝棚的邹老太太对我倾诉着，指着炕上的小孙女，'你看这可怜样，叫飞机炸傻了，做梦也哭。'她说：车站附近有座大院，关了百来个老百姓，里面有许多小孩和老头，蒋军硬说他们是八路探子，不让出城，一枚重磅炸弹把整个院子炸没了。"

"打到十一道街的七个战士，对我说起来这么一件事情：他们夺下一角房院，房子被敌机炸塌了，他们扒开桌椅板凳，把压在底下的地窖打开，发现里面闷着一家七口。当时，两架飞机正在头顶扫射，战士们决定派一个战士领他们出城——不是亲手打开前进道路的人，是很难找到一条穿过火海的安全道路的。"

"我望着横断市空的大火，那个躺在泥河边的年轻母亲——又浮现出来。

打到五道街的战士，冒着敌机轰炸，将她从火窟中抢救出来，送出市区。她和一群妇孺一起，逃向郊外。三架敌机却死命追逐冲击着。她的右臂被打断了，她用左臂抱住婴儿，跑到泥河旁边；敌机又俯冲下来，她的右腿又被打穿了；她倒在泥泞里，在自己的血泊中挣扎着，用身子遮住婴儿，敌机又一个俯冲，把她的后脑炸掉了一块；她只能用眼睛看着婴儿，她痛苦地看着自己的孩子爬在自己的血里，冲她张着小手哭喊着，爬到自己身边，敌机又冲着她们俯冲下来……"

"今后数代的四平人，也将忘不了美国武器留给他们的创伤；那个被美式蒋机射倒在泥河里的母亲，会把这一切告诉后代。"④

枪打炮轰，飞机投弹扫射，不许老百姓出城，因为老百姓或多或少都知道点城里情况。起码自己家附近有几个地堡，哪些房子成了工事，是没问题的，怎么能让他们出去"送情报"呀！而民主联军对此似乎并未在意。前线打红眼了的官兵，好像也只顾盯着眼前的敌人，对那几乎贴着树梢飞的飞机，竟然想不起来要举枪给它一枪、一梭子。

四战四平，外围战期间，守军派出不少老百姓出城刺探情报。这些"探子"出来就不回去了——谁还愿回到那火海里去呀？

下面文字，摘自二战四平期间民主联军创办的《自卫报》第五期：

> 四平保卫战已进入第十八天，顽军虽然曾向我发动无数次的局部性的冲锋与总攻，均被我守军击退，至今我阵地丝毫未动。顽军恼羞之余，并无目标地乱发炮弹向市内和居民轰击，以致死伤市民二百余人，轰毁民房三百五十间，市内的玻璃窗均被炮声震碎，最严重的是三道林子两头四十户民房全部被摧毁。另有居民齐志成院内防空壕落一燃烧弹，壕门旁一堆米糠当即起火，壕内五人无法逃脱，只好等着挨烧。至五月一日始我军设法救出，这五人满脸满身都烧出焦泡，惨不忍睹。
>
> 市民对顽军暴行之仇恨愤怒情绪日益炽烈，现我四平民主政府已将所有受伤民夫送至医院疗养，与部队伤员享受同样待遇。受伤市民每人发养伤费五十元、高粱五十斤。对死者，政府除帮助其安葬外，并发永久抚恤证、一百斤高粱、一百元抚恤费。有一老头被炸弹片打进膝盖骨，当即送往医院，中共区委书记亲带鸡蛋前往慰问，还分给十亩地，老人被感动地说："我活了五十八岁，从未见过这样的军队，大官小官都来看我，我这辈子总算看着好人了。"⑫

四平四战，国共双方军队伤亡数字，难说准确，终归还是有的。

老百姓伤亡多少？没有数字。就像在这场内战中，中国老百姓的伤亡数字，无论官方，还是民间，都没有一样。

毫无疑义的是，三战四平伤亡最大。

据国民党方面统计，在战火中死伤的百姓，不低于守军的伤亡人数。

261

英雄城

离休前为哈尔滨211医院副院长的韩德，三战四平时是四平市立医院内科医生。1987年采访时，老人告诉笔者：

二战四平，民主联军是在城郊掘壕据守，老百姓伤亡主要是国民党炮击，炮弹打进城里，伤亡不算大。三战四平，陈明仁用了和林彪不同的守城术，基本就在城里打，逐街逐巷逐房争夺，他把四平守住了，老百姓可是倒霉遭殃了。

咱们的部队一层层往城里推，推到哪里，国民党的炮弹就砸到哪里，大火白天晚上烧。我家里医院不远，街对面那边的房子，凡是能着火的都烧成灰了，就剩下砖头瓦块房框子了。我们这边差点，主要是炮弹炸，后来飞机也来炸。谢天谢地，我们家没挨上。打完仗回来一看，一堆瓦砾了。我老婆坐那儿就哭，我说还得谢天谢地呀，咱们要是不走，不早就完了吗？

一战四平，大清早天未亮，枪声炒豆似的，老百姓从被窝里爬起来，哆哆嗦嗦趴在炕沿下躲枪子。二战四平开头也这样，很快就发现这样子不行了。一战就打了10来个小时，双方都没炮，这回国民党往城里咣咣扔炮弹，一些人就在房前屋后挖地洞，也有在屋里挖的，一家人躲进去防炮。三战前，国民党大兴土木，城边修城墙，城里修工事。老百姓也跟着紧忙活，家家户户挖地洞，都说这回这仗不能小了。待到解放军快要围城了，一些人就开始携家带口往外跑了。不走的人，是觉得两军交兵，不斩来使，咱老百姓就更没事了。哪朝哪代也得有老百姓养活呀！也是舍命不舍财，特别是老年人，一辈子就那点家当，破家值万贯哪。有道是"小难进城，大难下乡"，我们乡下没亲戚，沈阳、哈尔滨又不通火车，我老婆怀孕4个多月，折腾不起，就咬牙挺着了。我在屋里挖了个两米见方的地洞，两人猫里面，度日如年哪。那时就盼解放军快点打进来，把国民党消灭了就好了。

我们是第6天头上往外跑的。天上飞机炸，地上炮弹打，子弹嗖嗖飞，那人死的呀，包袱箱子扔一地。那工夫死个人不如只小鸡。哪是逃命，是玩命呀。那也比等死强。我扶着我老婆，开头飞机来了还躲一躲，后来什么也不管不顾了。谢天谢地，真就跑出去了。

别说我这样后来参军了的共产党员，就是当时和现在的铁杆国民党员，我想也不可能别开这个劲儿：你打你的仗，抢你的天下呗，凭什么不让老百姓逃命呀？

四平吉林师范大学74岁的老教授李介安，当年家住道东四马路。一战四平，他的四大爷没了，全家去找。过了天桥，就见死人，逐个扒拉，边扒拉边哭。三战四平，先是对门的"于大撅嘴""跑尸头"走了，左邻右舍陆续走了几家。他们家30多口人，老的老，小的小，他爷爷说哪儿也不去，要死死一块吧，竟然安然无恙。一家姓张的邻居，也是一大家子人，一发炮弹炸死3个，伤多少不知道。

老教授说，当年上街，见人少有不打招呼的，现在走一天也难得见个熟人。而笔者在那英雄广场的四平烈士纪念塔下，很容易就能找见从60多年前的这座血城中活下来的老人。

4月中下旬的松辽平原，黄的土地，白的塑料大棚，春风还带着冬日的冷硬。可只要有点阳光，被冰天雪地憋闷限制了一冬的人们，就迫不及待地聚拢来了。烈士纪念塔的松树林里，有打太极拳的，有打扑克、下象棋的，有凑一块唠嗑的，几乎都是离退休的老人。

我坐到几位唠嗑的老人中，话匣子就回到了那不堪回首的年月。

第一天采访两位亲历者，第二天他们又约来两位。唠着唠着，七嘴八舌又加入进来几位。

一位70多岁的老工人说：那时我们住在现在的公园北街，伪满时叫个日本名"北町"，国民党来了改成"式辉路"，就是国民党在东北最大的官熊式辉的名字。我们家是四世同堂30多口子，也不知是炮弹，还是炸弹，一家伙死了4口，伤了9口，后来又死了3口。我太爷爷当时就我这个年纪，拿脑袋撞墙，骂"天杀的国民党"。

一位戴着贝雷帽的老人说：我们家往外跑，快到满铁医院那儿时，飞机来了，机关炮那个响呀，好像都打进耳朵里了。我老叔一头就栽那儿了，我爹上去一看，半拉脑袋没了。我妈吓麻爪了，拉着我站那儿一动不动，我爹抱起我，拉着我妈跑。前面那人倒下一片，死的伤的，爹呀妈呀叫唤。咱四平人祖上也没做什么孽，凭什么要遭这么大难呀？

一位说"四平"这个名字起得不好的老人说：叫个什么不好啊，叫个"四平"，不打四次能太平吗？咱东北人当了14年亡国奴，东北军跑了，中央军也不管咱们。"大鼻子"把"小鼻子"赶跑了，这回可来精神了，抢啊打啊。寻思起来，真让老百姓寒心哪。

笔者23年前采访时，有人说完这话，左右瞅瞅，一副担心"隔墙有耳"的神态。这回语音刚落，立刻有人附和：日俄战争，"大鼻子"和"小鼻子"在这疙瘩都没打起来，咱中国人还不能坐下来好好唠唠吗？

一位话语不多的老人说：四战四平，八路军拿下四平，老百姓说，四平、四平，这回可算平啦！那时呀，管他谁输谁赢的，老百姓也没多高的觉悟，就盼着快点打吧打吧打完算啦！打死也行，可遭不起这份罪啦！

又道：土埋半截子的人了，这辈子就"和谐社会"这4个字中听。

刘白羽在《1947年夏季战事》中写道：

> 门帘村下辖7个小屯，30户，约800口人，除去国税、省税、县税之外，他们额外负担如下项目：他们供养着——21个"自卫队员"，每人每月3000元，买枪十几支花费51万元。还供养着——每屯屯长、通讯、情报、文书4人，每人每月3000元，金融合作部5人，每人每月6000元。还供养着——每屯1个分队长（专门出去做探子），每月4000元，军警稽查处5人，每人每月6000元，村设盘道员13人，每人每月供养6000元，村公所有4个便衣谍报员，每人每月6000元。
>
> 在草市、土门子一带修碉堡，门帘村每天出65个工，还负担3万斤洋灰，25万块砖，800斤铁丝，100块木板，600根8尺长的树杆子，100车鹿砦，60根2丈长6寸直径的木料。国民党新6军运输团一部分在门帘村驻军两月，人民又要供给30石黄豆，20石高粱，3石大米，20口肥猪（鸡无法计算），2万斤谷草。㊹

而因一张站牌而生而兴的四平，二战四平后则史无前例地大兴土木。1947年9月21日，《人民日报》刊登新华社文章："今春蒋贼构筑四平工事时，全市仅六万余人，在一个半月之内即出工一百余万个，平均每天要三万余人。"④

《四平市志》载，四平市人口1945年87207人，1946年72000人，1947年68418人。1946年减少的15000余人，主要是遣返回国的日本人。1947年减少的近4000人，也不能说全部死于三战四平的战火中。但是，构筑工事高峰时期，全市每天一半人成了民工，是没错的。

在国民党统治四平的近两年间，除了大修工事、碉堡外，关于市政建设的唯一举措、成就，就是把那些殖民地色彩的什么"町"呀"通"的街道名称，改成了"中正路"、"式辉路"、"聿明路"、"立人路"、"耀湘路"，当然也少不了"明仁路"。

"盼光复，望光复，光复已去；痛亡国，恨亡国，亡国又来。"这是刘白羽在《1947年夏季战事》中引用的歌谣。而四战四平当天，新华社的一篇文章说，"沈阳物价已上涨到北平、天津的三倍，上海、南京的五倍"，市民"有整家整家因为经济困难而自杀的"。⑤

二战四平，拿下四平，杜聿明挥师北进，下令先入长春者可获东北流通券100万元的奖励。

两年后的10月，在被解放军围困的死城长春，这笔当初绝对天文数字的巨额奖金，只能买不到半斤的高粱米。而用这点高粱米做两个大饼子，就能换一个大姑娘。

在四平烈士纪念塔下采访时，围观者中，就有从那座死城逃来的。而在三战四平期间及之后，从这座血城逃去那座死城的，有的就在那座死城化作了白骨。

《四平市志》载：1946年夏流行霍乱，遍及城乡，死亡甚众，"棺材售光，木框用完，后用席卷埋葬"，"因战事详情无考"。⑥

大灾之后有大疫，说的是天灾。正值二战四平后的这场霍乱，不知与战争有无关系。兵不血刃的死城长春，枪打炮轰的血城四平，那些已经谈不上什么棺材、木框、席卷的死者，毫无意义是死于人祸。

在《第二绥靖区东北参观团报告书——四平战役》中，国民党也责怪陈明仁：

　　战事之先，军政当局应协力将战地百姓为适当处理。如遣送妇女老幼离开战场，即其要者。此次我71军未完成此种处置，战时战后受累甚大。特于战事激烈时，民众要求离开，未获允许，致伤亡众多。亦战后军民感情恶化之主要原因。⑷

　　可这个被四平人恨死了的陈明仁，不是照样一将功成，被授予青天白日勋章吗？

　　也有四平人说：陈明仁固然罪责难逃，但他是军人，也是奉命行事。真正罪不可恕的，是那个发动了这场战争的人。

　　"人民公敌"、"独夫民贼"、"反动头子"、"卖国贼"等等，红领巾时代就嵌进脑幕上的这些词句，随着时光的流逝，有的就渐次淡化、逝去了。但是，一想到"光复已去"、"亡国又来"的这场内战，特别是在"英雄城"的两次采访，有些东西反倒更加难以释怀了。

　　窝里斗也好，跑去别人家里打砸抢烧杀也罢，纽伦堡和东京审判中的反人道罪、发动战争罪，是不是也同样适用于发动了这场内战的人？

　　三国时期，有个益州刘璋。《三国志》中说，刘备围困成都时，"城中尚有精兵三万人，谷帛支一年，吏民咸欲死战"。刘璋坚决不干，宁肯自己投降，也不愿百姓做无谓牺牲。他说："父子在州二十余年，无恩德以加百姓，肌膏草野者，以璋故也，何心能安？"

　　三国人物，国人耳熟能详、津津乐道的，是那些逐鹿天下，气吞山河，杀得尸横遍野的英雄豪强。而对刘璋这种注定的失败者，却是颇具现代人文精神亮色的角色，史家、小说家原本不屑一顾，甚至不无鄙夷之色，又岂肯着墨很多？即便有人还能记得这个角色，那不也就是个"草包"、"饭桶"、"窝囊废"吗？

咕咕叫的鸽子

一战四平，在道东的长发村战斗中，牺牲12名民主联军士兵。他们没有留下姓名，也没人知道他们的部队番号。战后，当地3位农民将烈士遗体拾整一番，修了12座墓。二战四平后，国民党军队和当地一高姓农民，将墓葬毁坏。1964年，长发公社派人出资，将烈士骸骨合葬，并建立纪念碑，上书"十二位革命烈士永垂不朽"。

前面说过，三战四平后，71军新任军长刘安琪到任，即令工兵营在道东天桥下南侧，修建一座挺高大的"烈士纪念碑"，碑文为"镇守四平烈士永垂不朽"，落款"蒋中正"。碑文两侧刻有对联，上联"荡敌安边卅余日危城苦战"，"捐躯报国亿万年浩气长流"，落款"刘安琪"。四战四平后，被拆除。

如今耸立在英雄广场上的四平烈士纪念塔，是1953年6月30日，即三战四平6周年落成的。塔身东侧为时任第四野战军司令员林彪的题词："为解放人民而奋斗牺牲的烈士永垂不朽。"西侧为原辽西省委书记、后为第四野战军政治部副主任陶铸的题词："成仁有志花应碧，杀敌留红土亦香。"南侧为时任东北人民政府主席高岗的题词："日月同光山河并寿，人民战士永垂不朽。"北侧为时任东北人民政府副主席林枫的题词："中华人民优秀儿女万古千秋。"

一年后出了高饶反党集团，高岗题词被凿下去了。

"文化大革命"中，先是林枫成了"走资派"、"三反分子"、"特务"，接着陶铸又从"红桃四"（毛泽东、林彪、周恩来、陶铸），变成了"黑桃三"（刘少奇、邓小平、陶铸），题词自然都不能留着。

"9·13"事件，那架256号三叉戟一声爆响，林彪的题词也没了。

如今，塔身正面为仿毛泽东为天安门广场的人民英雄纪念碑的题词："人民英雄永垂不朽。"

纪念塔牌楼楹联，原为辽北省政府主席阎宝航所题"革命业绩垂千古，烈士光辉照山河"，也一并由毛泽东的"为有牺牲多壮志，敢叫日月换新天"取代。

1987年采访结束，我是在火车站候车室准备登车离开时，偶然听说这纪念塔题词的变迁史的。赶紧去问事处退票，赶去四平博物馆，找有关专家请教、核实、确认。

临走前，我又特意去趟英雄广场。那是个雨天，蒙蒙细雨中，东南西北驻足凝望着水刷石挂面的四棱锥形状塔身，耳边就响起叮叮当当的凿铲声。

23年后，我再次来到这里，纪念塔依旧，塔园苍松间空地上，多了许多司立特广场鸽。白的，灰的，灰白相间的，咕咕叫着，那么精神、活泼，在地上欢快地追逐、嬉戏。

我在许多城市看到广场鸽。我居住的那座城市，也有广场鸽。但在这座曾经的血城，在这座特别能够让人感到生命的卑微和宝贵的英雄城，这种被喻为和平象征的咕咕叫的小精灵，给人的感觉特别不一样，特别珍贵，令人亲爱。

位于南体育场街的原71军军部大楼，现在是铁路公寓。

漫步四平，倾听历史，当年把东北著名的粮食集散地和兵家必争之地打成血城的枪炮声，在这里自然非同凡响。

因为活了下来，并且成了英雄，我们就可以较多地知道刘梅村指导员的英雄事迹。还知道奉他之命出去扛炸药的两个士兵，再回到这血火飞溅的军部大楼时，一个已经没了一条胳膊。不知道他们的姓名，也难以想象那是一种什么情景，那炸药是怎么扛回来的。而陈明信举着双手走出这核心守备区，就是不可避免的了。

当我放下武器，离开核心阵地的时候，几乎不知身在何处。十天以前，尚是整齐可爱的四平市，今天竟变成了一片焦土，不但房屋没有一间完整，连树木也化作了木炭，到处都是瓦砾和败墙颓垣，尚未烧完的房屋冒着浓密的黑烟，破碎的布片，在烧焦的树上飘荡着，血腥、尸臭弥漫在整个四平废墟上——啊！这就是内战！这就是刽子手蒋介石内战政策给予四平人民的灾难。⑱

这是1947年9月22日，《东北日报》上的一篇文章《四平余生》中的文字，作者陈明信。

被俘之初，陈明信拒绝承认他的身份和与陈明仁的兄弟关系，并说："我死后，请把尸首送回四平。"⑲

陈明信是翌年2月，被解放军释放的，同时释放将校尉军官23名，新华社的文章说是"遣送回籍"。这时，四平还在国民党手里，更别说湖南了。"庆幸自己退出了内战"的上校团长，就算真想解甲归田，而且真能回到那片熟悉的遥远的红土地，就凭这篇《四平余生》，国民党、蒋介石能放过他吗？他可能退出这场内战吗？

当时的想法很简单，脱离了部队，脱离了战场，我就干净了，起码参加打内战就没有我的份儿了，就是这样想的。

哪知道后来人家哪管你那个，你解放后没有问题，打内战的历史不还有吗？打内战的历史上没有问题，那你参加过印缅战争也是污点，是国民党的那就是污点。你跑印度缅甸去打仗，国内土地一片片丢失你怎么不打？跑印度缅甸去打什么呀？⑳

与陈明信不同，黄耀武老先生当年完全是主动、自觉地退出这场内战的，却也走不出这场内战，甚至连抗战都成了污点、罪过。今天，他的回忆录已经正式出版了，他终于从这段不堪回首的历史中走出来了，可他能够走出自己的噩梦吗？

在不断拔地而起的楼群映衬下，衔接东西半城的制高点天桥，显得越来越矮了。

三战四平，天桥受到重创，之后不断维修、加固。1974年又加宽扩建，主桥由13.4米扩至23.4米，两侧各加宽的5米为人行步道，并增配了桥灯和栏杆。当年桥面鱼鳞状铺排的天然方石，已经变成柏油，原装的钢架上的累累弹痕，也被岁月的风雨蚀平了。

西斜的阳光下，一列满载原木的火车，由北向南从桥下隆隆穿过，桥身微微有些颤动。

依然是川流不息的列车，只是已经全然不见了战争的痕迹。

就像那烈士纪念塔上的题词一样，要不是两次采访的经历，我根本不可能想象这天桥上那被鲜血浸泡的胀鼓鼓的大豆，两侧铁路线上，一夜之间就伤亡800余人。

一个20多岁的小伙子，也像我一样扶栏张望。我问他，知道60多年前这座桥上发生了什么事情吗？小伙子有些愕然，一口浓重的四川话，说他是刚来四平打工的。

几个中学生摸样的孩子从西边走来，我又提出同样的问题，一个娃娃脸的小胖子立即道：打仗了，这天桥上打得最凶了，国民党在桥上撒豆成兵，这桥上都是血啊。

几个孩子七嘴八舌，争相补充。有的还指点着告诉我，桥头的什么地方，当时有个什么样的大地堡。

我说你们怎么知道这么多呀？那个小胖子说是爸爸妈妈、爷爷奶奶讲的，老师也常讲。又说三战四平，他们家死了两口人，是从天桥北边铁道线上出城的，那时他的爷爷还没他大。

"宜春，一座叫春的城市。"笔者采访期间，有媒体热炒这句旅游宣传"雷语"。连西门庆什么的也成了宝贝，争先恐后要把他考证为那方水土的先人，希图打造历史文化名城，像那座"叫春的城市"一样，一夜成名。

这是个追名逐利的世界，有人千方百计，精心策划，不惜代价，甚至不顾一切，只要成名就好。

那么，这座曾经的战争名城呢？

"远去了刀光剑影，暗淡了鼓角铮鸣。"当年名扬全国的"英雄城"，好像也只剩下一座南昌了。但在四平，这座血色之城、瓦砾之城，正在一代又一代的记忆里交接、传递、镌刻。而且，那种历史的原本的内涵，也愈来愈真确、突出、明晰。

建国60周年，两位四平学者编著了一本书：《四平街战况——在旧书旧报中解密"四战四平"》，笔者认真阅读，颇受教益。就用四平市一位副市长为该书所写序言的题目结尾本书：

"天佑中华，永不内战！"

1987年夏、2010年春采访

2010年夏、2011年春写作、修改

注释：

①②③④⑤⑥⑩⑪⑫⑬⑮⑯⑰㉚㉜㉞㊴㊼㊽㊾中共吉林省委党史工作委员会编《四战四平》，410、374、168、169、150、158、156、160、59、58、60、360、367、356、368页。

⑦⑧⑨《东北人民解放军司令部阵中日记》，684、686、694（李作鹏时任1纵副司令员兼参谋长）页。

⑭《中国人民解放军陆军第四十集团军军史》第一卷（1937.10—1953.7），314页，1996年8月。

⑱陈守林、史岳、张庆峰、张艳华、季汉文著《四战四平史》，155页。

⑲⑳㉑㉒㉓㉔㉕㉖㊲㊳㊷㊸㊹李桂萍、张振海编著《四平街战况——在旧书旧报中解密"四战四平"》，196、197、198、23、53、54、131、132、180页。

㉗㊻《四平市志》，2561、2390页。

㉘㊵㊶长江文艺出版社编《解放四平街》，73、200、201、194、

271

195、198、199页。

㉙ 宋平著《蒋介石生平》，501、502页，吉林人民出版社，1987年2月。

㉛ 刘统著《东北解放战争纪实》，477、468、469页。

㉝㉟㊱㊿ 黄耀武著《1944—1948我的战争》，100、106、107、30、119页、封底，春风文艺出版社，2010年4月。